남자가 된다는 것

TO BE A MAN

남자가 된다는 것

NICOLE KRAUSS

니콜 크라우스 소설 | 민은영 옮김

문학동네

일러두기

1. 주석은 모두 옮긴이주이다.
2. 본문 중 고딕체는 원서에서 이탤릭체나 대문자로 강조한 부분이다.

사샤와 사이에게

차례

스위스

소라야를 마지막으로 본 후 삼십 년이 흘렀다. 그동안 내가 그녀를 찾으려 한 건 딱 한 번뿐이었다. 그녀를 만나기가, 이해하려고 나서기가 두려웠던 것 같다. 이제 나도 나이가 들었으니 어쩌면 이해할 수 있을지도 모르니까. 그런데 그건 내가 나를 두려워했다는 말과 같다는 생각이 든다. 그녀를 이해하고 나면 더 깊은 곳에서 무얼 발견하게 될지 두려웠던 것이다. 세월이 흐르며 소라야가 떠오르는 일은 점점 줄었다. 대학에 이어 대학원에 진학했고, 생각보다 일찍 결혼한 뒤 불과 한 해 간격으로 딸 둘을 낳았다. 소라야가 생각났더라도, 종잡을 수 없이 이어지는 연상 속에서 퍼뜩 떠올랐더라도, 떠오를 때만큼 재빨리 기억의 저편으로 사라지곤 했다.

소라야를 처음 만났을 때 나는 열세 살이었고 그해에 우리 가족은 스위스에서 살고 있었다. 우리는 '최악을 예상하라'를 좌우명으로 삼으면 어울릴 가족이었지만, 실제로 아버지가 우리에게 가르친 가족의 좌우명은 이것이었다. '아무도 믿지 마라, 모두를 의심하라.' 우리는 절벽 끝에서 살았으나 집은 으리으리했다. 미국에 있을 때조차 우리는 유럽계 유대인이었는데, 이는 과거에 엄청난 재앙이 일어났고 앞으로도 다시 일어날 수 있다는 말과 같은 뜻이었다. 부모님은 서로 격렬히 싸우면서 파국 직전의 결혼생활을 끝없이 이어갔다. 경제적 파탄의 위협마저 성큼 다가와, 곧 집을 팔아야 할지도 모르는 상태였다. 아버지가 몇 년간 매일 할아버지와 고함을 지르며 싸우다가 가족 사업에서 손을 뗀 뒤로 돈이 들어오지 않았다. 아버지가 다시 학교로 돌아갔을 때 나는 두 살, 오빠는 네 살이었고 여동생은 태어나기 전이었다. 아버지는 의대 예비 학부 과정을 마친 뒤 컬럼비아대 의학전문대학원을 다녔고 특별외과병원—어떤 식으로 특별한지 우리는 몰랐지만—에서 정형외과 전공의로 일했다. 십일 년에 달하는 그 수련 기간 동안, 아버지는 수많은 밤에 응급실 당직을 서며 줄줄이 들어오는 처참한 피해자들을 맞이했다. 자동차 충돌 사고, 오토바이 사고, 그리고 한번은 보고타로 향하던 아비앙카 항공의 비행기가 코브넥의 언덕에 곤두박질친 사고도 있었다. 내심 아버지는 자신이 밤마다 그렇게 무시무시한 참상과 맞서고 있으니 가족들은 그런 일로부터 구제될 거라는 미신적인 믿음을 품었을지도 모른다. 하지만 9월의 어느 폭풍우 치던 오후, 할머니가 퍼스트 애비뉴와 50번가 교차로 모퉁이에서 과속하던 밴에 치여 뇌출혈을 일으켰다. 아버지가 벨뷰병원에 도착했을 때 할머니는 응급실의 이동형 침대 위에 누워 있었다. 할머니는 아들의 손을 꽉 쥐고 나서 혼수상태에 빠졌고, 육 주 후에 돌아가셨다. 그로부터 일 년이 채 지나지 않아 전공의 수련을 마친 아버지는 가족과 함께 스위스로 이주해 외상외과 임상강사 과정을 시작했다.

중립국이고 산악지대이며 질서정연한 스위스에 세계 최고의 외상 치료 기관이 있다는 사실은 역설적이라고 느껴진다. 당시에는 그 나라 전체가 요양원이나 정신병원 같은 분위기를 풍겼다. 스위스에는 완충용 패드를 댄 벽 대신에 모든 소리를 먹먹하고 부드럽게 만들어주는 눈壓이 있었고, 그렇게 수백 년이 흐르자 그 나라 사람들마저 본능적으로 소리를 죽이게 된 것이다. 아니 오히려 그게 핵심이었다. 통제된 내향성과 순응에 유난히 집착하며, 정밀 시계를 생산하고, 기차가 오차 없이 정시에 운행하는 나라는 신체가 산산조각나는 응급 사태에 이점이 있을 수밖에 없다. 게다가 스위스는 많은 언어가 통용되는 나라여서 오빠와 나는 가정의 암울함에서 잠시 벗어나는 뜻밖의 기회를 얻었다. 외상 센터가 있는 바젤에서 사용되는 언어는 스위스식 독일어였는데 어머니는 우리가 계속 프랑스어를 배워야 한다고 주장했다. 스위스식 독일어는 독일어와 머리카락 한 올 차이에 불과했고, 우리는 독일어와 아주 멀게라도 관련된 것에는 손끝도 대서는 안 되었다. 독일어는 나치에게 가족이 몰살당한 외할머니의 언어였다. 그래서 우리는 제네바에 있는 국제학교에 들어갔다. 오빠는 교내 기숙사에서 살았지만 막 열세 살이 된 나는 아직 기숙사에 들어갈 수 있는 나이가 아니었다. 독일어와 관련된 정신적외상에서 나를 구원하기 위한 해법이 제네바 서쪽 외곽에 마련되었고, 1987년 9월에 나는 미시즈 엘더필드라는 기간제 영어 교사의 집에 하숙생으로 들어갔다. 그녀는 머리를 밀짚 색깔로 염색했고 습한 기후에서 자란 사람처럼 혈색이 발그레

했지만, 그럼에도 어쨌든 나이들어 보였다.

내 작은 방에는 사과나무 한 그루가 내다보이는 창문이 있었다. 그 집에 도착한 날, 빨간 사과들이 나무 아래 사방에 떨어져 가을 햇살 속에서 썩고 있었다. 방안에는 작은 책상과 독서용 의자와 침대가 있었고, 침대 발치에 개어놓은 회색 모직 군용 모포는 세계대전중에 사용했었나 싶을 정도로 낡은 것이었다. 갈색 카펫은 문지방 부분이 닳아서 올이 드러나 보였다.

열여덟 살 동갑내기였던 다른 하숙생 둘은 복도 끝에 있는 뒤쪽 방을 함께 썼다. 우리에게 배정된 좁은 침대는 세 개 다 미시즈 엘더필드의 아들들이 쓰던 것이었는데, 우리가 그곳에 도착해 침대를 차지하기 훨씬 전에 성인이 되어 따로 살고 있었다. 그 아들들이 어떻게 생겼는지는 사진이 없어서 알지 못했지만, 그들이 언젠가 우리의 침대에서 잤다는 생각은 좀처럼 떨칠 수가 없었다. 그곳에 있지도 않은 미시즈 엘더필드의 아들들과 우리 사이에는 육체적 연결고리가 있었다. 미시즈 엘더필드는 남편에 대해서는, 애초에 남편이 존재한 적이 있었다 해도, 전혀 언급하지 않았다. 그녀는 사적인 질문을 받아줄 만한 사람이 아니었다. 잘 시간이 되면 우리 방의 불을 말 한마디 없이 꺼버렸다.

그 집에 살게 된 첫날밤에 나는 두 하숙생 언니의 방에서 바닥의 옷더미들 사이에 앉아 있었다. 미국에서는 여자애들이 드라카누아라는 남성용 싸구려 오드콜로뉴를 뿌렸었다. 하지만 이 소녀들의 옷에 배어든 강한 향수는 내가 모르는 것이었다. 몸의 열기나 피부의 화학작용과 뒤섞이면서 향기는 연해졌지만, 가끔 침대 시트나 벗어던진 셔츠에 냄새가 너무 심하게 배면 미시즈 엘더필드가 창문을 열어젖혔고 차가운 공기에 향은 모두 날아갔다.

나는 언니들이 내가 이해할 수 없는 암호로 자기들의 생활에 대해 얘기하는 것을 들었다. 내가 너무 순진하다며 놀리곤 했지만 둘 다 내게 더없이 잘해주었다. 마리는 방콕에서 태어나 보스턴에서 살다 왔고, 소라야는 테헤란에서 태어나 파리 16구에서 살다 왔다. 소라야의 아버지는 왕실 엔지니어로 샤*를 위해 일했으나 혁명이 일어나자 그의 가족은 소라야의 장난감을 챙길 틈도 없이, 그러나 유동자산 대부분을 반출할 시간만은 확보한 뒤 망명길에 올랐다. 스위스에서 두 언니들을 휩쓴 것은 방탕함—섹스, 자극제, 반항—이었다. 둘 다 전에는 들어본 적도 없는 13학년**이 되어 한 해 더 학교에 다니는 중이었다.

우리는 늘 어두운 새벽에 학교를 향해 출발했다. 버스 정류장에 가는 길에 가로질러야 했던 들판은 11월이 되면 눈으로 뒤덮였고 베어내고 남은 갈색 그루터기들이 눈 위로 삐죽삐죽 튀어나왔다. 우리는 항상 늦었다. 아침을 먹는 사람은 언제나 나뿐이었다. 늘 누군가의 머리카락이 젖어서 끝이 얼어붙었다. 우리는 머리카락을 바람막이 삼아 몸을 잔뜩 웅크린 채 소라야의 담배에서 나오는 연기를 들이마셨다. 버스는 아르메니아교회를 지나 주황색 전차 정류장에 우리를 내려주었다. 그런 다음에는 시 반대편에 있는 학교까지 긴 시간 전차를 타고 가야 했다. 서로 일정이 달라서 하교할

---

* 1979년에 이란혁명으로 팔레비왕조가 붕괴되기 전 이란 국왕을 일컫던 명칭.
** 일부 국가에서는 고등학교를 마치고 대학에 진학하거나 사회에 진출하기 전에 13학년으로 한 해를 더 교육받는 제도를 시행한다.

때는 각자 전차를 탔다. 나는 첫날에만 미시즈 엘더필드의 성화에 못 이겨 마리와 만나 함께 돌아왔지만 다른 방향으로 가는 전차를 잘못 타는 바람에 프랑스까지 가고 말았다. 그뒤로 길을 익힌 나는 중간에 잠깐 옆길로 새서 전차 정류장 옆 담뱃가게에 들러 사탕을 사가지고 버스를 탈 때가 많았다. 사탕은, 어머니의 말에 따르면, 모르는 사람들의 세균이 득시글거리는 뚜껑 없는 진열 용기에 담겨 있었다.

그때까지의 내 인생에서 가장 행복하고 자유로운 시절이었다. 우리 가족의 까다롭고 불안한 분위기에서 탈출했을 뿐만 아니라, 본국에서 다니던 끔찍한 학교와 사춘기 호르몬이 넘쳐흐르고 옹졸하며 잔인함으로는 올림픽 메달감인 여자애들에게서도 벗어날 수 있었다. 당시에 나는 아직 운전면허를 딸 수 없는 나이여서 책을 읽거나 집 뒤에 있는 숲에서 걷는 것 말고는 탈출의 수단이 전혀 없었다. 그런데 이제는 학교가 끝나면 제네바 시내를 거닐며 시간을 보냈다. 아무런 목적지도 없었지만 결국에는 호수로 갈 때가 많았고 거기서 물위를 오가는 관광 유람선을 구경하거나 눈에 들어오는 사람들, 특히 벤치에서 애정 행각을 벌이려고 온 사람들의 사연을 지어냈다. 때로는 H&M에서 옷을 입어보기도 했고 구시가지를 돌아다니기도 했는데, 자주 발길이 머무는 곳은 웅장한 종교개혁 기념비와 돌을 깎아 만든 개신교도들의 거대하고 불가해한 얼굴 앞이었다. 그들 가운데 지금 기억나는 이름은 장 칼뱅뿐이다. 당시에는 아직 보르헤스를 몰랐지만 내 인생의 어느 때보다도 그 아르헨티나 작가와 가까이 있었다. 그 전해에 제네바에서 죽은 보르헤스는 어느 편지에서 제2의 고향인 그곳에 묻히고 싶다는 소망을 표하며, 제네바에서 "신비로울 정도로 행복"했다고 적었다. 여러 해가 지난 후 보르헤스의 『아틀라스』를 한 친구에게서 받았을 때, 나는 예전에 자주 찾아갔던 그 음울한 거인들이 찍힌 커다란 사진이 실려 있는 것을 보고 깜짝 놀랐다. 모두가 반유대주의자였고 예정설과 하느님의 절대주권을 신봉했던 그들. 그 사진 속에서 장 칼뱅은 몸을 앞으로 살짝 내민 채 눈먼 보르헤스를 내려다보고, 돌 선반 위에 앉은 보르헤스는 지팡이를 짚고 턱을 위로 쳐든 모습이다. 장 칼뱅과 보르헤스 사이에 위대한 조율attunement이 일어났다고 그 사진은 말하려는 듯했다. 장 칼뱅과 나 사이에는 아무런 조율도 일어나지 않았지만, 나 역시 그 돌 선반에 앉아 그를 올려다본 적이 있었다.

때로 그렇게 배회하고 있으면 모르는 남자가 나를 노골적으로 쳐다보거나 프랑스어로 추근거리기도 했다. 그런 잠깐의 마주침에 나는 당황했고 나중에는 수치심을 느꼈다. 남자는 새하얀 미소를 번뜩이는 흑인일 때가 많았지만, 한번은 초콜릿 가게 진열창을 들여다보고 있는 내 뒤로 멋진 양복을 입은 유럽 남자가 다가왔다. 몸을 앞으로 숙여 내 머리칼에 얼굴을 댄 그가 외국어 억양이 살짝 섞인 영어로 속삭였다. "난 널 한 손으로 두 동강 낼 수도 있어." 그러더니 아주 침착하게, 잔잔한 물위를 흘러가는 배처럼, 가던 길을 계속 갔다. 나는 전차 정류장까지 단숨에 뛰어가 전차가 도착해 끼익끼익 반가운 소리를 내며 멈출 때까지 숨을 몰아쉬며 서 있었다.

우리는 여섯시 반 정각에 저녁 식탁에 앉아 있어야 했다. 미시즈 엘더필드의 자리 뒤쪽 벽에는 알프스 풍경을 그린 작은 유화가 걸려 있었는데, 지금도 나는 샬레*나 방울 달린 암소나 체크무늬 앞

치마를 두르고 베리 열매를 따는 하이디 같은 소녀의 그림을 보면 생선과 삶은 감자의 냄새가 떠오른다. 저녁 식탁에서는 다들 말을 거의 하지 않았다. 아니면 뒤쪽 침실에 모여 워낙 말을 많이 해서 비교적 조용했다고 기억되는 것 같기도 하다.

마리의 아버지는 군복무중 방콕에서 어머니를 만나 미국으로 데려간 뒤 캐딜락 세빌 한 대와 메릴랜드주 실버스프링에 있는 목장 주택을 구해주었다. 두 사람이 이혼하여 어머니는 태국으로 돌아가고 아버지는 보스턴으로 이주한 이후 십 년간 마리는 부모 사이에서 던져지고 당겨지기를 반복했다. 방콕에서 어머니하고만 살았던 마지막 몇 년 동안은 한 남자를 만나 질투에 불타는 열광적인 연애를 했으며, 그와 함께 클럽에서 술이나 약에 취해 춤을 추며 밤을 지새우곤 했다. 이를 어찌해야 할지 모르겠는데다 본인도 남자친구 때문에 분주했던 어머니가 딸의 상황을 알리자 아버지는 마리를 태국에서 낚아채다가 스위스에 부려놓았다. 이곳이 소녀들의 거칠고 어두운 면을 우아하게 다듬어 얌전한 여성으로 조련하는 '신부학교finishing school'로 유명한 나라이기 때문이었다. 하지만 제네바 국제학교는 그런 곳이 아니었는데, 알고 보니 마리는 제대로 된 신부학교에 들어가기엔 나이가 너무 많았다. 그런 학교들의 평가에 따르면 마리는 이미 끝난finished 아이였다. 게다가 좋지 않은 방식으로. 그래서 마리는 국제학교에서 고등학교를 한 해 더 다니게 되었다. 하숙집의 자체 규칙과 더불어 통행금지 시간에 대한 아버지의 엄격한 지시까지 적용되던 와중에 마리가 미시즈 엘

* 스위스 산간 지방에서 볼 수 있는 지붕이 뾰족한 작은 주택.

더필드의 요리용 와인에 맛을 들이고 나서는 이 빡빡한 규칙이 더욱 철저해졌다. 그래서 내가 부모님을 보러 기차를 타고 바젤에 가지 않는 주말이면 마리와 나는 소라야가 나가고 없는 집에서 둘이 함께 지낼 때가 많았다.

마리와 달리 소라야는 문제의 기운을 내뿜지 않았다. 적어도 무모함 때문에, 타인이 정해놓은 경계와 한계는 뭐든 결과를 따지지 않고 넘고 싶은 욕구 때문에 문제를 일으킬 것 같지는 않았다. 오히려 소라야는 권위의 기운을 내뿜었고, 그것은 내면에서 우러나오는 기운이어서 섬세했다. 외모는 깔끔하고 차분했다. 키가 작은 편이라 나와 별 차이가 없었고 곧게 뻗은 검은 머리는 샤넬 단발이라고 부르던 모양으로 잘랐으며 눈꼬리가 치켜 올라가도록 눈화장을 했다. 코밑에 솜털이 났지만 굳이 가리려고 애쓰지 않았는데, 그게 있어서 더 매혹적이라는 사실을 알았을 것이다. 하지만 언제나 낮은 목소리로 비밀을 교환하듯 말하는 버릇은 혁명기의 이란에서 보낸 어린 시절에 생겼거나, 아니면 남자애들, 이어서 성인 남자들에 대한 취향이 가족이 용인하는 선을 재빨리 넘어버린 사춘기에 생겼을지도 모른다. 우리는 할일이 별로 없는 일요일에는 뒤쪽 침실에 종일 틀어박혀 카세트테이프를 함께 듣거나, 소라야가 흡연으로 인해 더욱 깊어진 낮은 목소리로 들려주는 그간 만나온 남자들이나 그들과 했던 일에 대한 얘기를 들었다. 내가 그런 이야기에 충격받지 않았던 건, 내게는 아직 성애의 감정은 고사하고 섹스에 대한 구체적인 이해조차 없어서 그 의미를 제대로 해석하지 못했기 때문이기도 하지만, 한편으로는 그런 이야기를 하는 소라야의 무심한 분위기 때문이기도 했다. 그녀에게는 그 무엇에도 끄떡하지 않는 단단함이 있었다. 그래도 소라야는 시험해봐야 했던 것 같다. 천부적 재능들이 다 그렇듯이 노력하지 않았는데도 저절로 생겨나 어느새 자신의 핵심을 이루고 있는 그것이 무엇인지, 그것이 제대로 작동하지 않을 때 어떤 일이 벌어지는지 알아볼 필요를 느꼈던 것 같다. 소라야가 묘사하는 섹스는 즐거움과는 아무 관련이 없는 듯했고, 오히려 어떤 시험을 위해 자신을 바치고 있다는 인상을 주었다. 즐거움에 대한 그녀의 감각은 그런 두서없는 이야기에 테헤란이 섞여들어 그 도시와 얽힌 추억을 이야기할 때만 뚜렷이 드러났다.

첫눈이 내리고 난 11월. 그새 11월이 된 언제쯤이었을 것이다, 우리의 대화에 그 사업가가 등장한 것은. 나이가 소라야의 두 배를 넘는 네덜란드인이었고 암스테르담 운하 변의 커튼을 달지 않은 집에 살면서 두어 주에 한 번씩 사업차 제네바에 왔다. 은행가였다고 기억한다. 집에 커튼이 없었다는 사실이 기억에 남은 까닭은 그 남자가 소라야에게 자기는 헤렌흐라흐트 운하 건너편에 있는 사람들이 아내를 볼 수 있다는 확신이 들 때만 불을 켠 채로 아내와 섹스를 한다고 말했기 때문이다. 그는 루아얄호텔에 묵었고, 소라야는 삼촌이 차를 사주겠다고 데려간 그 호텔 레스토랑에서 그를 처음 만났다. 삼촌이 돈을 너무 헤프게 쓰는 자식들에 대해 페르시아어로 계속 지껄이는 동안 소라야는 그 은행가가 몇 테이블 떨어진 곳에 앉아 생선 뼈를 섬세하게 발라내는 모습을 지켜보았다. 그는 완벽하게 고요한 표정으로 포크와 칼을 정확하게 놀려 생선 뼈를 통째로 발라냈다. 그는 전혀 배고픈 기색 없이 천천히, 완벽하게 작업을 수행했다. 나머지 생선을 먹어치울 때도, 다들 그러듯이 입에서 잔가시를 빼기 위해 멈추는 일이 단 한 번도 없었다. 생선을 먹으며 캑캑거리지도 않았고 잘못 남은 잔가시가 목을 찌르는 불쾌함 때문에 잠시나마 눈살을 찌푸리는 일도 없었다. 어떤 부류의 남자는 그렇게 근본적으로 폭력적인 행동을 우아함으로 탈바꿈시킬 수 있다. 삼촌이 화장실에 간 사이에 남자는 계산서를 요구해 현금으로 계산을 마친 후 스포츠 재킷의 단추를 잠그며 나가려고 일어섰다. 하지만 호텔 로비로 이어지는 출입구를 향해 곧바로 걸어나가는 대신 빙 돌아서 소라야의 자리에 오백 프랑짜리 지폐를 떨어뜨리고 지나갔다. 알브레히트 폰 할러의 얼굴 옆에 파란 잉크로 그의 방 번호가 적혀 있어서, 마치 이 소중한 정보 한 조각을 그녀에게 제공하는 사람이 알브레히트 폰 할러인 듯했다. 나중에 소라야가 테라스의 열린 문으로 들이치는 한기에 얼어붙은 채 호텔 침대 위에 무릎을 꿇고 있을 때, 은행가가 자신은 언제나 호수가 내다보이는 방에 투숙한다고, 수백 피트 높이의 허공으로 솟아오르는 분수의 강력한 물줄기를 보면 흥분을 느낀다고 말했다. 소라야는 미시즈 엘더필드의 아들이 쓰던 싱글 침대에 발을 올리고 바닥에 누워 우리에게 그의 말을 흉내내다가 웃음을 터트리더니 좀처럼 그치지 못했다. 하지만 웃음과는 무관하게, 다시 만날 약속은 이미 정해져 있었다. 그때부터 그 남자는 소라야에게 제네바에 곧 간다고 알리고 싶으면 미시즈 엘더필드의 집에 전화를 걸어 삼촌 행세를 했다. 소라야는 그 오백 프랑짜리 지폐를 침대맡 협탁 서랍에 넣어두었다.

당시에 소라야는 다른 남자들도 만나고 있었다. 아버지의 스포츠카를 몰고 그녀를 데리러 온 동갑내기 소년은 외교관의 아들이었는데, 함께 몽트뢰로 드라이브를 갔다가 차의 트랜스미션을 망가뜨렸다. 학교 근처 레스토랑에서 웨이터로 일하는 이십대 초반의 알제리 남자도 있었다. 그녀는 외교관의 아들과는 잤지만 자신을 진심으로 사랑하는 알제리 남자에게는 키스만 허락했다. 그가 카뮈처럼 가난하게 자랐다는 이유로 소라야는 그에게 환상을 품었다. 하지만 자신이 나고 자란 곳의 태양에 대해 그가 아무런 말도 하지 못하자 마음이 식기 시작했다. 냉정하게 들리지만, 나중에 나역시도 그런 경험을 했다. 알고 보니 상상과는 전혀 다른, 완전히 미지의 존재인 상대와 너무 친밀해졌음을 깨닫는 순간 두려움과 함께 찾아오는 돌연한 단절감. 그래서 은행가가 외교관의 아들과 알제리 남자 둘 다 잘라내라고 요구했을 때, 소라야는 어렵지 않게 그 말에 따를 수 있었다. 그로써 그녀는 알제리 남자의 고통에 대한 책임에서 벗어났다.

그날 아침 우리가 학교에 가려고 나서기 전에, 전화가 울렸다. 소라야가 두 애인과 관계를 끊었을 때, 은행가는 그녀에게 치마 속에 아무것도 입지 말라고 지시했다. 소라야는 버스 정류장을 향해 얼어붙은 들판을 건너가면서 그 얘기를 했고 우리는 웃음을 터트렸다. 그런데 그때 그녀가 걸음을 멈추고 바람을 막으려고 손으로 라이터를 감쌌다. 불꽃의 밝은 빛을 받은 소라야의 눈을 본 순간, 나는 처음으로 그녀가 잘못될까봐 두려웠다. 아니, 그녀가 두려웠는지도 모른다. 소라야에게 결핍된, 혹은 소라야가 지닌 어떤 것, 다른 이들이라면 한계선을 그을 만한 곳 너머까지 나아가도록 몰아대는 그것이 두려웠는지도.

　소라야는 학교에서 특정한 시간에 공중전화로 은행가에게 전화를 걸어야 했다. 수업중에 교실에서 나와야 한다 해도 마찬가지였다. 소라야가 그를 만나러 루아얄호텔에 가면 프런트에 봉투가 준비되어 있고 그 안에는 방에 들어가서 무엇을 어떻게 하라는 세밀한 지시가 담겨 있었다. 은행가의 규칙을 어기거나 그의 까다로운 기준에 못 미치면 어떤 일이 벌어졌는지 나는 알지 못한다. 소라야가 처벌을 용인했을지도 모른다는 생각은 미처 하지 못했다. 겨우 아동기를 벗어난 당시의 나는 단순하게나마 그녀가 어떤 게임에 들어가 있다고 이해한 것 같다. 언제든 그만하겠다고 말할 수 있는 게임. 다른 사람은 몰라도 소라야라면 규칙을 어기기가 얼마나 쉬운지 안다고, 하지만 이번만은 자진해서 규칙을 따르기로 결심한 거라고 이해했을 것이다. 그때 내가 그런 일에 대해 무얼 알 수 있었겠는가? 모르겠다. 삼십 년이 지난 지금도 그때 불꽃이 비춘 그녀의 눈에서 내가 본 것이 도착倒錯인지, 무모함인지, 두려움인지, 아니면 반대로 꺾이지 않는 의지인지 모르겠으니까.

　크리스마스 방학을 맞아 마리는 보스턴으로 날아갔고 나는 가족과 함께 지내기 위해 바젤로 갔으며 소라야는 파리의 집으로 갔다. 두 주 후에 모두가 돌아왔을 때, 소라야는 어딘가 변해 있었다. 안으로 움츠러들어 속내를 드러내지 않는 듯했고, 침대에 누워 워크맨을 듣거나 프랑스어로 쓰인 책을 읽거나 창가에서 담배를 피우는 때가 많았다. 전화가 울릴 때마다 벌떡 일어나 받으러 갔고, 자기에게 걸려온 전화면 방문을 닫고 들어가 몇 시간씩 방에서 나오지 않을 때도 있었다. 마리가 소라야 옆에 있으면 오싹한 느낌이 든다면서 내 방에 오는 일이 점점 잦아졌다. 마리는 나와 함께 내 좁은 침대에 누워 방콕 얘기를 들려주었는데, 거기에 아무리 극적인 사건이 담겨 있어도 그녀는 자신을 우스갯거리로 만들고 나를 웃길 수 있었다. 돌이켜 생각하면 마리는 내가 그뒤로 잊었다가 기억하기를 거듭하면서도 완전히 잊지는 않은 무언가를 가르쳐주었다. 우리가 생생히 살아 있다고 느끼게 해주는 극적인 사건들의 부조리하면서도 진실한 속성을.

그후 1월부터 4월까지 기억에 남은 건 대부분 내게 일어난 일들이다. 그사이 친해진 미국 아이 케이트는 네 자매 중 맏이였는데 샹펠이라는 동네의 큰 주택에 살았고 내게 제 아버지가 수집한 〈플레이보이〉 잡지들을 보여주었다. 내가 가끔 용돈벌이로 돌봤던 미시즈 엘더필드의 이웃집 어린 딸은 어느 밤에 지나가는 차의 전조등이 벽에 붙어 있던 사마귀를 비추자 침대에서 일어나 비명을 질렀다. 학교가 끝난 후의 오랜 산책도 생각난다. 바젤에서 주말을 보낼 때는 어린 여동생이 부모님의 언쟁을 듣지 못하도록 부엌에 데려가 놀아주었다. 그리고 어느 날 오후에는 미소를 잘 짓던 우리 반 남자아이 샤리프와 걸어서 호수에 갔다가 벤치에 앉아서 서로를 진하게 더듬었다. 처음으로 남자애와 키스해본 그때, 그애가 내 입에 혀를 밀어넣자 불같이 일어난 그 느낌은 부드러우면서도 맹렬했다. 내 손톱이 샤리프의 등을 파고들자 그애는 더욱 거세게 키스했으며, 우리는 내가 가끔 멀리서 보았던 연인들처럼 벤치 위에서 함께 몸부림쳤다. 집으로 가는 전차 안에서 나는 피부에 남은 샤리프의 냄새를 맡았고, 다음날 학교에서 그애를 다시 마주할 생각을 하니 공포가 밀려왔다. 실제로 다시 보았을 때 그애를 존재하지 않는 사람처럼 외면했지만 시선의 초점을 느슨하게 풀었기 때문에 샤리프의 상처받은 표정을 어렴풋이 볼 수 있었다.

그 시기의 또다른 기억은 언젠가 집에 돌아와 화장실에 있는 소라야를 본 일이다. 그녀는 거울 앞에 서서 화장을 하고 있었는데 눈이 반짝반짝 빛났고 지난 몇 주 동안과 달리 다시 행복하고 쾌활해 보였다. 소라야는 나를 안으로 불러들이더니 머리를 빗어 땋아주겠다고 했다. 그러고는 카세트플레이어를 욕조 가장자리에 균형을 잡아 놓아두고 내 머리를 손가락으로 매만지며 노래를 따라 불렀다. 그런데 그녀가 뒤에 있는 머리핀을 집으려고 고개를 돌렸을 때 목에 자주색 멍자국이 보였다.

그런데도 나는 진심으로 소라야의 강인함을 의심하지 않았다. 그녀가 통제권을 쥐고 뭐든 원하는 대로 하고 있다고 믿었다. 규칙을 직접 고안하진 않았더라도 자신이 동의한 규칙에 따라 게임을 하고 있다고. 이제 와서 돌이켜보니 내가 소라야를 얼마나 그런 사람으로 보고 싶어했는지 깨닫는다. 의지가 강하고 자유로우며 어떤 일에도 끄떡없고 자기 내면의 명령을 따르는 사람. 나는 제네바의 거리를 혼자 걷던 경험을 통해 이미 이해하고 있었다. 남자를 끌어당기는 힘, 그런 힘이 생길 때는, 무서울 정도의 취약함도 함께 온다는 사실을. 하지만 나는 강인함이라든가, 대담함이라든가, 그 밖에 내가 이름 붙일 수 없는 어떤 것에 의해 힘의 균형이 유리하게 기울 수도 있다고 믿고 싶었다. 은행가와의 만남이 시작된 직후에, 소라야는 그의 아내가 호텔방으로 전화한 적이 있다고 우리에게 말했다. 화장실에 들어가 있으라는 그의 지시를 거부하고 소라야는 침대에 누워 통화를 들었다. 은행가는 알몸으로 등을 돌렸지만 예상하지 못했던 아내의 전화를 받고 통화를 계속할 수밖에 없었다. 소라야는 그가 아내에게 네덜란드어로 말했으나 말투만은 그녀 가족의 남자들이 자기 어머니에게 말할 때와 같았다고 했다. 두려움이 살짝 섞인 심각한 말투. 그리고 그 통화를 들으면서 소라야는 그가 드러내고 싶지 않았던 무언가가 드러났고, 그것이 둘 사이의 균형에 변화를 일으켰음을 알았다고 했다. 나는 그 이야기가 그나마 더 좋았다. 소라야의 목에 왜 멍이 있는지 이해하려 하는 일에 비한다면.

5월 첫째 주에 소라야는 하숙집에 돌아오지 않았다. 미시즈 엘더필드는 새벽에 우리를 깨워 소라야가 어디에 있는지 아는 게 있으면 모두 말하라고 다그쳤다. 마리는 어깨를 으쓱하고 손톱 끝부분이 까진 매니큐어만 쳐다보았고 나도 마리가 보내는 신호에 따르려 애썼지만, 미시즈 엘더필드는 소라야의 부모님과 경찰에 상황을 알릴 것이며 소라야에게 무슨 일이 일어났다면, 그녀가 위험한데 우리가 어떤 정보든 숨기고 있다면 절대로 용서받지 못할 테고 우리도 스스로를 용서할 수 없을 거라고 말했다. 마리는 겁에 질린 표정이었고, 나는 그 얼굴을 보며 울기 시작했다. 몇 시간 후에 경찰이 도착했다. 나는 부엌에서 형사와 그의 동료만을 앞에 두고 아는 것을 전부 말했지만, 앞뒤가 끊기거나 횡설수설하는 와중에 실은 내가 아는 게 그리 많지 않다는 사실을 깨달았다. 그들은 마리를 조사한 뒤 뒤쪽 침실에서 소라야의 소지품을 샅샅이 뒤졌다. 나중에 방은 약탈이라도 당한 것처럼 보였고, 온갖 물건이, 심지어 속옷까지, 폭행 현장의 분위기를 풍기며 방바닥과 침대 위에 흩어져 있었다.

소라야가 실종된 지 이틀째 되던 그 밤에, 엄청난 폭풍우가 몰아쳤다. 마리와 나는 잠들지 못한 채 내 침대에 함께 누워 있었고 둘 다 두려운 것들을 입 밖에 내지 않았다. 아침에 차바퀴가 자갈을 짓밟는 소리에 잠에서 깬 우리는 침대에서 뛰쳐나가 창밖을 내다보았다. 그러나 택시 문이 열리며 나타난 사람은 남자였고, 검고 무성한 콧수염 아래 앙다문 입술이 보였다. 어쩐지 눈에 익은 소라야 아버지의 이목구비에서 그녀의 기원에 관한 진실이 엿보이자, 그녀가 홀로 우뚝 선 자율적인 존재라는 환상도 깨지고 말았다.

미시즈 엘더필드는 우리더러 경찰에 이미 한 얘기를 미스터 사사니에게 다시 하라고 했다. 키가 크고 무서운 인상에 분노로 얼굴이 일그러진 그에게 미시즈 엘더필드도 직접 말할 용기가 없었던 것 같다. 마침내 마리가―자신에게 새로 생긴 권위와 알려야할 소식의 선정성으로 인해 대담해져서―대부분의 이야기를 도맡았다. 말없이 듣고만 있는 미스터 사사니가 느끼는 감정이 두려움인지 격노인지는 구분하기 힘들었다. 분명 둘 다였을 것이다. 그가 문을 향해 돌아섰다. 당장 루아얄호텔로 가겠다고 했다. 미시즈 엘더필드는 그를 진정시키려 애쓰며 이미 알려진 사실을 거듭 말했다. 그 은행가는 이틀 전에 이미 체크아웃했고 방 수색도 끝났으며 밝혀진 건 아무것도 없다. 경찰이 전력을 다하고 있다. 은행가가 차를 렌트했고 경찰이 그 차를 추적하고 있다. 남은 할일은 여기에 머물며 다른 소식을 기다리는 것뿐이다.

그뒤로 한참 동안 미스터 사사니는 거실 창문 앞을 암울하게 서성거렸다. 샤를 위해 일한 왕실 엔지니어로서 그는 온갖 종류의 붕괴를 막고 대비했을 것이다. 하지만 샤 자신이 몰락했고, 미스터 사사니의 인생을 이루는 거대하고 정교한 구조물도 허물어져 안전의 물리학을 조롱했다. 그가 딸을 스위스로 보낸 것은 그 나라가 질서와 안전을 회복시켜주리라는 전망 때문이었지만 스위스마저도 소라야의 안전을 지켜내지 못했고, 이 배반이 그에게는 너무 힘겨운 듯했다. 그는 언제라도 고함을 치거나 비명을 내지를 것 같았다.

결국 소라야는 혼자 힘으로 돌아왔다. 그 사태에 스스로 선택해서 걸어들어갔듯이 돌아올 때도 혼자 힘으로. 그날 저녁 그녀는 신록이 짙은 들판을 가로질러, 흐트러졌으나 온전한 모습으로 문 앞에 도착했다. 충혈된 눈 주위로 화장이 번져 있었지만 차분한 모습이었다. 심지어 아버지를 보고도 놀란 기색이 없었고 그가 이름을 외쳐 부르자 잠시 움찔할 따름이었다. 이름의 마지막 음절은 가쁜 호흡인지 흐느낌인지에 뭉개졌고, 이내 그가 딸에게 달려들었다. 순간 그는 고함을 지르거나 손을 쳐들 것처럼 보였지만 소라야는 움츠러들지 않았고, 오히려 아버지가 딸을 끌어당겨 안으며 눈물을 글썽였다. 아버지가 노기를 띤 페르시아어로 긴박하게 말하는데도 소라야는 별 대꾸를 하지 않았다. 그러더니 피곤하다고, 자야겠다고 영어로 말했다. 미시즈 엘더필드가 부자연스럽게 높은 목소리로 뭘 좀 먹겠느냐고 물었다. 소라야는 우리 가운데 누구도 더이상 자신에게 필요한 것을 줄 수 없다는 듯 고개를 젓더니 뒤쪽 침실로 가는 긴 복도를 향해 돌아섰다. 내 앞을 지날 때, 그녀가 걸음을 멈추고 손을 내밀어 내 머리를 만졌다. 그러고는 아주 천천히 계속 걸어갔다.

다음날 소라야의 아버지는 딸을 다시 파리로 데려갔다. 우리가 작별인사를 나누었는지는 기억나지 않는다. 아마 우리는, 마리와 나는, 그녀가 돌아올 거라고, 돌아와서 학기를 마치고 어찌된 일인지 전부 얘기해줄 거라고 생각했을 것이다. 하지만 소라야는 돌아오지 않았다. 자신에게 무슨 일이 있었는지 판단하는 것은 우리의 몫으로 남겨놓았다. 나는 소라야가 슬픈 미소를 띠고 내 머리카락을 만졌던 순간을 떠올리며 그때 내가 본 건 어떤 품위였다고 믿었다. 자신을 벼랑 끝까지 밀어붙이며 어둠 혹은 두려움과 맞붙어 이긴 사람의 품위. 6월 말에 아버지는 임상강사 과정을 마치고 외상의학 전문의가 되어 우리 가족을 다시 뉴욕으로 이주시켰다. 9월에 학교로 돌아가자 심술궂은 여자애들이 내게 관심을 보이며 나와 친해지고 싶어했다. 그애들 중 하나는 어느 파티에서 차분하게 가만히 서 있는 내 주위를 빙 돌며 변한 나의 모습에, 외국에서 산 옷에 감탄했다. 나는 바깥세상에 나갔다 돌아왔고, 아무런 말을 하지 않아도 아이들은 내가 뭘 좀 안다는 걸 알아차렸다. 한동안 마리는 내게 하고 싶은 이야기를 카세트테이프에 녹음해 보내주며 자기 삶에서 일어나는 일을 모조리 알려주었다. 하지만 결국에는 그마저도 오지 않았고 우리는 연락이 끊겼다. 스위스와 나는 그로서 끝이었다.

내 마음속에서는 소라야와도 그로서 끝이었다. 이미 말했듯 그녀를 다시 만나지 못했고, 찾으려 해본 것도 열아홉 살 여름에 파리에서 사는 동안 딱 한 번뿐이었다. 그때조차도 애를 썼다고는 할 수 없다. 전화번호부에 사사니라고 등재된 두 가족에게 전화를 해보고는 그만두었으니까. 그렇지만 만약 내 마음속에 소라야가 없었다면 과연 내가 그렇게 행동할 수 있었을까 싶은 일들이 일어났다. 나는 슈브뢰즈 거리의 내 아파트 건너편 레스토랑에서 접시를 닦던 젊은 남자의 오토바이에 올라 파리 외곽에 있는 그의 아파트로 달려가기도 했고, 내 집 아래층에 살던 나이든 남자와 바에 가기도 했다. 그 남자는 실은 그럴 생각도 없으면서 자기가 매니저로 일하는 나이트클럽에 일자리를 구해주겠다고 떠들어대더니 우리 건물로 돌아온 뒤에는 자기 집 현관 앞 계단참에서 내게 달려들어 부둥켜안고 못 가게 했다. 접시 닦이의 집 소파에서는 영화를 봤는데, 나중에 그는 모르는 남자의 집에 따라가는 건 위험하다면서 말없이 내 아파트로 데려다주었다. 그리고 나이트클럽 매니저를 겨우 밀쳐낸 뒤 한 층을 달려 올라가 안전한 내 집으로 피신하고 나서는 여름 내내 계단에서 그와 마주칠까봐 벌벌 떨었고, 그가 오가는 소리를 유심히 들은 후에야 용기를 내 문을 연 뒤 쏜살같이 계단을 뛰어내려가곤 했다. 그러면서 내가 이런 행동을 하는 건 프랑스어를 연습하기 위해 파리에 왔고 내게 말을 거는 사람이라면 누구와도 대화하겠다고 마음먹었기 때문이라고 스스로에게 해명했다. 하지만 여름 내내 나는 소라야가 그 도시 어딘가에 가까이 있을지도 모른다는 사실을 의식했다. 우리가 서로 가깝다고, 그리고 그녀가 그랬듯이 나도 날 끌어당기는 동시에 조금은 두렵게 하는 내면의 무언가에 가까이 다가갔다고 느꼈다. 소라야는 어떤 게임에서 내가 아는 그 누구보다 멀리 가본 사람이었다. 그것은 한낱 게임에 불과하지 않은 게임, 힘과 두려움에 관한 게임, 타고난 취약함에 순응하기를 거부하며 벌이는 게임이었다.

하지만 나 자신은 그리 멀리 밀고 나가지 못했다. 용기가 없었다고 생각한다. 그리고 그 여름 이후로 다시는 그렇게 대담하고 무모한 행동은 하지 않았다. 한 애인과 끝나야 다른 애인을 사귀었고, 그들 모두가 온순하고 나를 약간 두려워하는 남자들이었다. 그러다 결혼을 하고 두 딸의 엄마가 되었다. 첫째 아이는 남편처럼 머리칼이 연갈색이어서 가을날 들판을 걷고 있으면 어디 있는지 놓치기 쉽다. 하지만 둘째는 어딜 가나 눈에 띈다. 그 아이는 주변의 모든 것과 대조를 이루며 성장하고 발달해간다. 사람이 자신의 외모를 선택할 수 있다고 상상하는 건 옳지 않을뿐더러 위험하기도 하다. 하지만 나는 내 딸이 언제 어디서나, 심지어 다른 아이들과 함께 합창석에 서 있을 때조차 눈길을 끄는 검은 머리와 초록색 눈을 가진 것이 어떻게든 그 아이의 의지와 관련이 있다고 장담한다. 이제 겨우 열두 살이고 아직은 자그마하지만 벌써 거리를 걷거나 지하철을 타면 남자들이 쳐다본다. 그리고 그애는 어깨를 웅크리거나 후드를 뒤집어쓰거나 다른 또래 친구들처럼 헤드폰 뒤로 숨어들지 않는다. 흡사 여왕처럼 꼿꼿하고 고요히 서 있어서, 남자들은 그 모습에 더욱 매료된다. 그애에게는 움츠러들기를 거부하는 당당함이 있지만, 단지 그뿐이라면 내가 걱정과 두려움까지 느끼지는 않았을 것이다. 자신의 힘에 대한, 그것이 미치는 범위와 한계에 대한 아이의 호기심 때문에 나는 겁이 난다. 하지만 사실을 말하자면, 나는 아이를 걱정하면서도 때로는 부러움을 느끼는지도 모른다. 어느 날 나는 보았다. 지하철 안에서 맞은편에 선 양복 차림의 남자가 불타는 눈으로 꿰뚫을 듯 쳐다볼 때 그애가 어떻게 그 시선을 맞받아내는지를. 아이의 시선은 일종의 도전이었다. 친구와 함께 지하철을 탔다면 아이는 남자에게서 눈을 떼지 않은 채 친구를 향해 천천히 고개를 돌리며 웃음을 끌어내는 말을 했을지도 모른다. 바로 그때 소라야가 다시 떠올랐고 그뒤로 나는 그녀에게 사로잡혔다고 할 수밖에 없는 상태가 되었다. 소라야가 계속 떠오를 뿐만 아니라, 한 사람을 만나고 반평생이 지난 뒤에야 그 만남이 무르익어 터지며 온전히 실현될 수도 있다는 사실을 거듭 반추하게 된다. 소라야의 코밑 솜털과 눈꼬리가 치켜 올라간 눈화장과 웃음소리. 분수에 흥분한다던 네덜란드 은행가 얘기를 우리에게 해줄 때 뱃속에서 터져나오던 그 낮은 웃음소리. 그는 소라야를 한 손으로 두 동강 낼 수 있었을지 모른다. 하지만 그녀는 이미 부러져 있었거나, 결코 부러지지 않았을 것이다.

옥상의 주샤

110번가의 이십삼층 건물에 올라 타르 도장재를 발꿈치로 지그시 밟은 채 신생아 손자를 품에 안은 그는 어쩌다 여기에 오게 되었을까? 그의 아버지가 늘 말하던 대로, 단순한 문제는 아니었다. 단순함은 그가 물려받은 유산이 아니었다.

더 구체적으로 이야기를 시작하자면, 브로드먼은 이 주 동안 죽어 있었다. 그런데 슬프게도, 불필요한 책들을 쓴답시고 오십 년을 허비한 이 세상으로 돌아오고 말았다. 장에 생긴 종양을 제거하는 수술을 받고 나서 합병증이 생겼다. 인공호흡기와 몸으로 드나드는 갖가지 액체 주머니를 주렁주렁 매단 채, 그의 몸은 열닷새 동안 병원 침대에 누워 양측성 폐렴에 맞선 중세적 전쟁을 치렀다. 이 주 동안 브로드먼은 죽었으되 죽지 않은 불확실한 상태였다. 레위기에 나오는 집*처럼 그는 병균에 잠식당했고 의료진들은 돌을 하나하나 빼내 집을 완전히 해체하듯 그의 온몸을 깨끗이 긁어냈다. 효과가 있을 수도, 없을 수도 있었다. 병이 물러갈 수도, 이미 온몸에 퍼졌을 수도 있었다.

판결을 기다리며 그는 야단스러운 꿈을 꾸었다. 그런 엄청난 환각이라니! 약에 취하고 열에 들뜬 상태로 그는 꿈에서 헤르츨** 반대주의자가 되어 미대륙 전역을 돌며 강연을 했는데, 관중이 구름처럼 몰려들어 현장에서도 현장 중계방송을 관람해야 할 지경이었다. 웨스트뱅크의 랍비가 브로드먼을 제거하라는 파트와***를 내렸고, 유대인 카지노 대부가 그의 현상금으로 천만 달러를 내걸었다. 반역죄로 쫓기던 브로드먼은 독일 중심부 어딘가에 있는 안가에 숨었다. 창문 밖으로 굽이치는 언덕이 보였다. 바이에른일까? 베제르베르글란트일까? 정확한 장소에 대한 정보는 본인을 위해 일부러 차단했다. 그가 중압감을 이기지 못하고 무너져 아내 미라, 혹은 그의 변호사나 구시에치온****의 랍비 하난 벤즈비 같은 이들에게 전화를 걸지도 몰라서였다. 그런데 랍비에게 전화한들 무슨 말을 하겠는가? 항복하겠소. 와서 날 죽이시오. 브룬힐데가 암소들의 젖통에 대고 〈에델바이스〉를 부르는 낙농장을 지나 왼쪽 세번째 흙길로 들

---

* 레위기 14장은 집에 대한 정결 규례를 다루고 있는데, 나병이 발생한 집이라면 "그 집을 무너뜨려야 한다. 돌들과 재목과 흙을 모두 허물어 마을 밖"으로 버려야 하며 "집 벽을 긁어내고 다시 바른"다고 쓰여 있다. 주로 죄악의 근본을 뿌리 뽑아야 한다는 은유로 해석된다.

** 오스트리아의 유대인 기자로, 근대 시오니즘 운동의 창시자이다.

*** 특정 사안이 이슬람교 율법에 저촉되는지에 관해 이슬람 법학자들이 내놓는 유권해석을 뜻하며, 넓은 의미에서 종교적 반대자들을 처단하라는 지시를 가리키기도 한다.

**** 유대산맥 인근의 유대인 정착지.

어와요. 돌격용 소총도 잊지 말고 가져오고, 한단 말인가? 아니 어쩌면 랍비는 고기 칼로 브로드먼의 목을 그을 계획인지도 몰랐다.

독일의 안가에서 그는 부버, 랍비 아키바, 게르숌 숄렘 등의 조언을 구했다. 숄렘은 곰 가죽 러그 위에 너부러진 채 곰의 귀 뒤를 긁었다. 브로드먼은 또 방탄 자동차 뒷좌석에 마이모니데스와 함께 앉아 있었고, 끊임없는 말을 들었다. 모세스 이븐 에스라를 보았으며 살로 바론은 말소리만 들었다.* 바론에게는 손으로 연기를 휘저으며 목청 높여 말해야 했지만, 그가 보이지는 않아도 흩날리는 연기의 성운 속에서 깊은숨을 쉬고 있다는 건 알 수 있었다. 살로 비트마이에르 바론, 스무 개의 언어를 익혔고 아이히만의 재판에서 증언했으며 서방 세계의 대학에서 유대 역사학 석좌교수로 임명된 최초의 학자였다. 살로, 당신은 우리에게 무엇을 가져다준 것입니까?

열에 들떠 있던 두 주 동안 엄청난 일들, 이루 말할 수 없는 각성이 일어났다. 시간의 속박에서 풀려난 일시적이고 초월적인 상태로, 브로드먼은 자기 인생의 진정한 형태를 보았고 그것이 언제나 의무를 향해 휘어 돌아 있었음을 깨달았다. 단지 그의 삶만이 아니라 그가 속한 민족의 삶이 그랬다—삼천 년간 위태롭게 유지된 기억, 크게 존중받는 고난, 그리고 기다림.

열닷새째 되는 날, 열이 내리고 의식을 회복했을 때 그는 치유되

---

* 부버는 오스트리아의 19세기 유대교 종교철학자, 랍비 아키바는 1~2세기 유대교 학자이자 현자, 게르숌 숄렘은 독일 태생의 20세기 이스라엘 철학자이자 유대교 신비주의 학자, 마이모니데스는 12세기 유대인 철학자이자 의사이자 토라 연구자, 모세스 이븐 에스라는 11세기 스페인의 유대인 철학자이자 시인이다.

어 있었다. 이제 그는 거주할 수 있는 몸을 갖추었고, 조금 더 살게 되었다. 레위기의 해당 구절에 의하면 이제 새 두 마리를 구해 속 죄 의식만 행하면 되는데, 한 마리는 제물로 바치되 다른 한 마리 는 살려두어야 했다. 하나는 죽이고 다른 하나는 동족의 피에 담갔 다가 집을 두루 돌며 그 피를 일곱 번 뿌린 다음 방생한다. 그렇게 죽음을 유예받다니! 그는 그 구절을 읽을 때마다 울었다. 하지만 살 아 있는 새는 성읍 밖 들판으로 날려보내서 그 집을 속죄하리니 그리하 면 그 집이 깨끗하게 되리라.*

그가 환각에 빠져 있는 동안 그의 유일한 손주가 세상에 나왔다. 심신이 허약해진 브로드먼은 자신의 정신적인 노동이 출산의 진통 이었다는 막연한 믿음을 품었다. 그의 둘째 딸 루시는 남자를 좋아 하지 않았다. 그런 딸이 마흔한 살에 임신 소식을 알렸을 때, 브로 드먼은 이를 무염시태無染始胎**의 기적으로 받아들였다. 하지만 행 복은 오래가지 않았다. 몇 달 뒤 정기검진 때 받은 피검사가 대장 내시경 검사로 이어졌고, 아이의 출생 예정일까지 한 달 반이 남았 을 무렵에 그 자신도 뭔가를 잉태했음을 알게 되었다. 만약 브로드 먼이 그런 종류의 믿음이 있는 사람이었다면 이 우연을 신비적인 현상으로 받아들였을지도 모른다. 내장에서 비롯된 끔찍한 통증에 땀흘리고 신음하면서, 그는 개념으로서의 아이를 의심의 좁은 통 로 밖으로 힘껏 밀어내 세상에 내놓았다. 그러다가 거의 죽을 뻔했 다. 아니, 정말로 죽었다. 그는 아이를 위해 죽었다가, 어떤 기적에

---

* 레위기 14장 53절.
** 성모마리아는 하느님의 은총으로 원죄의 오염 없이 예수를 잉태했다는 기독교의 교리.

38

의해 되살아났다. 무엇을 위해?

어느 이른 아침에 의료진이 인공호흡기를 떼어냈다. 젊은 의사가 자신이 행한 기적에 눈시울이 촉촉해져서 그를 내려다보며 서 있었다. 브로드먼은 두 주 만에 처음으로 진짜 공기를 들이켰고, 그 공기가 그의 머릿속으로 올라갔다. 그는 어지러움을 느끼며 의사를 가까이 잡아당겼는데, 너무 가까워서 보이는 거라곤 그의 치아, 새하얗고 눈이 멀도록 아름다운 치아뿐이었다. 병실 안에서 하느님에 가장 근접한 사물인 그 치아에 대고 브로드먼은 속삭였다. "난 주샤가 아니었어요." 의사는 이해하지 못했다. 브로드먼은 단어들을 입 밖으로 세게 밀어내며 다시 말해야 했다. 마침내 의사가 알아들었다. "물론 아니죠." 그가 달래듯 말하며 환자의 힘없는 손아귀에서 벗어나 수액 줄이 꽂힌 손을 부드럽게 토닥거렸다. "선생님은 브로드먼 교수이셨잖아요. 지금도 마찬가지고요."

의료진이 복부 근육을 절개하지 않았다면, 이때 브로드먼은 웃었을지도 모른다. 이런 사람이 회한에 대해 뭘 알 수 있을까? 아마 아직 자식도 없겠지. 보아하니 아직 아내도 없겠고. 모든 것이 그의 앞에 펼쳐져 있다. 곧 그는 멋진 하루를 기대하며 커피를 마시러 갈 것이다. 바로 이 아침에 죽은 사람을 살려내지 않았는가! 잘못 산 인생에 대해 그가 뭘 알겠는가? 그렇다, 브로드먼은 늘 브로드먼이었고 지금도 여전히 브로드먼이지만 그런데도 그는 브로드먼이 되지 못했다. 랍비 주샤가 그가 되어야 했었던 사람이 되지 못했듯이. 브로드먼은 유년기에 그 설화에 대해 배웠다. 아니폴리*의

---

* 랍비 주샤가 우크라이나의 한노필(이디시어로 '아니폴리')에 정착한 후 그의 주위

영적 지도자 주샤는 죽은 뒤 하느님의 심판을 기다리고 서서, 자신이 생전에 모세나 아브라함처럼 되지 못했다며 수치심을 느꼈다. 하지만 마침내 나타난 하느님은 그저 이렇게 물었다. "너는 왜 주샤가 되지 못했느냐?" 이야기는 거기서 끝나지만 브로드먼은 뒷부분을 꿈으로 꾸었다. 하느님은 다시 모습을 감추었고, 혼자가 된 주샤는 속삭였다. "유대인이었기 때문이죠. 유대인 말고 다른 것이 될, 심지어 주샤가 될 여유조차 없었으니까요."

병실 창문으로 희부연 아침햇살이 쏟아졌고 창틀에서 비둘기 한 마리가 천천히 날개를 퍼덕였다. 창유리는 건너편 벽돌 벽을 가리기 위해 반투명하게 처리돼 있어서 보이는 것은 위로 날아오르며 변화하는 새의 형태뿐이었다. 하지만 그는 생각 속에서 일종의 구두점 같은, 흰 지면을 치는 쉼표와 같은 날개의 파닥임을 들었다. 정신이 그토록 명료하고 예리해지기는 몇 년 만에 처음이었다. 죽음이 정신에서 부차적인 것들을 모조리 긁어냈다. 이제 그의 생각은 성질이 달라졌고 핵심을 향해 직진했다. 마침내 모든 것의 바닥까지 가봤다는 느낌이 들었다. 미라에게 말해주고 싶었다. 그런데 미라는 어디 있을까? 병을 앓던 십수 일 내내 미라는 침대맡에 앉아 있었고 매일 밤 자러 가는 몇 시간 동안만 자리를 비웠다. 바로 그 순간, 브로드먼은 자신이 죽어 있던 사이에 손자가 태어났음을 깨달았다. 궁금했다. 아이의 이름은 그의 이름을 따라 지었을까?

수년 전에 교직에서 은퇴한 그는 일평생의 학문을 집대성할 역

로 정통파 유대인들이 모여 하시딤이라는 영적 부흥 운동과 이를 따르는 유대인 공동체가 생겼다.

작을 쓰고 있다고 알려져 있었다. 하지만 글을 본 사람은 아무도 없어서 컬럼비아대학교의 소속 학과에서는 여러 소문이 돌았다. 기억이 미치는 가장 먼 옛날부터 브로드먼은 줄곧 모든 문제에 대한 답을 알았다. 그의 인생은 이해의 드넓은 대양 위에 떠 있어서, 그저 필요할 때 컵을 담가 퍼내기만 하면 되었다. 그 대양이 서서히 증발해버렸다는 사실을 그는 너무 뒤늦게 깨달았다. 이해는 멈춰버렸다. 이해하는 능력은 이미 오래전에 사라졌다. 그는 날마다 아파트의 비좁은 뒷방에서 책상 앞에 앉아 있었다. 사십 년 전에 미라와 함께 뉴멕시코를 여행하다 값싸게 사 온 부족 미술 작품으로 가득한 방이었다. 그렇게 몇 년간 앉아 있었으나 나오는 건 없었다. 급기야 회고록을 써볼까 생각도 했지만 노트에 과거에 알았던 사람들의 이름만 가득 적었을 뿐 더는 나아가지 못했다. 옛 제자들이 찾아오면 그는 원시 부족의 가면들 아래에 앉아 유대 역사학자의 곤경에 대해 장황하게 늘어놓았다. 유대인은 벌써 오래전에 역사 쓰기를 끝냈다, 그는 말했다. 랍비들이 정경正經 성경의 범위를 확정한 것은 역사가 이미 차고 넘친다고 느꼈기 때문이다. 신성한 역사의 문은 이천 년 전에 닫혔고, 유대인에게 다른 역사는 필요하지 않다. 그다음에 온 것은 과도한 열성과 메시아 신앙, 로마인들의 야만, 강물처럼 흐르는 피, 화염, 파괴, 그리고 마침내 유배였다. 그로부터 줄곧 유대인들은 역사 밖에서 살기로 했다. 유대인들이 메시아를 기다리는 동안, 역사란 다른 민족에게 일어나는 일이었다. 그동안 랍비들은 오로지 유대인의 기억에만 매달렸고, 이천 년간 그 기억이 민족 전체를 지탱했다. 그러니 그가—그들 중 어느 누가—무슨 자격으로 그 배를 흔들겠는가?

전부 예전에 들은 얘기인 탓에 제자들은 점점 발길을 끊었다. 루시는 집에 오면 십오 분도 견디지 못했다. 큰딸과의 관계는 이미 오래전에 끊겼다. 그 아이는 웨스트뱅크에서 이스라엘군 불도저 앞에 드러눕다가 이따금 짬이 나면 집에 전화를 걸었다. 하지만 미라가 아니라 브로드먼이 전화를 받으면 말없이 끊고 다시 팔레스타인 사람들에게로 돌아갔다. 잠시 딸의 숨소리가 들리기도 했다. "캐럴?" 하지만 돌아오는 답은 신호음뿐이었다. 도대체 캐럴에게 뭘 잘못한 걸까? 그는 좋은 아버지는 아니었다. 하지만 그렇게까지 형편없었나? 그는 학문에 몰두하느라 딸들을 미라에게 떠맡겼다. 혹시 그 선택에 숨겨진 다른 뜻이 있었을까? 가족들은 처음에는 어땠는지 몰라도 점점 그에게 관심이 없어졌다. 밤에 잠자리에 들기 전에 미라가 딸들의 구릿빛 머리를 땋아줄 때면 그들이 공유하는 일상, 각자가 겪은 성공과 실망의 섬세한 레이스가 풀려나왔다. 그들은 브로드먼이 이 의식에 동참하기를 예상하지도, 원하지도 않았으므로 그는 캐럴이 태어난 후 서재로 개조한 뒷방에 틀어박혔다. 하지만 무력하고 무관한 존재로 배척당했다는 느낌에 분노가 타올랐고, 늘 돌아서면 자신이 한 말을 후회했다.

　그런데도 딸들은 그에게 주눅들지 않았다. 본인들이 하고 싶은 걸 했다. 자식 된 도리라는 굴레에 그 자신처럼 얽매이지 않았다. 외동아이였던 브로드먼에게 부모를 배신한다는 것은 그들의 얼굴을 걷어차는 짓만큼이나 불가능했다. 카드로 지은 집처럼 허술한 부모의 인생이 그의 등에 얹혀 있었다. 고대언어학자로 엘리스섬*

---

*미국 뉴욕항에 있는 섬으로 수많은 이민자들이 이곳을 통해 입국해 정착했다.

에 도착한 아버지는 히브리어 선생으로 이민지에 정착했다. 어머니는 브롱크스에 사는 부유한 유대인들을 위해 일하는 청소부가 되었다. 브로드먼이 태어나 일을 그만두고 나서도 어머니는 머릿속으로 계속 그 수많은 방과 계단과 모퉁이와 복도를 누볐다. 그가 어렸을 때 어머니는 그 공간들을 돌아다니다 길을 잃곤 했다. 엄마가 정신을 잃어간다는 걸 어린아이가 이해할 수 있을까? 브로드먼은 이해하지 못했다. 어머니가 입원한 후 그는 아버지와 단둘이 살았다. 아버지는 엄숙한 경건함과 꼼꼼함을 갖추고 아들이 알아야 할 것들을 직접 가르쳤다. 날마다 브로드먼은 이른아침에 동쪽에서 비치는 차가운 빛 속에서 성구함*을 매고 기도하는 아버지를 바라보았다. 출근을 위해 집을 나설 때도 그는 아들에게 가르친 히브리어 문자의 곡선처럼 구부정했다. 그런 순간이면 브로드먼은 아버지를 더없이 사랑했지만, 시간이 흐른 뒤 자신이 사랑이라고 여겼던 감정이 어느 정도는 연민이 아니었을까 생각했다. 아버지를 더 큰 고통에서 보호하고 싶다는 소망과 뒤섞인 연민.

삼 개월 후에 아버지와 아들은 어머니를 집에 데려왔고, 어머니는 베개에 기대어 누운 채 물기로 어룽진 천장만 바라보았다. 발목 주위로 푸르스름한 피부가 팽팽하게 당겨져 반들거렸다. 브로드먼은 어머니에게 음식을 해 먹인 다음, 식탁에 앉아 파리 잡이 끈끈이 아래에서 마른기침소리를 들으며 공부했다. 아버지가 귀가하면 식탁에 음식을 차렸고, 식사가 끝나면 식탁 위에 깐 유포를 깨끗이

---

* 성경 구절을 적은 양피지 조각이 담긴 작은 상자로, 유대교에서는 기다란 띠가 달린 성구함을 머리와 팔에 매고 기도를 올린다.

닦은 뒤 가죽으로 장정한, 책등이 부스러져가는 히브리어 책들을 그 위에 내려놓았다. 아버지는 소리 없이 입술을 움직이며 손톱이 넓은 손가락으로 글을 찾아 짚었다. 아브라함이 이삭을 한 번 결박하고 나자 이삭은 그뒤로도 영원히 스스로를 결박했다. 밤마다 잠자리에 들 때면 브로드먼은 여느 남자가 자기 집 문과 창문이 잠겼는지 거듭 확인하듯 자신의 결박을 확인했다. 아파트를 나설 때는 밖에서 조용히 문을 잠갔고, 발목이 푸르스름한 어머니와 구부정한 아버지와 소나무숲 가장자리의 고랑에서 죽은 그들의 양친까지 등에 걸머지고 다녔다.

하지만 그의 딸들은 그렇지 않았다. 그들은 브로드먼이 치른 대가를 감지하고 마침내 그에게서—의무에 찌들어 고서나 들여다보는 그에게서—교훈을 얻은 걸까? 딸들의 어린 시절 내내 그의 아버지의 얼굴은 거실 벽에 걸린 세피아빛 사진 속에서 침울하게 아이들을 내려다보았다. 하지만 아이들에게는 통하지 않았다. 그들은 등을 돌리고 잽싸게 반대 방향으로 걸어갔다. 브로드먼이 소중히 여기는 것을 아무렇지 않게 거부했다. 그를 공경하지 않았다. 그는 캐럴에게서는 경멸만을, 루시에게서는 무관심만을 받았다. 그 때문에 두 딸에게 격분했지만, 속으로는 스스로를 지켜내는 그들이 부러웠다. 딸들이 자신보다 더 행복하지도, 자유롭지도 않다는 사실을 알게 된 건 너무 늦어버린 후였다. 캐럴은 열아홉 살 때 병원에 입원했다. 병실에 가보니 딸이 구속복을 입고 침대에 묶여 있었다. 아이의 상태를 가볍게 여겨 아그논의 단편집을 들고 갔던 그는 당황하며 책을 탁자 위에 어설프게 내려놓았다. 캐럴은 천장만 바라보았다. 언젠가 그의 어머니가 그랬듯이.

브로드먼은 그런 유약한 뇌로 인해 고통받지 않았다. 그 유전자는—그게 정말로 유전이라면—브로드먼을 건너뛰어 전달되었다. 혹은 그가 굳건한 정신으로 막아냈다. 그의 병은 잘라내 없앨 수 있는 육체의 문제였다. 이제 그것은 어려운 제왕절개술을 거친 후 어느 연구실의 항아리 안에 있었고, 예정일보다 사 주 일찍 태어난 그의 손자는 인큐베이터 안에 있었다. 아니다, 그는 두 사건을 혼동한 게 아니라 둘 사이의 대칭성에 강렬한 인상을 받았을 뿐이다. 그들은 함께 회복중이었다. 브로드먼은 십일층에서, 손자는 육층에서. 브로드먼은 죽음으로부터, 손자는 탄생으로부터. 미라는 국회의원 보좌관처럼 둘 사이를 바삐 오갔다. 문병객들이 다녀가며 선물을 주었다. 아기를 위해서는 보송보송한 장난감이나 상하의가 붙은 조그만 이집트 면 내의를, 브로드먼을 위해서는 유동식 과일과 아직은 집중이 힘들어 읽을 수도 없는 책들을.

마침내 아기가 퇴원하는 날에 브로드먼은 아기에게 갈 수 있을 만큼 기력을 되찾았다. 아침 일찍 러시아인 간호사가 들어와 스펀지 목욕을 시켜주었다. "이제 씻고 손자 보러 갑시다!" 그녀는 힘찬 손길로 몸을 닦아주며 노래하듯 말했다. 브로드먼은 아래를 내려다보고 배꼽이 사라졌음을 알게 되었다. 탄생의 흔적은 사라지고 그 자리에 붉게 부푼 흉한 상처가 가로 4인치 길이로 나 있었다. 이걸 어떻게 받아들여야 할까? 러시아인 간호사가 브로드먼이 탄 휠체어를 밀며 복도를 따라 내려갔다. 열린 병실 문틈으로 반죽음이 된 사람들의 멍든 정강이나 굽은 발이 담요 밑으로 삐져나온 광경이 보였다.

하지만 손자에게 도착했을 때 병실은 아이에 대한 권리를 주장하는 사람들—그의 딸, 딸의 여자친구, 정자를 기증한 동성애자, 그 동성애자의 남자친구—로 이미 수용 인원이 꽉 찼다. 브로드먼은 한 시간 넘게 차례를 기다렸다. 아기는 두 쌍의 어버이에게 완전히 포위되어 휠체어에 앉은 채로는 얼핏 볼 수조차 없었다. 분개한 브로드먼은 직접 휠체어를 굴려 엘리베이터를 탔으나 엉뚱한 방향으로 가는 바람에 신장 투석 센터를 한 바퀴 돌아나와야 했다. 간판을 따라가니 명상 마당이 나왔고, 그는 이끼가 잔뜩 긴 땅딸한 부처에게 화를 쏟아냈다. 그래도 찾으러 오는 사람이 없어서 그는 딸에게 돌아가 싸움을 걸기로 했다.

돌아가보니 병실이 비어 있었다. 미라가 잠든 아기를 하얀 싸개로 감싸 그의 팔에 안겨주었다. 브로드먼은 숨을 멈추고 프라 플리포 리피*가 그린 듯 빛을 발하는 완벽한 귀의 소용돌이를 바라보았다. 아기를 떨어뜨릴까봐 두려워 고쳐 안으려 하자, 깜짝 놀란 아기가 속눈썹이 없는 끈끈한 눈을 떴다. 브로드먼은 쇠약한 몸안에서 뭔가가 아프게 당겨지는 느낌이 들었다. 그는 아기를 가슴에 꼭 안은 채 내려놓지 않았다.

그날 밤, 브로드먼은 십일층의 침대에서 흥분을 억누르지 못하고 뒤척였다. 이제 집으로 돌아간 그의 손자는 요람에 누워 부드러운 천에 감싸인 채 가볍게 돌아가는 모빌 아래에서 꿈을 꾸고 있었다. 깊이 잠들거라, 부벨레**. 너의 세상은 온통 조용하고, 아직 아무 일도 일어나지 않았어. 무엇에 대해서든 네게 의견을 물으려는 사람은 없

---

* 15세기 이탈리아 화가로 성모자상을 여러 점 그렸다.
** 어린아이들을 부르는 이디시어 애칭.

지. 그렇다고 아이가 의견들로부터 보호받는다는 뜻은 아니었다. 아기 주위로 온갖 의견이 소용돌이쳤다. 루시는 미라에게 아기 선물로 모세의 바구니를 사달라고 했다. "그런 바구니로 뭘 하겠다는 거야?" 브로드먼이 말했다. 괜한 이야기를 꺼냈다고 생각한 미라는 바구니를 다시 포장용 박엽지로 싸느라 허둥거렸다. 하지만 그가 이미 먹잇감에 이빨을 박아넣은 뒤였다. "도대체 언제까지 이런 가식적인 흉내를 내야 하는 거야?" 그가 물었다. "이제 우린 이집트의 노예가 아니라고. 게다가, 애초에 우리가 이집트의 노예였던 적도 없어."

"괜한 트집 좀 잡지 마." 미라가 바구니를 삭스백화점 쇼핑백에 도로 담은 뒤 자기 의자 밑으로 차서 밀어넣었다. 브로드먼은 괜한 트집이라는 것을 알면서도 상관하지 않았다. 좀처럼 포기하지 않으려 했다. "모세의 바구니라고? 이유가 뭐야, 미라? 내게 설명해봐."

그렇다, 그는 잠들 수 없었다. 넓은 세상 어딘가에는 선례 없이 태어나 자라는 아이들이 틀림없이 있을 것이다―그 생각을 하니 등골에 오싹한 전율이 흘렀다. 선택권이 주어졌다면 그는 어떤 사람이 되었을까? 하지만 기회는 이미 지나갔다. 그는 의무에 짓눌려 부서지는 길을 스스로 택했다. 완전한 자신이 되지 못하고 고대의 압박에 굴복하고 말았다. 얼마나 어리석은 삶이었는지 이제 알았다. 얼마나 아까운 삶이었는지! 병이 물러가기 전, 열에 활활 타오르는 가운데 브로드먼은 모든 것을 이해했다. 망자들이 그에게 저마다의 주장을 펼쳤고, 그것은 저세상에 가서 답을 얻은 이들이 내놓은 핵심적인 증거였다. 브로드먼은 아이를 가르쳐 다른 삶의 길로 내보내기 위해 죽었다가 다시 불려 나온 것이었다.

아침에 미라가 버터 바른 빵을 김 서린 지퍼백에 담아 병실로 왔다. 아침을 먹은 그는 미라에게서 아기의 위풍당당한 귀가와 힘찬 오줌발과 엄청난 갈증에 대해 들었다. 브로드먼 역시 많이 싸고 많이 마셔서, 회진을 온 의사가 미라에게 이제 곧 휴가는 끝이겠다고 농담을 건넸다. 내일이나 모레 집으로 보내주겠다고 했다. 집—브로드먼은 갑자기 기억했다. 컴컴한 뒷방에서 끊어진 퓨즈로 불을 켠답시고 애쓰던 끝없는 시간. 날마다, 해마다, 텅 빈 메모장의 가는 선들이 그를 책망했었다. 이제 그런 생활은 끝이었다. 터무니없는 짓을 하라고 다시 삶을 얻은 건 아니었다.

그를 집으로 데려간 구급차는 사이렌을 울리지 않았다.

아기는 너무 삭아서 생후 여드레째에 할례를 받지 않았다. 병원에서 아기를 헨젤처럼 살찌웠고, 집에 와서도 아기는 계속해서 제 몸을 불렸다. 이윽고 의사의 허가가 떨어졌다는 소식이 들렸다. 행사는 루시의 아파트에서 열릴 예정이었다. 베이글과 훈제 연어를 내놓기로 했다. 관습과 달리 국부 마취를 하고 할례를 시행하는 여자 모헬*을 리버데일에서 찾아놓았다. 브로드먼은 이 모든 소식을 침실에서 엿들었다. 미라가 소식을 전해주려고 방에 들어왔을 때는 잠든 척했다. 너무 피로한 나머지 자신이 어떤 각성을 경험했는지 아내에게 설명할 수가 없었다. 신열의 광채는 잦아들었다. 이제 하루하루에 무료함이 엉겨붙었다. 예전의 그는 행동형 인간 아니었던가? 그는 늘 자신이 그런 사람이라고 생각했다. 하지만 무슨 증거가 있었던가? 오히려 증거—몇 권 되지도 않고 그마저도 다른

---

* 유대교 의식에 따라 생후 팔 일이 된 남자아이에게 할례를 행하는 사람.

책들의 해설의 해설에 불과한 그의 저서들―는 그 반대를 가리켰다. 브로드먼은 라텍스 베개에 등을 기댄 채 건물들 사이의 가느다란 하늘 조각을 올려다보았다. 캐럴은 행동형 인간이었다. 캐럴은 정신을 놓아버린 뒤로 행동형 인간이 되었다. 탱크와 불도저에 맞서고 자신의 믿음을 위해 싸우는 사람. 하지만 캐럴의 아버지인 그는 제정신을 지켰고 그 안에 숨었다. 흠잡을 데 없는 주장을 펼치고 그 안에 숨는 사람처럼.

그는 병마와 싸우는 동안 몸무게가 9킬로그램이나 빠진 터라 옷이 죄다 맞지 않았다. 출장 요리와 접이식 의자 등을 챙기느라 분주했던 미라는 할례식 두 시간 전까지도 미처 그 생각을 하지 못했다. 브로드먼은 고함을 지르면 수술한 자리가 아직 아픈데도 아랑곳하지 않고, 그럼 얼룩 묻은 가운을 입고 가겠다고 으름장을 놓았다. 오십 년 동안 그의 성미에 흔들림 없이 침착하게 대응해온 미라는 접시들을 계속 포장하며 전화로 필요한 일처리를 해나갔다. 그러더니 아무 말 없이 아파트 밖으로 나갔다. 문이 닫히는 소리를 듣고 아내가 자신을 두고 가버렸다고 생각한 브로드먼은 속이 부글부글 끓어올랐다. 루시에게 호통을 칠 작정으로 전화기를 막 들려는데 미라가 연갈색 실크 셔츠와 밤색 바지를 들고 돌아왔다. 가끔 함께 커피를 마시는 위층 이웃의 남편 옷을 빌린 것이었다. 브로드먼은 넌더리를 내며 실크 셔츠를 바닥에 내던지고 고함을 질렀다. 하지만 낡은 창문이 달린 집에서 온기가 빠져나가듯 노기가 잦아들며 무력함과 절망만 남았다. 이십 분 뒤 그는 풍성한 실크 셔츠를 입고 아래층에 서 있었고, 수위가 택시를 외쳐 불렀다.

이제 겨울이었다. 택시는 브로드먼이 평생 살아온 도시의 잿빛

거리들을 지나갔다. 김 서린 창밖으로 건물들이 흐릿하게 지나갔다. 미라는 아무 말이 없었다. 루시의 아파트 로비에서 그는 미라가 가져온 비닐봉지에 둘러싸인 채 빌린 옷을 입고 서 있었다. 미라는 도움을 청하러 엘리베이터를 타고 올라갔다. 브로드먼은 그냥 돌아가버릴까 생각했다. 싸늘한 거리를 되밟아 집으로 가는 자신의 모습을 그려보았다.

십칠 년 전 아버지가 돌아가신 후, 심신을 마비시키는 우울증이 브로드먼의 옆구리를 긁고 지나갔다. 암흑의 시기였고 그 밑바닥까지 내려갔을 때 그는 진지하게 자살을 생각했다. 브로드먼은 아버지가 사라지고 나서야 그의 강력한 존재에 가려 있던 것을 볼 수 있었다. 그것은 위에 지어올린 모든 것을 무너뜨릴 조짐을 보이는, 단층선 같은 양가감정이었다. 아니, 양가감정보다 더한, 거부감이었다. 사랑했던 아버지에 대해서가 아니라 아버지가 요구했던 것들, 아버지의 아버지가, 또 그 아버지가, 끊임없는 생식의 사슬을 따라 계속 올라가는 선대의 모든 이가 요구했던 것들에 대한 거부감. 아니, 그건 분노가 아니다! 그는 심리상담사의 사무실에서 고함을 질렀다. "난 단지 그 짐을 거부한다는 거요!"

"무슨 짐이요?" 상담사가 묻더니 상담 기록지에 대답을 받아 적으려고 펜을 든 채 기다렸다.

한 달이 지나자 불면증과 편두통이 멈추면서 브로드먼은 서서히 자신을 다시 알아볼 수 있게 되었다. 그뒤로 몇 달간, 포기의 순간에 얼마나 가까이 갔는지 기억날 때마다 그는 몸을 떨었다. 센트럴파크에서 신선한 말똥냄새를 들이마시고 숲의 우듬지가 이루는 선 위로 솟아오르는 고층 건물들을 보면 감사하는 마음이 복받쳤다. 피프스 애비뉴를 따라 늘어선 박물관, 햇빛을 받은 노란 택시들, 흘러나오는 음악―이런 것들이 너무도 새삼스러운 나머지, 건물 외벽 돌출부를 아슬아슬하게 딛고 피신한 사람처럼 다리가 후들거렸다. 카네기홀이나 브로드웨이의 화려한 극장 앞을 지나는데 마침 공연이 끝났을 때, 그래서 마음은 아직 다른 세상에 남겨둔 채 밖으로 쏟아져나오는 관객들을 바라볼 때, 브로드먼은 삶의 품에 안긴 느낌이 들었다. 거부감의 씁쓸한 맛은 사라졌다. 하지만 그를 이루던 어떤 부분도 함께 사라졌다. 그는 반기를 드는 과정에서 상해를 입었고, 다시는 예전으로 돌아갈 수 없었다. 그즈음에 시작된 게 분명했다. 이해하는 힘이 서서히 빠져나가며 한때 그토록 비옥했던 정신이 고갈되는 과정은.

딸이 사는 아파트의 지저분한 로비에 선 브로드먼은 환자용 지팡이에 기댄 채 엘리베이터 문 위에서 하강 순서에 따라 하나하나 밝혀지는 숫자들을 바라보았다. 문이 양쪽으로 열리고 정자 기증자의 웃는 얼굴이 나타났다. "할아버지!" 그가 우렁우렁한 목소리로 외치며 브로드먼의 손을 힘차게 흔들더니 바닥에 놓인 비닐봉지들을 모조리 들어올렸다. 답답한 엘리베이터 안에서 브로드먼은 땀을 흘리기 시작했다. 남자의 지나치게 농익은 오드콜로뉴 향을 들이마시지 않으려고 입으로 숨을 쉬었다. 엘리베이터는 우르릉 소리와 함께 각층을 통과하며, 불쌍한 아기에겐 세상에 단둘뿐인 남자 가족을 실어 올렸다. 브로드먼은 옆에 선 남자가 종이컵을 들고 딸딸이를 치는 장면이 머리에 떠올라 움찔하며 떨쳐냈다.

아파트 안은 이미 사람들로 꽉 차 있었다. 루시의 가장 오랜 친구 하나가 브로드먼에게 다가와 말을 걸며 볼에 입을 맞췄다. "다시 집에 돌아오셔서서 기뻐요. 모두들 얼마나 놀랐는지 몰라요." 그가 병으로 귀까지 멀기라도 한 양, 여자가 큰 소리로 말했다. 브로드먼은 툴툴거리며 창가로 갔다. 빡빡한 창문을 열어젖히고 찬 공기를 들이마셨다. 하지만 다시 발 디딜 틈 없는 실내 쪽으로 돌아서자 머리가 어질어질했다. 방 안쪽에서는 미라가 커다란 사모바르 주전자를 붙들고 리버데일에서 온 여자 모헬에게 줄 차를 뽑아내느라 여념이 없었다. 정찬용 접시처럼 넓은 편물 키파*를 쓴 그여자는 선불로 대절한 세단을 타고 와서, 하느님의 약속을 표시하는 의미로 그의 손자의 포피를 제거할 예정이었다. 살을 잘라냄으로써 아이의 영혼이 자기 민족에게서 영원히 떨어져나가지 않게 하려는 것이었다.

브로드먼은 똑바로 서 있기가 힘들었다. 랩을 씌운 크림치즈 그릇이 즐비한 부엌을 통과해 어두운 복도로 들어선 그는 금속 지팡이를 쿵쿵 짚으며 걸어갔다. 그저 루시의 침실에 누워 눈을 붙이고 싶은 마음뿐이었다. 하지만 문을 열자 침대 위에는 외투와 스카프가 산처럼 쌓여 있었다. 뜨거운 눈물이 솟았다. 울부짖음이, 은총에서 멀어진 자의 울부짖음이 폐부에 차오르는 느낌이 들었다. 하지만 이윽고 들리는 소리는 울부짖음이 아니라 부드러운 옹알이였다. 휙 돌아선 그는 방 귀퉁이의 흔들의자 옆에 놓인 갈대 바구니를 발견했다. 아기가 작은 입을 열었다. 순간 울려는 것 같기도 하고, 어쩌면 말을 하려는 것 같기도 했다. 하지만 잠시 후 아기는 조그맣고 얼룩덜룩한 주먹을 들어 입에 넣으려 했다. 브로드먼은 가

---

* 유대교인이 정수리에 쓰는 둥근 모자.

숨이 벅차오르는 것을 느끼며 아기에게 다가갔다. 빛과 어둠으로 이루어진 세상에서 무언가가 바뀐 것을 감지한 아기가 고개를 돌렸다. 아기는 눈을 크게 뜨고 질문하는 듯한 표정으로 할아버지를 바라보았다. 복도 끝 저편에서는 사람들이 굴레와 칼날을 준비하고 있었다. 이제 어떻게 이 아이를 도울 것인가?

비상구 문을 열자 화재 대피용 계단이 나왔다. 브로드먼은 지팡이를 버린 뒤 난간을 꽉 잡고 계단 두 벌을 힘겹게 올라갔다. 복부 근육이 아팠다. 도중에 세 번이나 바구니를 내려놓고 숨을 골라야 했다. 마침내 꼭대기에 다다른 그는 긴 금속 가로대를 눌러 문을 열고 손자와 함께 옥상에 올라섰다.

건물 외벽 돌출부에 앉아 있던 새들이 일제히 하늘을 향해 솟구쳐올랐다. 발밑에서 도시가 사방으로 뻗어나갔다. 이렇게 위에서 본 도시는 정지된 듯 고요해 보였다. 서쪽으로는 허드슨강에 떠 있는 거대한 바지선들이, 그리고 저멀리 뉴저지의 절벽까지 보였다. 브로드먼은 숨을 몰아쉬며 바구니를 타르 도장재 위에 내려놓았다. 한기를 느낀 아기가 놀란 눈을 끔뻑이며 꿈틀거렸다. 브로드먼은 벅차오르는 사랑에 전율했다. 아이의 아름다운 이목구비는 완전히 낯설었으며 누구에게도 충성하지 않았다. 아직 아무런 한계가 없고 비교의 기준은 오로지 자기 자신뿐인 아기. 어쩌면 이 아이는 주위의 누구와도 닮지 않게 자랄지도 모른다.

이제 저 아래 아파트에서는 아기가 사라졌다는 사실을 알아차렸을 것이다. 걱정스러운 소식이 전달되면서 다들 대혼란에 빠질 것이다. 브로드먼은 실크 셔츠를 뚫고 들어오는 칼바람을 느꼈다. 그는 아무런 계획이 없었다. 인도의 손길을 바랐다 해도 그곳에서는 찾을 수 없었다. 납빛 하늘이 천상을 밀봉하고 있었다. 그는 힘겹게 허리를 숙여 아기를 바구니에서 꺼냈다. 작은 머리가 뒤로 젖혀졌지만 잽싸게 받쳐 팔꿈치 안쪽에 놓고 부드럽게 감쌌다. 브로드먼은 앞뒤 좌우로 부드럽게 몸을 흔들었다. 그의 아버지가 이른아침에 팔과 머리에 검은 띠를 매고서 그렇게 했듯이. 브로드먼은 울고 있었을 수도 있지만 스스로 알아차리지는 못했다. 아기의 부드러운 볼을 손가락으로 쓰다듬었다. 아이의 회색 눈이 그를 참을성있게 바라보는 듯했다. 하지만 브로드먼은 아기에게 해주려던 말이 무엇이었는지 알 수가 없었다. 다시 삶으로 돌아오고 나니 망자들의 무한한 지혜를 더이상 파악할 수 없었다.

나는 잠들었지만 내 심장은 깨어 있다

아버지의 아파트에서 잠든 나는 누군가가 문 앞에 있는 꿈을 꾼다. 바로 그다—세 살, 아니면 네 살 정도 되어 보이는. 그는 울고 있다. 이유는 모르겠지만 몹시 실망했다는 것만은 알겠다. 나는 그를 달래려고 그림책을 보여준다. 실제 삶에서 보는 것보다 훨씬 더 환한 색으로 그려진 삽화가 아름답다. 그는 책을 흘낏 보지만 울음을 멈추지 않는다. 나는 그의 눈을 보고 모든 것이 이미 결정되었음을 알아차린다. 그래서 그저 그를 안아올려 한쪽 옆구리에 걸치고 돌아다닌다. 쉽지는 않지만 그 방법밖에 없다. 너무나 속상해하니까, 이 자그마한 아버지-아기가.

현관문 자물쇠 소리에 잠에서 깬다. 나는 여기서 혼자 일주일 넘게 살고 있다. 지금, 가만히 누운 채로, 누군가가 안으로 들어오는 발소리와 봉지를 바닥에 털썩 내려놓는 소리를 듣는다. 발소리가 작은 부엌 쪽으로 멀어지고 찬장이 삐걱거리며 여닫히는 소리가 들린다. 수도꼭지에서 물이 세차게 쏟아지는 소리. 누가 되었든 이 집을 잘 아는 사람인데, 그럴 수 있는 사람이 이젠 없다.

나는 침실 문가에서 낯선 이의 넓고 굽은 등을 본다. 그 등이 아담한 부엌을 절반쯤 차지하고 있다. 그는 물을 한 잔 꿀꺽꿀꺽 마신 뒤 다시 잔을 채우더니 그 잔도 비우고, 이어서 세번째 잔도 비운다. 그러고는 유리잔을 헹궈 건조대에 엎어놓는다. 흰 셔츠가 푹 젖도록 땀을 흘렸다. 그가 단추를 풀어 소매를 팔꿈치까지 걷어올린다. 얼굴에 물을 끼얹고 고리에 걸린 체크무늬 행주를 가져다 거칠게 물기를 닦은 뒤, 행주를 눈에 대고 지그시 누른다. 뒷주머니에서 작은 빗을 꺼내 머리를 빗고 매만진다. 그가 돌아설 때 나타난 얼굴은 내가 예상한 얼굴이 아니다. 그렇다고 내가 예상한 얼굴이 따로 있는 건 아니지만. 늙고 고상한 이 얼굴은 코가 길고 높으며 콧구멍은 벌름하다. 눈꺼풀이 처졌지만 두 눈은 놀랍도록 색이 옅고 기민하다. 그는 몇 발짝 거리에 있는 거실로 다시 걸어가 탁자에 지갑을 던지고 나서야 비로소 고개를 들어 문가에서 지켜보고 있는 나를 발견한다.

내 아버지는 돌아가셨다. 두 달 전에 세상을 떠났다. 뉴욕에 있는 병원에서 나는 아버지의 옷과 시계와 아버지가 식당에서 혼자 식사하며 읽고 있었다던 책을 받았다. 내게 남긴 쪽지가 있는지 주머니를 뒤지며 처음에는 바지를, 그다음에는 우의를 살펴보았다. 아무것도 찾지 못하고, 이어서 책을 훑어보았다. 법률 이론과 마이모니데스에 관한 책이었다. 글이 눈에 들어오지 않았다. 나는 아버지의 죽음을 감당할 준비가 되어 있지 않았다. 아버지가 나를 준비시키지 않았다. 어머니는 내가 세 살 때 세상을 떠났다. 아버지와 나는 이미 죽음을 감당한 적이 있고, 그런 건 이제 상대하지 말자고 우리 식으로 합의했다. 그러다 아무런 경고도 없이 아버지가 합의를 깼다.

시바*가 끝나고 며칠 뒤에 코런이 텔아비브에 있는 아파트의 열쇠를 건네주었다. 아버지가 그 도시에 뭔가를 소유하고 있었다는 사실을 그때 처음 알았다. 아버지는 돌아가시기 전 오 년 동안, 자신이 나고 자란 이스라엘의 도시에서 겨울 학기 강의를 맡았다. 하지만 나는 아버지가 대학에서 제공한 방에서 지낼 거라고만 생각했다. 방문 학자들에게 늘 주어지는 삭막하고 몰개성적인 방, 뭐든 있는 듯하면서도 실은 아무것도 없어서, 찬장에 소금은 있지만 올리브유는 없고, 칼이 있기는 하지만 잘 들지 않는 그런 곳. 아버지는 자신이 1월부터 5월까지 생활하는 곳에 대해 별다른 말을 해주지 않았다. 하지만 그렇다고 숨기려 하지도 않았다. 예컨대, 나는 아버지가 도시를 더 좋아하기 때문에 도심에 살면서 일주일에 세 번씩 라마트아비브에 있는 학교로 출퇴근한다는 사실을 알았다. 머무는 아파트가 바다에서 멀지 않고, 아버지가 이른아침의 바닷가 산책을 좋아한다는 사실도 알았다. 우리는 자주 통화했고, 그때마다 아버지는 공연에 간 일이나 만들어보려 했던 음식, 쓰고 있는 책 따위에 대해 이야기해주었다. 나는 수화기 너머 아버지의 주변 환경을 상상해본 적이 한 번도 없었다. 그리고 그때 대화들을 떠올려봐도 기억 속에 아버지의 목소리 외에는 아무것도 없는 듯했다.

---

*가족이 사망했을 때 매장 후 일주일간 거행하는 유대교의 장례 의식.

그 목소리가 상상의 필요성까지도 다 흡수해버렸다.

　그런데, 코런이 나는 몰랐던 아파트의 열쇠를 갖고 있었던 것이다. 장례식 준비도 아버지의 유언장 집행인인 코런이 도맡았고, 나는 관이 땅속으로 내려갈 때 첫 삽의 흙을 뿌리기만 하면 되었다. 소나무 관 위로 흙이 떨어지는 소리가 공허하게 울리자 무릎이 휘청 꺾였다. 나는 따뜻한 날씨에 어울리지 않는 두꺼운 원피스 차림으로 묘지에 서서, 아버지가 딱 한 번 술에 취했던 날을 떠올렸다. 그날 아버지와 코런이 요란하게 노래를 부르는 소리에 나는 잠에서 깼다. 하드 가디아, 하드 가디아. 작은 염소 한 마리, 작은 염소 한 마리. 개가 와서 고양이를 물었어, 고양이가 염소를 먹었거든, 우리 아버지가 2주짐*을 주고 산 염소를. 언젠가 아버지는 내게 토라에는 영원불멸의 영혼에 관한 내용이 없다고 말했다. 지금 우리에게 알려진 의미의 영혼은 탈무드에 처음 등장했으며, 모든 기술적 발전과 마찬가지로 그런 개념의 발명으로 인해 많은 것이 쉬워졌지만 사람들은 한때 그들에게 고유했던 무언가를 잃게 되었다고도 했다. 아버지는 무슨 말을 한 걸까? 영혼을 발명함으로써 사람들이 죽음을 낯설게 여기게 되었다고? 아니면 자신이 죽은 뒤 영혼으로 존재할 거라는 생각은 하지 말라고 가르친 걸까?

　코런은 자기 명함 뒷면에 주소를 적어주면서, 아버지는 내가 그 아파트를 갖기를 바랐다고 말했다. 나중에 형광등이 켜진 복도에 함께 서서 엘리베이터를 기다리다가, 어떤 메시지를 제대로 전달하지 못했다고 느꼈는지 코런이 다시 말했다. "아버지는 네가 가끔

---

* 고대 히브리의 은화 단위.

그곳에 가게 될 거라고 생각하신 거야."

왜? 그동안 한 번도 그곳으로 아버지를 보러 간 적이 없고, 아버지가 나를 거기로 초대한 적도 없는데, 왜? 그 나라 북부에 사촌들이 살고 있긴 해도 서로 연락하는 일은 거의 없었다. 아버지의 누이인 그들의 어머니는 아버지와 전혀 다른 사람이었다. 사촌들은 거칠고 실용적이고 억척스러운 사람들이다. 지금은 다들 부모가 되었고 아이들이 거리에서 맘껏 뛰어다니며 날카롭고 녹슨 물건들을 가지고 놀아도 내버려둔다. 나는 사촌들을 우러러보지만 어떻게 대화해야 할지 모르겠다. 내가 열 살 때 할머니가 돌아가신 후로 그곳에 다시 간 건 단 한 번뿐이었다. 더이상 가야 할 이유가 없었다. 아버지는 무슨 결단이라도 내린 것처럼 그뒤로 더는 내게 히브리어로 말하지 않았다. 그전부터 오랫동안 영어로 대답했던 나는 변화를 알아차리지 못했지만, 아버지가 여전히 꿈에서 쓰는 그 언어는 내가 아닌 다른 사람과 벌여 패배한 싸움이었음을 시간이 흐른 뒤 감지하게 되었다.

지금, 아버지의 아파트에서 낯선 이가 내게 말할 때 나는 반사적으로 영어로 대답한다. "저는 애덤의 딸이에요. 당신은 누구세요?"

"너 때문에 놀랐잖아." 그가 가슴을 탁 치며 말하더니 소파에 주저앉고, 그의 무릎이 벌어진다.

"아버지 친구세요?"

"그래." 그가 대답하며, 풀어헤친 목깃 아래로 목을 문지른다. 가슴팍의 털은 성기고 희끗희끗하다. 내게 앉으라고 손짓한다. 남의 집 거실에 연락도 없이 불쑥 나타난 사람이 자신이 아니라 나라는 듯이. 그가 눈을 빛내며 나를 유심히 본다. "내가 먼저 알아봤어야 했는데. 아버지랑 닮았구나. 더 예쁠 뿐."

"성함도 말씀 안 하셨어요."

"보애즈."

아버지는 보애즈라는 사람에 대해 말한 적이 없다.

"오래된 친구야." 낯선 이가 말한다.

"열쇠는 왜 갖고 계세요?"

"네 아버지가 자기가 없을 때 여길 써도 된다고 했거든. 가끔 내가 이 도시에 올 일이 생기면 말이야. 난 저 뒤쪽 방을 쓰고, 네 아버지 대신 집 상태도 확인하고 그래. 지난달에는 위층에서 물이 샜지."

"아버지는 돌아가셨어요."

잠시 그는 말이 없다. 나를 뜯어보는 시선이 느껴진다.

"알아." 그가 일어서서 돌아서더니 좀전에 내려놓았던 무거운 식료품 봉지를 거뜬히 들어올린다. 하지만 그는 내가 예상한 대로—정상적인 사람이라면 당연히 그렇게 예상할 것이다—집밖으로 나가는 게 아니라 부엌으로 들어간다. "먹을 걸 좀 만들 거야." 그가 고개도 돌리지 않고 말한다. "배고프더라도, 십오 분만 기다려라."

나는 그가 날렵하게 채소를 썰고 달걀을 깨고 냉장고 안을 뒤지는 광경을 거실에서 바라본다. 자기 집처럼 너무 편안하게 구는 모습이 거슬린다. 아버지는 돌아가시고 없는데 이 낯선 사람은 아버지의 호의를 악용하려 든다. 하지만 난 온종일 아무것도 먹지 못했다.

"앉아." 그가 프라이팬의 오믈렛을 내 접시로 밀어내며 명령한다. 나는 예전에 아버지가 식탁에서 부르면 그랬던 것처럼 고분고분하게 의자에 앉는다. 맛을 음미하는 것처럼 보여 그에게 기쁨을 주지 않으려고 음식을 재빨리 씹어 삼킨다—사실은 맛있는데, 한동안 먹은 음식 중 최고인데도. 아버지는 무슨 음식이든 내가 먹는 걸 보면 더 맛있어진다고 말하곤 했다. 하지만 나는 같은 음식이라도 아버지가 만들어주면 더 맛있었다. 샐러드의 마지막 이파리를 손가락으로 집고 고개를 들었더니 낯선 이가 옅은 초록색 눈으로 나를 빤히 보고 있다.

"네 머리," 그가 말한다. "항상 그렇게 짧게 자르냐?" 나는 그를 빤히 바라보며 사적인 얘기를 나눌 생각이 없음을 확실히 밝힌다. 그는 몇 분간 말없이 먹다가 다시 시도한다. "학생이냐?"

나는 굳이 정정하지 않고 물을 마신다. 유리잔 바닥을 통해 그의 입이 어른어른 보인다.

그는 자기가 엔지니어라고 내게 말해준다. "그러면 이 도시에 오실 때 어디든 원하는 곳에서 숙박하실 형편은 되겠네요." 나는 대꾸한다. 그가 음식을 씹다 말고 웃자, 작고 거무스름하고 아이 같은 치아가 드러난다. "난 시청에서 일해," 하면서 북쪽 지방 어느 도시의 이름을 댄다. "어쨌거나 여기가 제일 편리하지."

그의 입장에서는, 그가 누구이든, 내 아버지가 죽었다고 해서 달라지는 건 없다—그렇다고 편리함을 누리지 못할 이유가 뭔가? 나는 그에게 당장 나가라고 말하기로 마음먹는다. 그러나 의자를 뒤로 밀고 일어나 접시를 개수대에 넣으며, 내 입에서는 산책하러 다녀오겠다는 말이 흘러나온다.

"좋지." 그는 대답하고, 섬세한 동작으로 포크와 칼을 접시 위

허공에 들어올린 채 천천히 음식을 씹는다. "신선한 공기를 좀 쐬도록 해. 설거지는 내가 할 테니."

오후가 저물어가지만 더위는 누그러지지 않았다. 그렇긴 해도 밖에 나오니 짜증이 가신다. 공항에서 택시를 타고 오는 길에 모든 것이 너무 보기 흉하고 쇠락해서 놀라웠다. 움푹움푹 팬 벽들, 옥상의 콘크리트 기둥에서 삐져나온 녹슨 철근들. 하지만 이젠 벌써 익숙해졌다. 이런 태만한 노후함이 어떤 면에서는 위로가 되기도 한다. 먼지를 뒤집어쓴 나무들, 노란 햇빛, 아버지가 쓰던 언어의 음성과 함께.

곧 물가에 도착한다. 해변에서 바닥에 주저앉아 시선을 집중할 바다 풍경 한 조각을 고른다. 빛과 바람과 저 아래의 어떤 힘에 의해 변화하는 작은 풍경 조각. 여자아이 하나가 바닷가 가장자리에 앉아 파도가 다리를 철썩 때릴 때마다 좋다고 소리를 지르고, 아이의 부모는 플라스틱 의자에 앉아 보온병에 든 커피를 나눠 마시며 대화하고 있다. 아버지가 다시 이곳에 이끌린 이유는 쉽게 이해할 수 있다. 그보다는 왜 이십 년 가까이 떠나 있었는지, 그 이유를 이해하기가 더 어렵다. 아버지는 어머니가 세상을 떠난 뒤 나와 함께 이 나라를 떠났다. 아버지는 뉴욕에서 교직을 구했고 나는 학교에 다녔으며 우리는 점점 어머니의 부재나 이전의 삶에 대해 말하지 않게 되었다. 나는 이주지에서 원어민이 되었지만 아버지는 평생 외국인으로 살 수밖에 없었다. 그리고 나는 지금 이곳, 아버지의 도시에 와서야 처음으로 궁금해진다. 아버지는 왜 이토록 오랜 시간을 기다리다 내가 다 자라고 대학까지 졸업한 후에야 돌아왔는지. 있는지도 몰랐던 아파트 문을 처음 열었을 때, 나는 눈에 들어오는 광경에 충격을 받았다. 책으로 뒤덮인 벽, 아버지가 시장에서 찾아낸 게 분명한 빛바랜 러그, 오페라 음반, 선반에 놓인 싸구려 장식품, 여행 기념품, 찬장 속의 양철 차통과 알록달록한 접시, 보면대에 바흐의 곡이 아직도 펼쳐져 있는 낡은 업라이트피아노. 심지어 부엌에서 나는 향신료 냄새까지. 이곳은 의문의 여지가 없는 아버지의 집이었다. 아버지가 사랑하는 모든 물건이 여기에 있었다. 하지만 바로 그 철저함 때문에 나는 더욱 놀랐고 당황했다. 아버지의 삶을 거꾸로 뒤집어 보는 느낌이었다. 여기가 그의 진짜 집이고 내가 어릴 때부터 살아온 아파트는 여기를 떠나 있을 때 머무른 곳에 불과하다는 느낌. 아버지의 거실 한가운데에 서서 나는 날카롭게 파고드는 배신감을 느꼈다. 영혼이라는 게 있다면, 얼마나 변형된 형태로든 존재하기는 한다면, 아버지의 영혼은 어디로 돌아갈까?

아버지의 집이 있는 거리로 돌아오니 벌써 해질녘이 되었고 그의 아파트에서는 불빛이 흘러나온다. 화장실 창문 밖으로 뻗어나온 빨랫줄에 걸려 움직이는 무언가가 눈에 들어온다. 셔츠―내 셔츠―여러 장이 그늘 속에서 흔들리고 있다. 빨랫줄을 따라 옮겨간 시선이 내 속옷을 널어 집게로 세심히 고정하는 커다란 손 한 쌍에 머문다.

두 벌의 계단을 한달음에 뛰어올라가 현관 밖 전등 스위치를 누른 뒤 더듬더듬 열쇠를 찾아 안으로 날듯이 들어간다. "뭐하는 거예요?" 나는 폭발한다. 숨이 턱턱 막히고 귀에서는 피가 고동친다.

"무슨 권리로 내 물건에 손을 대는 거예요?"

시청 엔지니어는 흰색 내의만 남기고 웃옷을 벗은 모습이다. 바로 옆 스툴 위에는 젖은 빨래 바구니가 놓여 있다.

"세탁기 위에 있더구나. 음식 만들다 내 셔츠에 얼룩이 묻었는데 그거 하나 넣고 세탁기를 돌리기는 아깝잖아."

그는 빨래집게 하나를 두툼한 입술 사이에 물고 돌아서더니, 내 옷에 집게를 꽂아 널고 빨랫줄을 밖으로 밀어내는 세심한 작업을 계속한다. 어깨가 검버섯으로 뒤덮여 있지만 팔은 두껍고 근육질이다. 결혼반지는 끼지 않았다.

"들어보세요." 나는 낮은 목소리로 말한다. 이미 듣고 있는 사람에게. "아저씨가 누구신지 모르겠지만, 다른 사람 집에 막 들어와서 사생활을 침해하시면 안 되죠."

그가 옷을 내려놓고 입에 문 집게를 뺀다. "내가 네 사생활을 침해했다고?"

"내 속옷에 손대고 있잖아요!"

"그게 내 흥미를 돋울 만한 물건이라 생각해?"

이제 나는 얼굴에 열기가 확 솟구친다. 좀전에 그의 손에 들려 있던 자주색 속옷은 오래되고 유치한데다 고무줄도 늘어났다.

"그런 말이 아니잖아요."

"그럼 어떤 말인데? 내가 네 빨래를 하는 게 싫어? 그럼 다음엔 안 하마." 그는 마지막 셔츠에 집게를 꽂고 창가에서 물러난다. "냉장고에 아이스크림 있다. 나는 지금 나가서 아주 늦게 돌아올 거야. 기다릴 필요 없어. 내게 열쇠도 있고. 어디 갈 데 없으면, 아홉시에 괜찮은 영화 시작하니까 알아두고."

나는 왜 영화를 보고 있는 걸까? 아이스크림을 먹고 영화를 본다, 그가 제안한 그대로. 영화는, 맞다, 꽤 괜찮다. 하지만 그럼에도 나는 중간에 잠이 들고 다시 깼을 때는 다른 영화가 나오고 있다. 자정이 지났다. 아버지의 시계를 귀에 대본다. 시계가 영원히 작동하지는 않을 테고 머지않아 아버지가 남겨준 시간은 소진되겠지만, 당장은 째깍째깍 돌아간다.

어디에선가 고양이가 운다. 아니 어쩌면 아기인지도 모른다. 목욕물을 틀어놓고 누워 있자니 천장 누수로 회반죽이 벗겨지기 시작한 부분의 거뭇한 물기 얼룩이 처음으로 눈에 들어온다. 잠자리에 들기 전에 뒤쪽 작은 방의 문을 두드려보지만, 그가 거기 없다는 걸 안다. 들어왔다면 소리가 들렸을 테니까. 전등 스위치를 켠다. 좁은 침대를 군인처럼 깔끔하게 정리해놓았다. 그의 큰 체구에는 너무 작을 것 같은 침대다―내 침대, 갑자기 그 생각이 머리를 스친다. 내가 여기 오면 쓰라고 아버지가 마련한 침대. 하지만 나는 오지 않았고 그동안 낯선 이가 그 작은 침대를 빌려 쓴 것이다.

침대 발치에 있는 목제 서랍장은 침대 외에 이 방에 들어갈 수 있는 유일한 가구다. 맨 위 서랍을 여니 면도기, 칫솔, 여분의 속옷이 있다. 다른 서랍은 비어 있다.

아버지의 침실로 돌아와, 침대 협탁 서랍에서 발견한 작은 가죽 장정 사진첩을 꺼낸다. 내가 유년기를 보낸 아파트에서 아버지가 보관하던 것들은 전부 내 사진뿐이어서, 나는 일주일 전에 발견한 이 작은 사진첩을 자꾸만 들여다보게 된다. 맨 첫 장에는 청년 시절 아버지의 사진이 있다. 지금의 나보다도 어린 아버지가 반바지에 등산화를 신고 협곡의 바위벽 앞에 서 있다. 사진 속 얼굴이 나와 너무 똑같아서 오싹할 정도다. 우리는 사실 서로 많이 닮았는데도 늘 나이 차이 때문에 닮은 모습이 덜 드러났다. 하지만 이 사진에서는 그것을 쉽게 확인할 수 있다―똑같은 코 모양, 살짝 과도하게 돌출된 귀, 한쪽이 다른 쪽보다 미세하게 작아서 보는 걸 다소 꺼리는 듯한 눈이 시차를 두고 어떻게 대물림되는지를. 심지어 우리는 자세까지 비슷하다. 마치 한 명씩 순서대로 같은 자리를 차지하기 위해 태어난 것처럼.

다음 사진에서는 아버지를 찾아내는 데 시간이 잠깐 걸린다. 폭포 아래 연못에서 다른 이들과 헤엄치면서 입을 벌린 채 눈에는 웃음을 띠고 있는데, 렌즈 너머의 사람에게 무슨 말을 외치는 순간 셔터가 눌린 듯하다. 세번째 사진에서 아버지는 웃통을 벗고 바위에 쭈그려앉아 둥글게 모아쥔 손으로 담배를 들고 있으며, 그 옆에는 젊은 여자가 다리를 길게 뻗고 앉아 있다. 이제 아버지의 얼굴이자 동시에 내 얼굴이기도 한 그 친숙한 얼굴이 더욱 낯설게 느껴지기 시작한다. 이 느긋한 청년은 쾌락을 추구할 때조차 절제되고 엄격했던 내 아버지와 너무 동떨어져 보이기 때문이다. 마지막 사진 속의 아버지는 등뒤로 사막이 끝없이 펼쳐진 곳에서 팔을 활짝 벌리고 웃고 있다. 내 마음에 그리움이 차오른다. 마치 나도 오래전에 그곳에 가봤던 것처럼, 혹은 내 일부가 계속 거기에 존재하는 것처럼. 아니면 이건 그저 아버지를 그곳에서 만날 수만 있다면 뭐든 다 바치겠다는 마음인 걸까. 내 뒤로도 사막이 거울상처럼 끝없이 펼쳐진 그곳에서 아버지와 마주설 수 있다면.

나도 모르는 새 잠이 들었다가 다시 눈을 떴을 때, 창문에는 새벽이 희부옇고 왠지 무언가가 날 깨웠다는 느낌이 든다. 바로 전 꿈에서 나는 많은 사람이 오가는 장소에 있었고, 그곳을 아버지의 아파트라 여겼지만 실은 소도시의 기차역과 더 비슷해 보였다. 나는 아버지가 그곳 역장실에서 죽어가고 있다는 걸 알았다. 톨스토이처럼 말이다. 잠에서 깬 뒤 물을 마시려고 일어나 복도로 나간다. 뒷방의 문이 살짝 열려 있다. 문을 밀어 열자 묵직한 냄새가 풍겨나온다. 잠 속으로 내팽개쳐진 남자의 몸에서 나는 냄새. 이불에 푹 파묻힌 그를 본다. 다리를 침대 밖으로 뻗고 팔로 베개를 감싼 채 규칙적으로 숨을 쉰다. 잠 속으로 깊이 가라앉아 자신을 완전히 내맡기고, 세상에 남은 책임이란 오로지 이렇게—죽은 이처럼—자는 것뿐이라는 듯이. 그를 보기만 해도 점점 졸려온다. 그의 잠이 내게 주문을 걸기라도 했는지 갑자기 사지가 무거워지면서, 침대에 다시 쓰러져 이불 속으로 파고든 뒤 길고 꿈 없는 잠에 빠지고 싶은 마음뿐이다. 너무 기진맥진한 나머지, 그 작은 방의 침대가 그렇게 좁지 않았다면 그의 옆으로 기어들어 웅크리고 눈을 감았을 것이다. 나는 힘겹게 그곳을 벗어나 복도를 되밟아 간 다음 방에 들어가 침대 위로 쓰러진다.

마침내 잠에서 깨어나니 이미 정오가 되어 덧창의 널판 사이로 햇빛이 흘러들어온다. 길고 깜깜한 잠을 자고 일어나니 마음이 불안하고 조급하다. 뒤쪽 작은 방의 문은 닫혀 있다. 걸어서 디젠고프 센터 옥상에 있는 수영장에 간다. 디젠고프는 저가형 옷가게들과 영화관이 있는 커다란 쇼핑몰이다. 수영장에는 엉덩이가 늘어진 수영복을 입은 여자들이 앞뒤로 떠다니고, 금색 수영모를 쓴 노인은 오늘도 수심이 얕은 쪽에서 무릎 굽히기를 하고 있다. 노인이 수면 아래로 미끄러져 못 올라오면 안전요원이 내려가 그를 꺼내주지만, 노인이 물에서 나와 집으로 돌아가면 거기엔 안전요원이 없다. 언젠가 노인은 자기 집에서나 거리에서 수면 아래로 영영 미끄러지고 말 테다. 아버지가 식당에서 수면 아래로 미끄러졌듯이. 아니면 완전히 다른 방식일 수도 있다. 생명을 지상에 붙들어놓았던 무게추가 갑자기 들려 올라갈지도 모른다.

나는 수영장을 앞뒤로 서른 번 돌고 나서 다시 아파트로 걸어간다. 낯선 이의 방문은 아직도 닫혀 있다. 토스트를 만들어 먹고 책을 읽으러 근처 카페로 간다. 스키니진 차림에 눈빛이 나른한 웨이터가 내가 주문한 오렌지주스를 짜며 미소를 보낸다. 그후에 나는 시장을 누비며 돌아다닌다. 한 남자가 모자를 팔려고 하지만 나는 모자를 원하지 않는다. 그럼 뭘 원하는가? 남자는 묻는다. 해변으로 간 나는 털이 수북한 남자들이 벌이는 패들볼* 경기를 구경한다. 아버지의 아파트로 돌아갈 때는 이미 늦은 오후이고, 보도 위의 그림자들이 바다 반대편으로 길어지고 있으며, 시청 엔지니어는 부엌에서 속을 채운 피망을 굽고 있다. 바로 그 순간, 집으로 들어와 오븐 안을 들여다보는 그를 본 순간, 문득 아버지가 이 모든 상황을 미리 계획했는지도 모른다는 생각이 든다. 유언을 써놓고 코런에게 열쇠를 주며 내가 여기에 오길 바라는 뜻이 전달되도록 단단히 준비했듯이, 아버지는 옛친구에게 나를 돌봐달라고 부탁까지 해놓은 것이다. 혹은 자신이 세상을 뜨면 내가 어떻게 해야 하

---

* 나무로 된 둥근 채로 공을 치며 주고받는 게임.

는지를 친구를 통해 은밀하게나마, 어떤 메시지나 신호로 전하려 했는지도 모른다.

"왔구나." 그가 라디오 뉴스의 음량을 줄이며 말한다. "잘됐다. 저녁 준비가 곧 끝나거든. 체리 좋아하냐? 오늘 식품점에 체리가 있더라."

나는 그에게 간밤에 어디 있었는지 묻고 싶다. 그와 더불어 나를 바닥 없는 깊은 잠으로 끌어당긴 그 저류에 대해 묻고 싶다. 하지만 뭐라고 물을 것인가? 대신 나는 상을 차리면서 아버지가 주로 앉던 의자는 어떤 것일까 생각한다. 나는 그것이 분명 레인지와 가장 가깝고 창문을 바라보는—어제 보애즈가 앉았던—자리일 거라고 판단한다. 그가 준비한 음식을 함께 먹으려고 각자의 의자에 앉았을 때, 나는 이번엔 더 상냥하게 굴려고 노력한다. 무언가가 바뀌었고 그도 그것을 안다. 전날 본 기억에서보다 색이 훨씬 더 밝은 그의 기민한 눈이 질문을 담아 나를 바라본다. 질문 외에도 그 눈에는 다른 무엇이, 서글픈 인내 같은 것이 담겨 있다. 무슨 말이라도 해주었으면 좋겠는데 그는 묵묵히 음식만 먹는다. 말문을 여는 건 내 몫인 듯해서, 사실 나는 학생이 아니라고, 건축사무소에서 삼 년간 근무했는데 그 일을 좋아하지 않는다고 말한다. 출근하려고 아침에 일어났을 때, 회사에서 내내 컴퓨터 앞에 앉아 있을 생각을 하면, 성미 고약한 건축사의 감정 폭발이나 부유한 고객들의 항의 따위를 받아낼 생각을 하면 하루가 그다지 기대되진 않는다고 그에게 말한다.

"그런데 왜 계속 다니는 거야?" 그가 입을 닦으며 묻는다.

저녁을 먹은 후 그는 목욕을 하고, 나는 내 방 벽 너머에서 그가 움직일 때마다 물이 출렁이는 소리를 듣는다. 이십 분 뒤에 밖으로 나온 그는 들어갈 때와 똑같은 옷을 입었고 면도를 했으며 젖은 머리를 깔끔하게 뒤로 빗어 넘겼다.

"외출할 건데 한참 걸릴 거야." 그가 말한다. "그러니 혼자 편하게 있어." 그는 칫솔과 수건을 들고 복도를 따라 뒷방으로 간다. 화장실에서 흘러나오는 습기 찬 공기에서 그의 면도 로션 냄새가 난다.

"여긴 왜 오셨어요?" 그가 다시 나타나자 나는 불쑥 묻는다. 그런 식으로 물을 의도는 아니었기 때문에 곧바로 후회한다. 아버지를 위한 이 위장극에서 우리 둘 다 각자의 역할을 고수할 필요가 있음을 이해한다는 뜻을 그에게 전하고 싶다. 그래서 재빨리 덧붙인다. "누수 확인하시려고요?"

"누굴 좀 만나려고." 그가 주머니에 손을 찔러넣으며 말하는 분위기로 보아 상대가 여자라는 느낌이 든다. 그 대답에 실망하는 나 자신에게 다시 한번 놀란다. 내가 예상한 대답이 아니었다. 하지만 그가 무슨 대답을 하리라 예상했단 말인가? 나를 위해 왔다고?

그런데 더욱 놀랍게도, 그가 현관을 나서고 잠시 후 나는 슬쩍 뒤따라 나와 서둘러 계단을 내려간다. 길에서 약간의 거리를 두고 그의 뒤를 쫓는다. 그가 뽕나무 아래를 지나가면 나도 지나간다. 그가 도로를 건너면 나도 건넌다. 그가 걸음을 멈추고 신축중인 고층 건물을 올려다보면 나도 걸음을 멈추고 올려다본다. 이런 일을 아주 오래 계속하여, 한 사람의 일생을 미행하는 일도 가능할 듯한 느낌이 든다.

곧이어 우리는 다른 지역보다 더 쇠락한, 낯선 동네에 와 있다. 테라스들이 고작 나사 몇 개에 매달려 있는 듯 보인다. 그는 제과점에 들어갔다가 끈으로 묶은 작은 상자를 들고 다시 나온다. 쿠키일까? 무슨 종류일까? 케이크일까? 여자가 가장 좋아하고 매번 기다리며, 이제는 당연히 받을 거라고 예상하게 된 종류? 순간 그가 길 건너편을 바라보고, 잠시 나와 눈이 마주친 것 같다. 하지만 그는 아무것도 드러나지 않는 표정으로 돌아서서 계속 걸어간다. 나는 몇 블록을 더 따라간 다음, 그가 슈퍼마켓에 들어갔다가 비닐봉지를 들고나올 때까지, 이번에는 차 뒤에서 기다린다.

이제 어두워졌다. 그 낯선 사람, 그러니까 보애즈—그게 진짜 이름이라면—는 여전히 앞에서 걷고 있다. 우리는 한 시간 가까이 걷는다. 하지만 상관없다, 난 항상 잘 걷는 사람이었다. 아버지는 내가 어렸을 때도 불평 한마디 없이 아주 멀리 걸어가곤 했다고 말했다. 갈증이 나지 않았다면, 그리고 지갑도 없이 집을 나선 게 아니라면, 밤새 이렇게 걸어다녀도 불만이 없었을 것이다. 하지만 나는 곧 마실 것이 지독하게 간절해지고, 철망으로 된 재활용품 쓰레기통을 지나며 그 안에 가득 담긴, 무수히 해소된 갈증의 검은 윤곽을 볼 때마다 간절함이 되살아난다.

마침내 낯선 이가 벽토를 바른 낮은 아파트 건물 앞에서 걸음을 멈춘다. 풀이 우거진 좁은 앞뜰이 있고, 입구 옆에는 큰 관목이 무성하며, 형태가 제멋대로인 나무 한 그루가 번들거리는 짙은 색 이파리들로 건물 전면의 일부를 가리고 있다. 그가 걸음을 멈추고 건물을 올려다보고 있을 때, 나뭇잎 사이로 불 켜진 일층 창문들이 내 눈에 들어온다. 그는 정문을 통과한 뒤 건물 안으로 들어가지 않고 옆 골목으로 돌아간다. 비쩍 마른 고양이 네댓 마리가 덤불에서 몰려나와 그의 다리 사이로 빙빙 돌다가 그가 슈퍼마켓 봉지에서 캔 몇 개를 꺼내자 가르릉 소리를 낸다. 그는 캔의 뚜껑을 따서 바닥에 내려놓는다. 고양이들이 모여들고 덤불에서 몇 마리가 더 나온다. 그가 빈 깡통을 치우려고 걷어차자 고양이들이 펄쩍 물러나며 긴장한다. 그가 뭔가 진정시키는 말을 하고, 고양이들은 다시 게걸스럽게 먹는다. 나는 이제 그가 보건 말건 가로등 아래에 서 있다. 하지만 그는 내가 거기 있는 걸 안다 해도 드러내지 않는다. 비닐봉지를 주머니에 찔러넣은 그는 골목을 돌아나와 밤공기에서 무슨 냄새를 맡는 양 잠시 멈추더니, 나뭇잎 사이로 불 켜진 창문들을 다시 한번 올려다본다. 나뭇가지들이 산들바람에 흔들리며 유리창을 때리고, 그는 가능성이 반반인 무엇인가를 결정하려는 듯 주머니 속 동전과 열쇠를 짤랑거리고 서 있다. 그러더니 어깨를 활짝 펴고 뜰을 황급히 가로질러 컴컴한 로비 안으로 사라진다. 고양이 한 마리가 울부짖는 소리, 어디선가 들리는 텔레비전소리만 아니라면 사방이 조용하다. 잠시 파도 소리가 들리는 듯했으나 사실은 나뭇잎 사이로 불어 오르는 산들바람일 뿐이다. 나는 텅 빈 도로 건너편으로 가보지만, 거기에서는 창문 안쪽을 보기가 더 힘들다. 나무 위로 올라가는 수밖에 없어 보인다.

나무 밑동 옆에 서서 발 디딜 곳을 찾은 뒤, 가지 위로 몸을 겨우 끌어올린다. 티셔츠가 잔가지에 걸리고 부러진 줄기에서 흘러나온 수액 때문에 손이 끈적끈적하다. 한 번 발이 미끄러져 떨어질 뻔했다가 마침내 충분히 높고 충분히 창문에 가까워져, 손을 뻗으면 그 사람들을 만질 수 있을 것만 같다. 네모난 빛의 틀 안에 젊은 여자와 아이가 평온하게 식탁에 앉아 있다. 긴 머리를 뒤로 땋아내린 여자가 책을 읽다가 아이가 그린 그림을 보려고 고개를 든다. 그녀의 밝은색 눈을 보자 내 머리에 차분하게, 또렷하게 떠오르는 생각은, 어디선가, 누군가가, 어째서인지 그에게 잘못된 열쇠를 주었다는 것, 그가 돌아와서 돌보려 했던 딸은 바로 이 여자라는 것이다. 힘주어 버티느라 다리가 후들후들 떨려도 나는 나무 몸통을 붙잡은 채 여자가 초인종소리를 듣고 그를 안으로 들이기를 기다린다. 왜 이렇게 시간이 걸리는 걸까? 여자의 집 문밖에서 그는 무슨 연습을 하고 있는가? 그리고 죽은 이들이 열 수 없도록 잠겨버리는 문은 오직 그들 자신의 문, 그들이 사랑하는 사람들의 문인 것일까?

그 순간 아래쪽에서 발소리가 들리고, 그가 도로로 황급히 걸어가는 모습이 내려다보인다. 나무 밑으로 내려가는데 잔가지가 꺾이며 내 얼굴과 팔을 긁는다. 나는 마지막 남은 구간을 훌쩍 뛰어내려 세게 착지한 다음 뛰기 시작한다. 블록 끄트머리에서 모퉁이를 도는 형체가 보이지만 거기에 도착했을 때 그의 흔적은 보이지 않고, 조용한 거리가 끝나자 넓고 북적이는 대로가 나온다. 차들이 빠른 속도로 지나간다. 버스가 굉음을 내며 멈추고, 도로 건너편에 그가 있을지도 모른다는 생각이 든다. 하지만 버스가 지나간 뒤 보도에는 아무도 없다. 유일하게 영업중인 길모퉁이의 24시간 약국을 들여다봐도 안에 있는 사람은 상자와 병 따위가 즐비한 곳에서 지팡이에 의지한 채 처방약을 타려고 끈기 있게 기다리는 할머니 한 명뿐이다. 어떻게 그토록 순식간에 사라졌을까? 그에게도, 나 자신에게도 화가 난다. 하지만 아마도 진짜 의문을 가져야 할 부분은 내가 어떻게 이 정도로 멀리까지 그를 따라올 수 있었는가 하는 점일 것이다.

텔아비브는 어디에서든 바다가 멀지 않아서, 바다를 찾아가 내 위치를 파악해보니 아버지의 아파트는 생각보다 가까운 곳에 있다. 어둠 속에서 본 바다는 낮과 달리 더 광대하고 더 살아 있고 지성이 충만하다. 폐업한 옛 디스코텍 뒤에 있는 바위 방파제로 가니 맨 끝에서 검은 물속으로 낚싯줄을 드리우는 남자들이 보인다. 한참 쳐다봐도 아무것도 나오지 않는다. 집으로 돌아가 낯선 이를 기다려야 할까 생각해본다. 하지만 그는 돌아오지 않을 거라는 느낌이 든다. 오늘밤은, 그리고 내일도. 그리고 그렇게 십 년이 흘러 내게도 아이들이 생길 때까지 나는 자물쇠를 바꾸지 않을 거라는 느낌도 든다.

자정이 넘어 집으로 돌아온다. 낯선 이의 방을 들여다보지만, 예상대로 방은 비어 있고 침대도 깔끔하게 정돈되어 있다. 머리가 무겁고 갑자기 피로가 쏟아진다. 혼자 사는 동안의 버릇대로, 나는 복도를 따라 침대로 가는 길에 옷을 하나씩 벗으며 줄줄이 던져놓는다. 덧창이 닫혀 있어서 온통 깜깜한 어둠을 뚫고 조금씩 나아가 이불 위로 쓰러진다. 눈을 뜨고 가만히 누워 있으니 비로소 그 침대에서 이미 잠들어 있는 누군가의 규칙적인 숨소리가 들린다. 비명을 지르며 팔을 휘두르다보니 주먹이 부드럽고 따뜻한 무언가에 박힌다. 나는 더듬더듬 전등을 찾고, 전구에 불이 확 들어오자 낯선 이의 모습이 보인다. 내의 차림으로 팔다리를 아무렇게나 펼치고 입을 반쯤 벌린 채, 전처럼 잠 속에 내팽개쳐진 모습이다. 집에 나보다 훨씬 빨리 돌아오진 못했을 텐데도 그는 이미 각성의 해안에서 너무 멀어진 터라 비명으로도 주먹질로도 깨울 수 없다. 나는 쿵쾅거리는 가슴을 부여잡고 바닥에서 티셔츠를 낚아채 머리 위로 끼워 입는다. 그를 흔들어 깨우고, 이 모든 상황에 대한 설명을 요구하고, 내 침대에서, 아니 아버지의 침대에서, 여하튼 그의 것은 아닌 그 침대에서—그의 침대가 있다 해도 그건 복도 저편에 있으므로—나가라고 말할 작정이다. 하지만 그의 어깨를 움켜잡으려 하자 강력한 한기가 내 몸을 훑는다. 갑자기 그를 방해하기가 두려워진다. 마치 저녁 내내 그는 잠결에 걸어다녔던 것이고 그런 그를 깨우면 어떤 균형이 깨지면서 무언가가 끝나거나 영원히 정지해버릴 것만 같다.

나는 불을 끄고 가만히 문을 닫은 뒤 복도를 따라 뒷방으로 가서 좁은 침대 위에 눕는다. 한동안은 도무지 잠이 오지 않을 것 같았는데 눈을 떠보니 아침이고 화장실에서 물을 받는 소리가 들린다. 하지만 그건 화장실 물소리가 아니라 위쪽 아파트에서 벽을 따라 내려오는 배수관을 흐르는 물소리다. 아마도 머지않아 또 누수가 생길 테고 낯선 이는 잠에서 깨어나 그걸 처리해야 할 것이다. 나는 침대에서 내려와 그를 찾으러 아버지의 방으로 간다. 문이 열려 있고 침대는 비었으며 침대 시트는 흐트러져 있다. 거실로 들어가다 그에게 발이 걸려 넘어질 뻔한다. 그는 바닥에 웅크리고 누워, 다리를 배 쪽으로 끌어당기고 두 손을 무릎 사이에 끼운 자세로 아기처럼 잠들어 있다. 발로 살살 건드려보지만 광대한 잠에 빠진 그는 전혀 방해받지 않고 고요히 잔다. 이게 얼마나 계속될 수 있을까? 나는 궁금하다. 곧 겨울이 올 테고, 바다가 컴컴해질 테고, 비가 내리면 부서진 아스팔트에 웅덩이가 생길 것이다. 하지만 나는 그런 생각을 하면서도 마음으로는 안다. 이 상태가 아주 오래 계속되리라는 것을, 부엌으로 가는 길에 낯선 이의 몸을 넘어 다니는 일에 익숙해지리라는 것을. 사람은 그런 것들을 예사롭게 넘어 다니며 살기 마련이니까. 그게 우리에게 더는 짐이 되지 않을 때까지, 그래서 완전히 잊을 수 있을 때까지.

최후의 나날

불이 사흘째 타오르다 도시 경계 안으로 넘어온 날, 랍비가 전화를 걸어 부모의 이혼 판결 서류가 도착했는지 물었다. 노아는 전화 벨소리에 잠에서 깼다. 일곱시가 갓 넘은 시간이었지만, 랍비는 오랜 옛날의 세상에 사는 사람이니까 아마 새벽부터 깨어 있었을 것이다. 노아는 그를 잠깐 기다리게 하고 침대에서 일어나 레너드와 모니카가 떠난 뒤로 계속 쌓여온 우편물더미를 뒤졌다. 청구서와 광고지 사이에서 캘리포니아주 대법원에서 온 두꺼운 갈색 봉투를 찾았다.

"여보세요?" 노아는 전화기에 대고 말했다. "여기 있네요."

손가락이 미끄러져 잘못 누른 건지 랍비의 목소리가 스피커폰으로 크게 증폭되어 나오며 서류 사본을 자신에게 전달하라고 지시했다. 그래야 게트—유대교 이혼 합의—가 완결되고 공식적으로 등록된다는 것이었다. 그녀는 주소를 받아 적었다. 랍비는 서른다섯 명으로 구성된 폴란드 답사 여행단을 인솔하여 내일 출국할 예정이었다. 그는 수용소와 유대인 집단 거주지를 돌아보러 떠나기 전에 이 문제를 완결 짓기를 원했다. "모든 것을 질서 있게 처리해야" 한다고 그는 말했다. 그래서 노아의 손에 있는 서류가 즉시 필요하다고 했다. 가능하다면 오늘, 아무리 늦어도 내일 오전까지. 화재에 대해서는 아무 말도 하지 않았다. 지금 여기에서 타오르는 불은 랍비와 아무런 관련이 없었다.

여름이 되면 노아의 가족 역시 늘 과거로 되돌아갔다. 삼천 년을 거슬러 철기시대로, 그리고 그 시기의 잇따른 재난으로. 레너드는 그들이 다른 사람들의 비극에서 이득을 취하고 있다고 즐겨 말했다. 매년 6월에 새로운 발굴단을 모아놓고 환영사를 할 때마다 그 말을 절대로 빼먹지 않는 아버지 때문에 노아는 여름이라는 계절—숨막히는 열기와 수북이 쌓인 시간—이 오면 강제 소환된 태곳적 고난을 연상하게 되었다. 고고학은 쌓아올리는 일과 정반대라고, 레너드는 즐겨 말했다. 고고학은 작업이 아래로 진행되기에 해체하고 파괴하기 마련이다. 노아는 매번 아버지의 목소리에서 회한의 기색을 찾아보려 했지만 그런 건 전혀 없었다. 한번은 그녀가 열 살 때, 레너드와 발굴단의 이인자가 대화를 나누는 것을 목격한 적이 있었다. 다리가 세 개뿐인 개를 키우던 유발이라는 이름의 그 고고학자는 형태가 잘 보존된 작은 벽을 허물지 않을 방법이 없을까 고심하고 있었다. "나중에 이 벽이 기억이라도 날 것 같아요?" 노아의 아버지가 따져 물었다. 유발은 흙이 들러붙은 손등으로 이마에서 땀을 닦아냈다. "허물어요." 아버지는 그렇게 명령한 뒤 찌를 듯 강렬한 햇살 속으로 터덜터덜 걸어갔다.

레너드는 딸들이 태어나기 전부터 메기도 유적을 발굴하고 있었다. 그리스인들이 아마겟돈이라 불렀던 메기도는 최후의 시간이 오면 군대들이 모여 전쟁을 벌이게 될 곳이라고 요한계시록이 예언한 땅이었다. 하지만 그곳의 역사는 수천 년 전 과거로 거슬러올라간다. 지난 이십여 년간 레너드는 땅속으로 수백 년씩 파내려가 기원전 10세기에 닿았는데, 성서의 역사에 따르면 그 시기에 다윗 왕은 북쪽의 이스라엘과 남쪽의 유대를 통합했다. 메기도는 이스라엘 통일 왕국이라는 거대한 질문을 위한 놀이터였다, 라고 레너드는 즐겨 말했다. 하지만 그곳은 노아의 놀이터이기도 했다. 그녀와 레이철은 매년 여름을 그곳에서 지내며, 차례로 돌아가며 그들을 놀아주는 발굴단 학생들의 보살핌을 받았다. 그러다가 자기들끼리 놀 수 있는 나이가 되고 나서는 발굴 기간에 머물던 키부츠*의 메마른 풀밭에서 페이퍼백 소설을 읽거나 그곳에 딸린 수영장에서 수영을 했는데, 물에 섞인 염소 때문에 눈이 따갑고 흐릿해지곤 했다.

하지만 이제 레이철은 뉴욕에서 인턴으로 일하고, 모니카는 유럽에서 자신의 병든 어머니를 돌보고 있으며, 레너드는 혼자 메기도로 돌아갔다. 역시 혼자가 된 노아는 테라스 문을 열고 공기 냄새를 맡았다. 매캐한 탄내와 나뭇잎 사이로 흘러드는 산뜻한 아침 햇살이 서로 충돌했다. 막 일곱시가 넘었으니 메기도는 이미 오후 다섯시, 그날 파낸 도자기 조각들을 씻기 시작했을 시간이었다. 다

---

* 이스라엘의 농업 및 생활 공동체.

섯시 반 정각에 레너드가 도착하면 발굴단은 수많은 바구니를 비워내며 검사를 받을 테고, 레너드는 유물을 재빨리 추려서 어떤 것을 재건팀에 보내고 어떤 것을 버릴지 결정할 것이다. 어린 시절에 노아는 그런 과정을 수없이 지켜보았다. 탁자 위에서 불합격 판정을 받은 조각들을 낚아채기 위해 근처를 얼쩡거리다가 테라코타 손잡이나 유약을 바른 도자기 조각 따위를 쓰레깃더미에서 구해냈다.

두 딸을 기르며 좋을 때나 궂을 때나 함께해온 레너드와 모니카는 초봄에 우호적인 별거에 들어갔다. 그들은 이유를 묻는 사람들에게, 그리고 묻지 않는 수많은 사람들에게까지, 이십오 년간 결혼 생활을 했으니 이제 새로운 모험을 할 준비가 되었다고 설명했다. 그 모험이 어떤 것인지는 둘 다 말하지 않았지만, 노아가 보기엔 지리적이라기보다 인간적인 영역의 모험이 틀림없었다. 둘 다 자유분방하고 진보적인 사람들인지라 이혼을 대단한 비극으로 여기지 않는데, 앞으로도 항상 친구로 지낼 거라서 그렇다고 레너드와 모니카는 설명했다. 헤어지는 과정이 어찌나 우호적이었는지, 그들은 유대교식 이혼에 필수적인 게트 의식에도 노아와 레이철을 데려갔다. 예전에 나미비아의 산San족이 거행하는 치유의 춤이나 버킹엄궁전 위병 교대식을 보여줄 때처럼 딸들을 데려간 것이다. 꽃무늬 원피스를 입은 모니카는 언제나처럼 흠잡을 데 없이 완벽했다. 동부에서 대학에 다니는 레이철은 특별히 시간을 내서 의식 전날 집에 도착했다. 이혼 소식에 자매 둘 다 깜짝 놀랐지만 무슨 계기가 있었을 거라고 확신하는 사람은 레이철뿐이었다. 노아도 그렇게 믿고 싶었다―그들에게 여태 은폐된 것이 오래전부터 존재했던 근본적인 진실이 아니라 최근에 일어난 사건들일 뿐이기를. 노아는 예배당으로 차를 타고 가면서 부모가 자신들의 첫 만남과 결혼 초 딸들이 아기였던 시기에 대해 연달아 늘어놓는 이야기를 들었다. 전해에 레너드의 어머니가 사망한 후 시바를 치르며 망자에 대해 낭독했던 의례적인 이야기들과 비슷했다.

노아가 방안을 가득 채운 덤덤한 손님들 앞에서 음정도 안 맞는 〈야곱의 꿈〉을 불렀던 바트미츠바* 의식 이후로 그녀의 부모는 유대교 예배당 신자 자격을 갱신하지 않고 방치했다. 그래서 사반세기 전에 빈 출신의 외조부모가 우겨서 치른 정통과 유대교식 혼인 서약을 철회하려면 자격이 있는 랍비를 급히 찾아내야 했다. 그의 옹색한 예배당은 예전에는 아름다웠다지만 세월이 흐르며 퇴락했다. 지붕에도 문제가 있다고, 그들을 안으로 안내하던 젊은 랍비가 말했다. 회칠이 들떠 벗어진 천장과 비닐 시트로 덮어놓은 스테인드글라스 지붕창을 올려다보는 모니카를 보고 한 말이었다. 그의 금색 턱수염은 볼을 채 덮지도 못할 만큼 드문드문했다. 스무 살을 넘긴 지 오래되지 않았을 듯했고 그녀 부모의 길고 복잡한 결혼생활을 해체할 만큼 경험이 충분해 보이지도 않았다. 랍비 셈킨이 곧 올 거라고 젊은 랍비가 말했다. 자신은 조수일 뿐이라고. 그녀의 불신을 감지했는지 마지막 말은 노아를 보며 했다.

그들 네 사람이 예배당의 딱딱한 벤치에 앉아 있는 동안 젊은 랍비가 탁자와 의자들을 정리했다. 예배당 뒤쪽에는 열린 문이 하나

---

* 유대교에서 보통 열두 살이 된 소녀들이 치르는 성년식.

있었는데, 문 안쪽으로 아이들의 장난감과 책들이 바닥에 널브러진 방이 들여다보였다. 청소의 가치를 믿지 않는군, 이 사람들은, 레너드가 말했다. 질서는 내세에서나 찾을 수 있겠어. 모니카가 스테인드글라스에 대해 논평하는 동안 그는 멍하니 발을 바닥에 탁탁 두드렸다. 레너드는 멋진 구두를 신고 있었지만 사실은 멋진 구두를 싫어했다. 그보다는 철기시대의 흙이 묻은 거친 등산화를 신고 일생을 성큼성큼 밟아나가기를 원했다. 그는 발을 뻣뻣하게 구속하는 그 멋진 구두를 신음으로써 오래도록 그들 부부 사이에 종유석처럼 자라난 차이를 인정했다. 그 종유석은 머나먼 미지의 원천에서 양분을 공급받으며 그들 머리 위에 단도처럼 드리워질 때까지 자라났다.

마침내 랍비 셈킨이 검은 양복 차림으로 도착했고, 그 뒤로 뚱뚱하고 후줄근한 필경사가 흰 셔츠에 탈리스*를 걸친 채 너덜너덜한 서류가방을 한쪽 팔 밑에 끼고 들어왔다. 그 뒤를 따르는 이는 성경에 나올 법한 턱수염을 기른 키가 크고 깡마른 랍비로, 의식의 증인이 되어줄 예정이었다.

"좋습니다!" 랍비 셈킨이 손뼉을 짝 치며 외쳤다. "모두 모이셨군요."

레너드는 탁자로 다가가 모니카의 옆자리에 앉으려고 했지만 랍비 셈킨이 혀를 쯧쯧 차며 맞은편 자리를 가리켰다. 레너드는 헛기침을 하면서 탁자 반대편으로 성큼성큼 걸어갔다. 노아는 레이철과 함께 서 있었는데, 이내 젊은 랍비가 황급히 다가와 그들을 신

---

* 유대인 남성이 아침기도를 할 때 걸치는 숄.

도석 앞자리로 안내했다.

"젠장." 플립플롭이 의자 다리에 걸리자 레이철이 들릴락 말락 하게 중얼거렸다.

레너드와 모니카가 읽어야 할 글을 복사한 종이가 전달되었다. 유대인은 이천 년 동안 이런 의례를 거행해왔습니다! 랍비가 미소 띤 얼굴로 선언했다. 이천 년간의 악다구니겠지! 노아는 속으로 덧붙였다. 필경사가 서류가방을 열어 커다란 깃펜을 꺼냈다. 그가 문구용 칼로 펜촉을 날카롭게 가는 동안 긁어낸 케라틴 가루가 셔츠 주름에 내려앉았다. 레너드가 몇 가지 질문이 있다고 말하자, 필경사는 서류가방에서 깃펜 한 줌을 꺼내 마저 갈기 시작했다. 그 깃털의 종류가 무엇인가요? 모니카가 정중하게 물었다. 칠면조라고 필경사가 답했다. 그러자 멀쑥하고 여윈 증인이 으흠, 하고 맞장구치며 칠면조 깃털이 가장 튼튼하다고 말을 보탰다. 필경사는 종이 한 장과 장선腸線을 맨 판자를 꺼냈다. 어떤 동물의 내장일까, 노아는 묻고 싶었다. 필경사가 판자 위에 종이를 대고 누른 후 손으로 문지르자 지면이 주름지며 곧은 선들이 생겨났다. 이 선에 맞춰 필경사가 세심히 쓰는 히브리어 글자들은 부모가 이제 더이상 원치 않아 딸들과 상의도 없이 폐기하기로 결정한 어떤 것의 효력을 정지시킬 것이다. 필경사가 글자를 쓰는 동안 어머니가 노아에게 말을 붙였다. 어머니는 참수 현장에서도 말을 붙이려고 할 사람이었다. 저분 아버지도 필경사였다는데 노아도 그 얘기를 들었는지?

"4대를 이어져왔죠."

"그전부터일지도 모르는 일이죠." 랍비 셈킨이 말했다.

"그전 조상은 백정이었습니다."

"처음에는 동물을 도살했다가," 증인이 필경사의 글씨를 주시하며 말했다. "지금은 사람을 도살하는 거군요."

"아니죠." 필경사가 고개를 들지 않고 계속 글씨를 쓰며 말했다. "지금 우린 사람들이 자기 인생을 살게 돕고 있는 겁니다."

글이 완성되자 랍비 셈킨과 증인이 확인과 재확인을 거친 뒤 소리 내어 두 번 읽었다. 그런 다음 그들은 앉아서 잉크가 마르기를 기다렸다.

"오늘은 습도가 백 퍼센트네요." 증인이 창문을 보고 고개를 저으며 말했다. 그가 움직일 때마다 벨트에 클립으로 매단 열쇠 묶음이 짤랑거렸다. 그의 넥타이 클립 역시 열쇠였다. 그 많은 열쇠가 어디에 필요한지는 누구도 모를 일이었다.

필경사가 남은 잉크를 흡수지로 닦아냈다. 마침내 종이가 세로로 한 번, 가로로 두 번 접힌 후 한쪽 끝이 다른 쪽 끝에 맞물리게 끼워졌다. 모니카는 요청에 따라 일어서서 레너드를 마주보았다.

"양손을 둥글게 모으세요." 랍비 셈킨이 모니카에게 지시했다. "그리고 선생님은," 그가 레너드에게 말했다. "저를 따라 말씀하세요. '이제 나는 당신이 독립할 수 있도록 놓아주고 내보내고 이혼하겠으니, 이제 당신은 스스로에 대한 권한을 갖고 원하는 다른 남자와 결혼해도 좋습니다.'"

노아는 숨을 죽였다. 옆에서 레이철이 콧방귀를 뀌었다.

"'오늘부터는 누구도 당신의 뜻에 반대할 수 없으며, 당신은 어떤 남자와 함께해도 좋습니다.'"

노아는 레너드의 목소리가 '어떤 남자'에서 떨렸다고 생각했지만 확실하지는 않았다. 레이철을 돌아보던 노아는 금발 턱수염을 기른 젊은 랍비가 자신을 바라보고 있다가 아주 천천히, 그 파란 눈을 돌리는 모습을 보았다.

"'이는 내가 당신에게 주는 해산 선언장입니다.'" 랍비 셈킨이 의식을 이어갔다. "'이는 모세와 이스라엘의 법률에 따른 방면의 증서이자 사면의 문서입니다.'" 레너드는 이제 목청을 높여 그 말도 따라 했다. 레너드가 까다롭고 고압적인 사람인 건 사실이었다. 그에게는 상처가 많아서, 자신의 분노나 고통을 넘어 타인의 분노나 고통을 보는 일을, 그것이 가장 절실한 순간에, 하지 못했다. 오래전에 모니카는 레너드가 자기 양말을 직접 깁는 모습을 보고 반했다. 그들이 즐겨 하던 이야기에 따르면, 결혼 전에 레너드가 살던 아파트에서 자다가 깨어난 모니카는 그가 양말을 들고 고개를 숙인 채 자기 어머니가 가르쳐준 대로 실 끝에 침을 묻히고 있는 모습을 보았다. 하지만 세월이 흐르면서, 모니카는 그의 한결같이 고집스러운 성격의 작은 틈을 비집고 새어나오는 빛을 더는 볼 수 없게 되었다.

랍비의 지시에 따라 레너드가 모니카의 오므린 두 손 위에 네모난 서류를 올렸다. 손바닥 안에 들어가기엔 서류가 너무 커서 그녀는 반사적으로 엄지를 눌러 서류를 잡았다.

"안 돼요!" 랍비들이 모두 함께 소리쳤다.

아내가 손을 움직여 서류를 가져가서는 안 되고 수동적으로 받아야 하는 모양이었다. 모니카는 그 모든 과정의 야만성에 신경쓰지 않는 듯했다. 미혹으로 시작된 결혼생활에 어울리는 끝맺음이라고 여기는지도 몰랐다. 노아가 보기에 어머니는 이미 거기에 없었다. 물론 모니카는 그전에도 늘 노아마저 다가갈 수 없다고 느껴지는 곳에 있는 사람이기는 했다. 레너드가 다시 서류를 주었고 이번에 모니카는 기절한 새를 받듯 손을 아주 가만히 들고 있었다. 그런 다음 지시에 따라 서류를 머리 위로 높이 들었다. 팔을 위로 곧게 뻗고 손으로는 고대 유대인의 종이접기 방식에 따라 접은 서류를 꽉 쥔 모습이었다.

의식이 끝난 후 그들은 차를 타고 레너드와 모니카가 좋아하는 이탈리안 음식점으로 갔다. 트렁크에 실린 CD 체인저*에는 레너드의 오페라 앨범이 가득 들어 있었다. 파바로티의 노래가 트렁크에서 앞쪽 좌석으로 흘러나왔다. 식당에서 샐러드를 먹으며 레너드와 모니카는 이번 가을부터 노아가 일 년 후 고등학교를 졸업할 때까지 자신들이 돌아가며 노아와 함께 집에서 살겠다고 말했다. 이제 겨우 5월인 지금 그건 막연한 계획일 뿐이었다. 여름 동안에는 레너드와 함께 메기도에 가거나 모니카와 함께 빈에 가는 두 가지 방안 중에 선택하라고 했다. 노아는 싫다고 했다. 작년 여름에 꽃집에서 일하며 잘 지냈고 이번 여름에도 그럴 계획이었기 때문이다. 그녀는 고등학교를 졸업하면 브라질과 페루와 아르헨티나를 여행하고, 어쩌면 이스터섬까지 가보려고 돈을 모으고 있었다. 부모가 자기들 인생을 뒤집어엎기로 했다고 그녀까지 계획을 바꿔야 하나? 노아는 메기도에 가면 지루했고, 육중한 가구로 꽉 찬데다 햇빛을 가리려고 늘 실크 커튼을 쳐두는 할머니의 아파트에 있으면 폐소공포증이 생길 것 같았다. 언쟁이 이어졌지만 노아는 주장을 굽히지 않았다. 혼자서도 완벽히 잘 지낼 수 있다고 주장했

---

* CD 여러 장을 한꺼번에 넣고 원하는 대로 교체해서 듣는 오디오 기기.

다. 레이철은 보스턴에 있는 남자친구와 문자를 주고받느라 귀담아듣지 않았다. 레너드와 모니카가 보기에 레이철의 이목구비는 어릴 때부터 자신들의 특징을 고루 담고 있었지만 노아는 달라서, 사춘기가 지나면서부터 레너드의 형질이 우세하게 나타났다. 게다가 아버지의 큰 키까지 물려받은 터라 그들의 눈에는 딸이 실제보다 더 어른스럽게 보였다. 더구나 레너드와 모니카는 실용적인 사람들이라 늘 자식을 어른처럼 대해야 한다고 믿었다. 그런데 왜 이제 와서 새삼스럽게 노아를 아이 취급하는 연기를 한단 말인가? 노아는 부모가 포기할 때까지 버텼다. 그들이 이혼 때문에, 혹은 자기만의 욕망에 충실했다는 사실 때문에 죄책감을 느꼈는지는 몰라도 그 감정이 그리 오래가지는 않았다. 레너드는 6월 중순에 이스라엘로 떠났고 그로부터 일주일 후에 모니카도 떠났다. 부모의 가장 오랜 친구들인 잭과 로버타 버코위츠가 동원되어 노아가 잘 지내는지 살폈으며, 특히 로버타는 홀푸즈마켓 복도에서 전화를 걸어 노아에게 저녁을 먹으러 오겠는지, 혹시 필요한 건 없는지 묻곤 했다. 하지만 필요한 것은 없었다.

부엌에서 노아는 커피 물을 끓였다. 일 년 안에 팔리게 될 집에 남은 유일한 상시 거주자로서, 그녀는 집안을 자신이 적합하다고 생각한 기준에 따라 다시 정리했다. 부모가 서로를 처음 만난 해에 함께 살았다는 수메르의 풍요 기원 주전자는 복도 벽장 속으로 옮겨 레너드의 테니스채 뒤에 놔두었다. 뚱뚱하고 저속해서 불길한 기운을 풍기는 물건이었다. 냉장고에 붙은 사진들도 떼어냈다. 레이철과 노아, 레너드와 모니카, 산꼭대기에서, 혹은 사막의 금빛 햇살을 받으며 천연덕스럽게 웃는 그 모습들이 이제는 거짓된 느낌을 주었다. 집 전체가 더이상 진짜가 아닌 원칙을 기준으로 조직되었다는 생각이 들었고, 이제는 그런 배치가 정직하지 않게 느껴졌다. 부모가 떠난 후 노아가 자기 방을 나와 소파에서 자는 습관을 들이게 된 건 아마 그래서일 것이다. 게이브는 거기서 자는 걸 괴로워했다. 벽에 걸린 고야의 그림 속 노인이 발가벗은 자신을 빤히 내려다보는 걸 싫어했다. 게이브는 노인을 '늙은 계란머리'라 부르면서 무슨 일이 잘 안되면 그를 탓했다. 하지만 그들은 두 주 전에 헤어졌고 노아는 늙은 계란머리를 벽에 그대로 두었다. 그의 눈길을 받으며 소파에 누워 있으면 식사실의 식탁이 보였다. 노아의 가족이 유월절과 추수감사절과 생일을 비롯해 친지와 일가친척이 모이는 온갖 특별한 행사를 치르던 곳이었다. 사촌들은 제 부모를 엄마, 아빠라고 불렀고 노아는 그게 부러웠다. 그녀도 부모님과 가깝긴 했지만 그 두 단어에는 내밀한, 심지어 유치한 느낌이 있어서 레너드와 모니카에게는 어울리지 않았고, 노아 역시 그 말을 내뱉으려면 쑥스러웠을 것이다. 일곱 살인가 여덟 살이었던 여름에 키부츠에서 지내는 동안 그녀는 아버지를 아바*라고 불렀지만 8월 말에 귀국할 때는 그 호칭을 그곳에 두고 왔다. 여름 내내 모았으나 여행 가방에 넣을 자리가 없거나 집에 돌아가면 필요 없을 다른 장난감, 돌멩이, 자질구레한 장신구 따위와 함께.

시리얼을 먹는 동안 노아의 전화기가 울렸다. 레너드였고, 이 지역 뉴스를 예의 주시해왔다면서 관련된 이야기를 했다. 이를테면

---

* '아버지'를 의미하는 히브리어.

이미 수십만 에이커가 넘게 번진 불, 탈진 위기에 몰린 소방관들, 보이지 않는 진화의 기미. 강풍이 불어 불씨가 시내로 날아들었고 수천 명이 대피 명령을 받았다. 레너드는 이미 버코위츠 부부에게 연락을 해놓은 상태로, 잭이 곧 노아를 데리러 올 예정이었다. 하지만 노아는 갈 생각이 없었다. 전혀 위험하지 않다고 그녀는 주장했다. 불은 아직 멀리에서 타고 있다고. 노아는 화제를 바꾸기 위해 발굴은 잘되어가는지 물었다. 그는 불에 탄 벽돌들에 대한 실험 결과를 면밀히 살피고 있다면서, 최근까지의 진척 상황을 열심히 설명하기 시작했다. 실험 결과, 그 벽돌들은 발견 당시의 구조물에 처음 사용된 것이 아니라 이전 시대의 도시가 파괴된 후 재사용된 재료로 밝혀졌다는 것이었다. 벽돌이 불에 타면 화재 당시의 자북磁北이 영원히 보존된다. 그건 노아가 어릴 적부터 알던 사실이지만, 그녀는 아버지가 계속 얘기하게 놔두고 시리얼 그릇에 남은 우유를 마신 다음 그릇을 씻어 건조대에 엎어놓았다. 레너드는 자신이 좋아하는 표현대로, '10세기 고고학의 기존 패러다임에 딴지를 걸고' 나서 이제는 철기시대 후기의 그 도시를 누가 파괴했는지 규명하기 위해 노력하고 있었다. 노아는 랍비가 전화했었다고 얘기할 생각이었지만 미처 말할 새도 없이 레너드가 그의 전문 지식을 구하는 발굴단의 이인자 혹은 삼인자의 부름을 받았다. 그는 나중에 다시 전화하겠다면서, 그때 어떻게 하는 게 가장 합리적일지 의논해보자고 했다.

시간을 확인한 노아는 출근이 늦었음을 깨달았다. 그녀는 소파 옆 바닥에 놓인 셔츠의 겨드랑이 냄새를 맡아보고, 단추를 끄르거나 안에 브래지어를 입는 수고는 생략한 채 그대로 머리에 뒤집어

썼다. 그녀의 가슴은 내내 평평했다가 열네 살이 되어서야 몸이 여성성을 받아들이기로 마지못해 동의한 양 조그만 몽우리 두 개가 생겼다. 모니카는 브래지어를 사러 가자고 채근했지만, 사실 그건 그다지 필요도 없었다.

노아는 꽃집의 열대기후와 한결같은 행사 분위기가 좋았다. 늘 누군가에게 어떤 일이 일어나고, 행복하건 슬프건 기념할 만한 인생의 국면이 나타났다. 전날에는 결혼식용 테이블 꽃 장식을 스물다섯 점이나 만들어야 했다. 라눙쿨루스가 봉오리를 완전히 오므린 채 도착해서 따뜻한 물로 개화를 유도해야 했다. 노아는 줄기 아래쪽의 삐죽삐죽한 이파리를 떼어내고 꽃송이들을 은색 수반에 꽂았다. 신부는 라일락을 원했는데 화재로 인해 배송이 지연되었다. 신부는 온갖 지시를 처리해주는 사람들에게 겹겹이 둘러싸여 이 실망스러운 상황에 대응하고 있었지만, 신부 들러리는 자꾸만 전화를 걸어 신부가 불쾌해한다고 알렸다.

노아는 어제 입은 반바지 주머니에서 차 열쇠를 찾아 집밖으로 나갔다. 일주일 넘게 이어진 혹서로 차 안이 화로 속 같았지만 열기가 식기를 기다릴 시간이 없어서 허벅지 뒤쪽이 뜨겁지 않게 좌석에 오래된 수건을 던져 깔았다. 이웃의 프랭클 할아버지가 구깃구깃한 가운을 입고 메마른 앞뜰에 서 있었다. 프랭클 부부의 집과 노아의 집은 같은 건축업자가 지어서 서로 똑같았다. 노아가 어렸을 때 미시즈 프랭클은 그녀를 안으로 불러 식사실에서 쿠키를 주곤 했는데, 유리제 가구와 질 낮은 유대교 물품으로 가득하다는 점만 빼면 그곳도 노아의 집 식사실과 똑같았다. 퀸스 출신인 미시즈 프랭클은 전형적인 신세계의 사람이었고, 이에 반해 전쟁중에 부모와 함께 유럽을 탈출한 미스터 프랭클은 전형적인 구세계의 사람이었다. 미스터 프랭클의 죽은 친족들을 찍은 컴컴한 사진들이 화장실로 가는 복도 벽에 걸려 있었다. 하지만 시간이 흐르면서 서서히 두 집의 뒤뜰 경계에 심긴 대나무 수풀이 빽빽하게 자라나 통로가 막혀버렸고, 노아도 나이가 들면서 그 집에 가지 않게 되었다. 때로 레너드가 건너가서 프랭클 부부를 위해 뭔가를 고쳐주거나 미스터 프랭클이 이해하지 못하는 은행 서류를 검토해주기도 했다. 미시즈 프랭클은 몇 달 전에 자다가 뇌졸중을 일으켜 세상을 떠났다. 시바 기간에 부모와 함께 조문을 갔을 때, 노아는 그 집으로 들어서는 순간 오래 잊고 있던 냄새가 기억났다. 나중에 레너드는 아내와 딸에게 미스터 프랭클이 자신만 따로 부르더라고 말했다. 미스터 프랭클은 이틀 전에 아내가 죽은 침실로 레너드를 데려가더니, 마당에 뭔가를 묻었는데 그걸 파내야 한다고 했다. 처음에 미스터 프랭클은 발굴해야 하는 물건이 무엇인지 말하지 않으려 했으나, 진실을 공개하지 않고는 레너드의 전문 지식을 동원할 수 없음을 깨닫고 서랍장 맨 위 칸을 열어 세심히 접은 영수증을 건넸다. 1973년에 구입한 금화 150크루거랜드*에 대한 영수증이었다. 맥스웰 커피 캔 두 개에 나눠 담아 봉인하고 다시 랩으로 둘둘 싼 그 금화는 사십 년 넘게 마당 깊숙이 묻혀 있었다. 문제는 거기가 정확히 어디인지 잊어버렸다는 것이었다. 하지만 왜? 레너드는 물었다. 애초에 왜 그것을 땅에 묻었단 말인가? 미스터 프랭클은 검버섯이 난 두 손을 쳐들었다. "혹시 몰라서"라고만 말했을 뿐 그는

---

* 남아프리카공화국에서 발행하는 금화.

더 이야기하지 않았다. 지금 노아는 레너드가 미스터 프랭클을 도와 금화의 위치를 찾았는지 궁금했다. 잠시 멈춰서 미스터 프랭클에게 묻고 싶었지만 이미 출근 시간에 늦었다.

거리 끝까지 차를 몰고 간 후에야 랍비가 기억났고, 노아는 기어에 손을 올린 채 고민했다. 그러다 왔던 길을 후진으로 되돌아간 뒤 부엌으로 뛰어들어가 주 대법원에서 보낸 봉투를 들고 다시 나왔다. 그녀는 봉투를 가슴에 안고 미스터 프랭클을 불렀다. 그는 화창한 하늘을 바라보고 있었다. 그를 따라 하늘을 올려다보니 헬리콥터 한 대가 머리 위에서 연무가 낀 공기를 휘젓고 있었다.

꽃집에서는 사람들이 벌써 꽃 장식들을 밴에 싣고 있었다. 그 광활한 야생의 불, 수에이커의 불타는 삼림, 잿더미가 된 집, 화재에 목숨을 잃은 소방관 두 명 같은 것들은 신부의 관심사가 아니었다. 결혼식은 무슨 일이 있어도 진행되어야 했다. 신부 아버지는, 눈앞에 닥친 자연재해에 어울리는 표현은 아니었지만, "지옥문이 열리든 대홍수가 나든"* 테이블 꽃 장식이 도착하지 않으면 고소하겠다고 으름장을 놓았다. 그런 협박에도 불구하고 그가 운영하는 기업이 그 작은 꽃집의 중요한 고객이어서, 꽃집 사장은 결혼식이 열리는 집에 라눙쿨루스 꽃 장식을—신부가 원하던 라일락이 아니라 이미 심기를 건드리고 말았지만—제때 배달이라도 할 수 있도록 모든 노력을 기울이라고 채근했다.

노아의 직속 상사가 기다란 이파리들 뒤에서 그녀에게 외쳤다.

─────────────

* '무슨 일이 있어도'라는 의미로 쓰이는 영어 관용구.

"고속도로는 진입이 차단됐고 보비는 아직도 안 왔어. 네가 닉이랑 배달하러 가야겠다."

노아는 닉을 도와 꽃 장식을 밴에 실었다. 다 해서 스물다섯 점이었고 이에 더해 항아리에 담은 커다란 부케가 세 점, 그리고 신부용 부케가 한 점 있었다. 밴의 서늘한 실내에 마지막 꽃 장식을 내려놓을 무렵 전화기가 엉덩이 부근에서 부르르 진동했다. 발신자가 어머니여서 그냥 울리게 놔두었다. 하지만 모니카는 집요했고 절대 포기하지 않았다.

"지금 일하고 있어요!"

"왜 일을 해? 레너드는 네가 버코위츠네로 갈 거라던데!"

노아는 전화기를 어깨로 붙들고 신축성 있는 끈으로 화병들을 고정하기 시작했다. "아직 버코위츠네 가족과 통화하지 않았어요. 여기 결혼식이 있단 말이에요."

"무슨 결혼식? 누가 이런 때 결혼을 한다니?"

"배달하는 중이에요. 끊어야 해요."

"아침 내내 온라인으로 보고 있어. 화재가⋯⋯"

노아가 밴 뒷문을 쾅 닫고 조수석으로 가자 닉이 시동을 켰다.

"정말로 가야 하니까, 나중에 다시 통화해요." 그녀는 어머니의 말을 끊으며 거듭 말했다.

"지금 상황이 심각해, 노아. 이런 때 차를 타고 시내에서 돌아다니면 안 돼. 위험하다고."

"괜찮아요. 여긴 도로도 열려 있고 불길은 아직 멀리 있어요. 나중에 전화할게요. 할머니께 안부 전해주시고요."

"널 기억도 못하시는데 뭘. 어제는 내가 당신 어머니라고 생각하시더라."

노아는 가슴이 찌릿하게 아팠다. 정말 하고 싶은 말, 가족 전체가 해체되고 있다는 말은 하지 않았다. 대신 그녀는 단호하게 작별 인사를 하고 전화기를 다시 주머니에 넣었다. 샌들에서 발을 뺀 후 발가락을 대시보드에 대고 눌렀다. 창밖에서 야자나무가 바람에 요동쳤다. 노아는 할머니가 모니카와 레너드의 이혼 소식을 들을 만큼 정신이 멀쩡했다면 얼마나 충격받고 격노했을지 생각했다. 할머니가 보일 수 있는 격한 반응은 다양했겠지만, 그중 포용적인 반응은 하나도 없었을 것이다. 어쩌면 모니카는 두 사람 다 힘든 상황을 모면할 수 있도록 할머니가 치매의 보호를 받을 때까지 기다렸는지도 모른다. 혹은 할머니의 노쇠와 다가오는 죽음 때문에 모니카는 자신에게도 인생에서 여전히 원하는 것들을 추구할 시간이 얼마 남지 않았다고 느끼게 되었는지도 모른다. 아니면 이 모든 게 레너드의 아이디어였을까? 노아의 부모는 이 결별을 초래한 사람이 누구인지 딸들이 알 수 없도록 단결된 겉모습을 내세웠다. 상처 입은 사람은 없으며 각자 원하는 것을 얻었다고. 그들은 남은 인생을 살아가는 방식에 대해 더이상 서로 합의할 필요가 없다는 합의에 도달했다고.

뉴스에서는 화재의 경과에 관한 보도를 계속 내보내면서 여러 사실을 반복해서 알리고 있었다. 공중에서 물과 발화 지연제를 대량으로 뿌려가며 불을 완충 지역 안에 가두려 노력했고 줄을 지어 늘어선 소방관들이 불에 탈 수 있는 것을 모조리 베어냈다. 밴이 해안 도로를 벗어나자 잠시 에어컨을 통해 연기 냄새가 들어왔다. 닉이 라디오를 껐다. 그는 이번달을 마지막으로 일을 그만두고 7월 말에 북쪽으로 이주할 예정이었다. 닉은 친구의 땅에 짓고 있는 유르트*에 대해 노아에게 얘기했다. 모서리가 없는 둥근 공간에서 사는 건 좀 다를 거라고 그가 말했다. 그러고는 운전대를 잡지 않은 한 손으로 전화기 화면을 아래로 스크롤하며 멀리 푸른 산이 보이는 그 땅의 풍경을 찍은 사진을 찾았다. 닉은 생물역학농업을 공부하고 있었다. 그 땅은 지속 가능성과 공동체 육성이라는 목표로 뭉친 사람들이 운영하는 협동 농장이었다. 여름에 그들은 유바강에서 벌거벗고 헤엄쳤다. 닉은 폭풍우가 지나간 뒤 거칠고 탁하게 몰아치는 격정적인 강의 사진을 보여주었다. 지금쯤 하이시에라에서 물이 쏟아져내려와 강물은 다시 초록색이 되었을 테고, 화강암 강바닥까지 투명하게 보일 거라고 그는 말했다.

닉은 결혼이라는 제도를 신봉하지 않을 거라고, 노아는 언덕 위에 있는 신부의 집으로 가는 길에 결론을 내렸다. 그는 아마 일부일처제도 신봉하지 않아서, 모서리라는 개념과 마찬가지로 낡아빠진 인습이라고 여길 것이다. 모니카와 레너드도 더이상 일부일처제를 신봉하지 않는 걸까? 그러면 노아 자신은 어떠한가? 무엇을 신봉하는가? 그녀는 게이브를 생각했고, 찌릿한 그리움과 함께 그의 몸이 떠올랐다. 그 몸의 냄새, 속옷 고무줄 밑으로 손가락을 밀어넣으면 오목해지던 그의 배. 절정을 느낄 때 그의 얼굴. 쾌락과 고통 둘 다를 담은 듯한 표정을 지금쯤 다른 여자애가 보았겠지. 아마도 그가 안전요원으로 근무하는 수영장에서 만났을 그 여자애는 머리카락에 윤기가 흐르고 비키니 상의 속 가슴이 완벽한 오렌

---

* 몽골이나 시베리아에서 유목민들이 거주용으로 사용하는 둥근 형태의 이동식 천막.

지처럼 봉긋하며 그와 자는 걸 꺼리지 않을 것이다. 노아는 그애의 입에 겹쳐진 게이브의 입을 상상했고, 그러자 그리움은 질투와 고통으로 변했다. 얼굴이 화끈거리는 느낌에 고개를 돌려 창밖을 바라보았다.

신부의 집에서는 수영장 관리인이 긴 그물망으로 물위에 뜬 자주색 자카란다 꽃들을 떠내고 있었다. 손님들이 햇볕과 바람을 피할 수 있게 옆면이 얇은 망사로 된 흰 텐트가 세워져 있고 그 안에서 망치 소리가 울려 나왔다. 웨딩플래너가 밖으로 나와 양옆에 라벤더가 핀 오솔길을 따라 그들을 안내했다. 노아는 꽃 한 송이를 꺾어 손가락으로 짓이겼다. 거기서 풍기는 냄새를 맡으니 이스라엘이 떠오르면서 벽토를 바른 키부츠 건물들, 화분 대신 헌 트랙터 부품 속에 넘치도록 심긴 온갖 모양과 크기의 다육식물로 장식된 정원들이 생각났다. 텐트 안에는 흰 테이블보가 깔린 원형 테이블 스물네 개가 있고, 신랑 신부의 자리가 마련될 높은 단이 설치되고 있었다.

밴에서 꽃 장식을 옮기는 동안 신부의 어머니가 집밖으로 나와 웨딩플래너를 큰 소리로 불렀지만, 전화로 이런저런 지시를 내리느라 바쁜 웨딩플래너는 그 소리를 듣지 못했다. 신부 어머니가 하이힐을 초조하게 또각거리며 목제 댄스 플로어를 가로지르다가 중간에 걸음을 멈추고 노아가 막 내려놓은 꽃들을 살펴보았다. 꽃잎을 손가락으로 만져보는 동안 신부 어머니의 구겨진 얼굴이 더욱 구겨졌다. 앞니에 립스틱 얼룩이 묻어 있었다. 꽃 장식이 너무 작다고 신부 어머니가 말했다. 그들은 라일락을 기대했다고, 딸이 좋아하지 않을 거라고.

노아는 눈을 내리깔고 다시 뒷덜미가 후끈 달아오르는 것을 느꼈다. 이 사람들은 자기들이 뭐라고 생각하는 걸까? 꽃 때문에 고함을 지르다니. 겨우 몇 마일 밖에서는 사람들이 집을 잃고 화재와 험난하게 싸우다 목숨을 잃고 있는데 연회를 하다니. 노아는 지금 대꾸하면 입에서 나오는 말을 통제할 수 없을 것 같아서 닉을 불러놓고 밴으로 돌아갔다.

서늘한 실내에서 노아는 눈을 감고 숨을 내쉬었다. 몇 달 내내 화가 뭉근하게 끓어오르며 금방이라도 넘칠 기세였다. 게이브와 헤어지기 전에 그녀는 아주 사소한 일에 과잉 반응을 하면서 아무것도 아닌 일로 그에게 싸움을 걸었다. 자기를 가만 좀 내버려두라고 했다가, 그래서 게이브가 가고 나면 또 가버렸다고 분노를 터트렸다. 혹은 아이처럼 게이브의 품으로 파고들었다가도 그가 무심코 한 말이 거슬리면 냉랭하게 토라져서 등을 돌렸고, 그러고 나면 다시 손을 내밀고 싶어도 그럴 수가 없었다. 그녀는 섹스에 동의하지 않았다. 게이브는 한 적이 있고 자기는 없어서, 그 불균형이 신경쓰였다. 첫 경험에 대한 낭만적인 기대 때문이 아니었다. 그보다는 그 순간이 각자의 삶에서, 그때만이 아니라 앞으로 영원히, 서로 다른 무게를 지니리라는 사실을 너무 잘 알고 있어서였다. 게이브는 훗날 자신의 첫 상대였던 다른 여자애는 기억해도 노아는 잊은 지 오래일 텐데, 노아는 그를 영원히 기억하겠다고 약속하는 셈이었다. "마음을 정하란 말이야!" 그는 소리쳤다. 둘이 헤어지기 전에, 그녀가 또 한번 다정했다가 돌연 차가워져서 등을 돌렸을 때였다. 하지만 그와 자느냐 마느냐의 문제를 제외하면 그녀에게 무슨 결정권이 있었을까? 게이브는 8월에 대학 입학을 위해 떠날 예정이었다. 그는 다른 사람을, 더 편안하고 태평하고 아름다운 여자애를 찾을 터였다. 그런 말을 하자 그는 아니라고 부정했고, 노아는 자기 말이 맞을 거라고 우겼다. 차분하게, 현실적으로, 마치 자기는 그래도 끄떡없을 것처럼.

그녀는 언제나 이런 식이었을까? 노아의 독립성은 자랑거리였다. 모니카와 레너드는 노아가 아기 때부터 그랬다고 주장했다. 그들이 이야기하는 딸의 가장 어린 시절 일화 중 하나에 따르면, 노아는 겨우 두 살 때 유아원에 처음 간 날, 뒤도 돌아보지 않고 안으로 걸어들어갔다. 그러고는 흔들 목마에 올라갔고, 다른 아이들이 타겠다고 하면 소리를 질렀다. 말 위에 고집스럽고 오만하게 올라앉아 목청의 힘으로 다른 아이들을 물리친 것이다. 노아는 그 이야기가 이런 식으로 서술된다는 점, 부모들이 자녀에게 그들의 유아기에 대해 들려주는 다른 모든 이야기처럼 성격의 증거로 이용되어왔다는 점을 진심으로 문제삼은 적은 없었다. 하지만 어린 노아는 왜 뒤에 남아 어머니에게 매달리지 않았을까? 독립성이 자기 이야기의 중심을 이루고 자랑거리가 되기 훨씬 전부터 독립성이 필요했던 건 아닐까? 긍지는 약함을 강함으로 위장하다보니 결국 정말로 강함이 된 것을 말하는 게 아닐까? 하지만 필요 때문에 생긴 모든 강함이 그렇듯이 그 기반은 단단하지 않았다. 구덩이 위에 세워진 것이었다. 모니카가 믿고 매달릴 수 있는 어머니였다면, 노아는 흔들 목마가 주는 위안을 택하는 대신 어머니를 꽉 붙잡지 않았을까?

닉이 밴으로 돌아와 꽃집 사장이 부케를 손볼 꽃들을 가지고 오는 중이라고 알렸다. 그들은 에어컨을 최대로 틀어놓고 차 안에서 기다렸다. 전화가 다시 울리고 발신자가 레너드라는 걸 확인한 노아는 전화가 계속 울리다 음성 사서함으로 넘어가게 놔두었다. 레너드가 해질녘에 유적지 언덕 위에 서 있는 모습을 상상했다. 그의 발밑에 있는 언덕은 느린 축적을 통해 인간이 만들어낸 것이었다. 기원전 7000년부터 성경의 시대까지 중단 없이 층층이 쌓인 삶과 그 파괴. 성서고고학이라는 왕관에 박힌 보석! 그가 누구에게나 강조했던 그 말. 이스라엘의 어떤 발굴 현장에도 청동기와 철기 시대 기념물이 이보다 많지는 않다고, 그는 매년 여름이 시작될 때마다 학생들에게 말했다. 남쪽의 이스르엘 계곡 너머를 바라볼 때 그의 눈길은 머나먼 사마리아의 푸른 언덕에 머무르곤 했고, 그 풍경은 번뜩 조바심을 일으켰다. 저기 어딘가 그의 생애에는 닿을 수도 없는 영역에 얼마나 풍부한 비밀이 묻혀 있을까! 유적지 언덕 꼭대기에서 레너드는 노아에게 음성 메시지를 보냈다. 그녀는 듣지 않아도 무슨 말인지 알 수 있었다. 하지만 버코위츠 가족의 집에는 가지 않을 작정이었다.

닉이 담배 마는 종이와 마리화나가 든 깡통을 꺼냈다. 풀 한 뭉치를 집어 손가락 사이에 넣고 비빈 후 그 향긋한 풀을 접힌 종이의 주름 안에 뿌렸다. 노아는 마리화나를 즐기지 않는 편이었지만 너무 지루하고 짜증이 나서 몇 모금 얻어 피웠다. 연기에 목구멍이 뜨거워졌지만 가슴은 이완되면서 어질어질한 기운이 머리를 채웠다.

요의가 느껴져 밴에서 나온 노아는 신부의 집을 향해 걸어갔다. 거대한 현관문이 열린 채 고정되어 있고 케이터링 업체 직원들이 분주히 드나들었다. 그녀는 보졸레 와인 상자를 어깨에 얹은 사람을 불러 세워 화장실이 어딘지 물었다. "부엌에 가서 물어보세요." 그가 안쪽을 가리키며 말했다.

실내는 어둡고 서늘했다. 서재의 납유리 창문 너머로 부드러운 초록색으로 어룽진 정원이 보였다. 참나무 벽판을 덧댄 복도를 따라 걸어가는 동안, 모든 것이 평상시보다 더 자신과 동떨어지게 느껴졌다. 맨 처음 발견한 문을 열어보니 골프채가 가득 든 벽장이었다. 곧 부엌이 나왔고 그곳은 활기로 북적거렸다. 흰 종이 모자에 체크무늬 바지를 입은 요리사 세 명이 나머지 직원들에게 명령을 내리고 있었다. 이백오십 명분의 식사를 준비하고 있는 그들은 노아를 힐끗 쳐다보지도 않았다. 복도를 따라 계속 걸어가자 카펫이 깔린 계단이 나왔다. 다급하게 오줌이 마려운데다 마리화나 때문에 대담해진 그녀는 계단을 따라 올라갔다.

둥근 몸통에 갈고리 모양 발이 달린 골동품 콘솔이 계단참에 버티고 서 있었다. 대리석 상판 위에는 한 여자애의 아홉 살, 열두 살, 열여섯 살 사진이 놓여 있었다. 더 안쪽에 살짝 열린 문 사이로 번쩍이는 황동 수도꼭지가 언뜻 보였다. 노아는 재빨리 안으로 들어가 문을 잠그고, 안도하며 변기에 주저앉아 샌들을 벗어던졌다. 한참을 평온하게 긴장을 풀며 앉아 있었다. 벽을 통해 웃음소리가 들렸다. 어쩌면 울음소리였을 수도 있지만. 혹시라도 결혼 같은 걸 하게 된다면 연인과 함께 그냥 달아나버릴 거다, 그녀는 결심했다. 혹은 싸구려 술집에서 결혼식을 하거나, 하여간 어떤 기대도 암시하지 않는 장소에서 할 것이다. 이런 결혼식은 괴로움만 자초하는 짓 같았다.

누군가 문손잡이를 흔들었다. 노아는 일어서서 세면대의 물을 틀었다. "잠시만요" 하고 외친 뒤 부드럽고 보송한 수건에 손을 닦고 문을 열었다. 아까 그 사진 속 여자가 신부 드레스를 허리 위로 말아올리고 서 있었다. 사진보다는 나이가 들었으나 아직 젊은 그녀의 얼굴은 어쩐지 원숭이 같은 인상이었지만 그래도 안 예쁘지는 않았다. 나이가 스물두셋보다 훨씬 많지는 않을 듯했다.

"아." 신부가 놀라서 말했다. "누구세요?"

"케이터링 업체 직원이에요." 노아는 둘러댔다.

신부는 잠시 주춤했지만 그 집에 있는 모든 사람이 그녀의 명령에 따라 움직이는 상황인 만큼 더 깊이 생각하지 않고 뒤돌아서더니, 그날 아침에 고데기로 매만진 곱슬곱슬한 머리채를 들어올렸다.

"지퍼 좀 올려줄래요?"

노아는 반바지에 다시 한번 손을 닦고 작은 지퍼를 잡았다. 그것을 올리려는데 봉제선 부근의 천이 팽팽하게 당겨졌다. 드레스가 미어질지도 모른다는 생각이 들었지만, 신부의 널따란 등에서 가장 넓은 곳을 지나자 지퍼가 끝까지 부드럽게 올라갔다.

"예전에 수영 선수였어요." 신부가 돌아서서 노아를 마주보며 말했다. 그 말을 증명이라도 하듯 속눈썹이 젖어 있어서, 수영 선수인 신부가 막 물속에서 수면 위로 떠오른 것 같았다. 아니면 벽 너머에서 들리던 소리가 정말로 울음소리였거나.

"이리 와요. 다른 것도 도와줘요."

노아는 명령받는 걸 좋아하지 않았지만 호기심을 억누를 수가 없었다. 신부를 따라 침실로 들어갔다. 일등상, 이등상 리본들이 방안을 장식했는데 수영 대회뿐만 아니라 승마 대회에서 받은 상도 있었다. 액자에 담긴 말 사진들이 사랑하는 일가친지들처럼 벽을 차지했다. 책상 위쪽 유리 선반에는 헬로키티 지우개 세트와 연필깎이들이 진열되어 있었다. 노아도 언젠가 비슷한 물건들을 가진 적이 있었다. 여태 까맣게 잊고 있던 그것들을 보자 유년의 감각이 강하게 되살아났다. 어릴 때 가끔 그랬듯이, 노아는 충동적으로 손을 뻗어 지우개 하나를 집은 뒤 신부가 돌아서기 직전에 주머니에 슬쩍 넣었다.

"이런 걸 신고는 걸을 수가 없어요." 신부가 은색 하이힐을 가리키며 말했다.

아닌 게 아니라, 발가락을 바닥에 쿵쿵 찧는 걸음걸이가 아주 어설펐다. 신부 들러리는 어디로 갔는지 노아는 궁금했다. 아직은 거부할 수 있을지도 모르는 이 길에서, 의심과 당혹감이 신부를 노리고 매복한 마지막 구간을 안내해줄 사람은, 그게 누구든 어디에 있는지. 유대교의 결혼식에서 '칼라', 즉 신부는 여왕 같은 대접과 왕족 같은 시중을 받도록 되어 있었다. 고대의 풍습이긴 해도 인간 심리학, 마음의 허약함 등에 대한 지혜가 담겨 있는 접근법이었다. 마음의 허약함, 그리고 육체적 수치심까지도 아우르는 지혜. 정통 유대교에서는 신부도 신랑도 이성과 잠자리를 한 적이 없으며 그런 상태는 결혼식 이후에 즉시 종결되어야 하기 때문이었다. 그래서 왕족 같은 대우는 잠재적 공포를 잊게 하는 방안이기도 했을 것이다.

신부의 창백한 이마에 주름이 졌다.

"이걸 신으면 넘어져서 이마를 찧을 거야, 틀림없어요."

노아는 이런 상황의 부조리를 조금도 인식하지 못하는 신부에게 왈칵 짜증을 느꼈다. 침대 발치에 벗어던져놓은 낡은 캔버스 운동화를 보고 노아가 그것을 가리켰다.

"저건 어때요?"

신부가 웃기 시작했다. 눈이 반짝거렸다. 어딘가 살짝 미친 듯한 느낌을 주었다. 신부는 발을 휘둘러 하이힐을 벗어던지고 치맛자락을 획 끌어올리더니, 타고난 민첩성을 되살려 방 반대편으로 훌쩍 뛰었다. 수영 대회에 대비하고 말들을 다스리며, 이기도록, 절대로 지지 않도록 훈련된 그녀의 근육질 몸은 정신보다 더 자신에 대해 잘 안다는 인상을 주었다. 운동화에 발을 밀어넣은 신부가 끈도 묶지 않은 채 춤을 추며 거울이 달린 벽장 앞으로 다가갔다. 하지만 거울에 비친 모습을 보는 동안 그녀의 입이 일그러지며 웃음기가 사라졌다.

긴 침묵이 흘렀다. 그러더니 신부는 거울 속 노아의 눈을 바라보았다.

"케이터링 업체에서 나온 거 아니잖아요." 신부가 위협적으로 말했다.

노아는 아무 말도 하지 않았다.

"손톱 밑 때를 보면 알 수 있어요."

맞는 말이었다. 노아의 손톱은 가장자리가 검었다. 여름 내내 그런 꼴이었고, 손톱에서 화분 흙이 말끔히 씻겨 나가는 건 수영할 때뿐이었다.

노아는 거짓말을 들켰는데도 태연하게 어깨를 으쓱했다. 그녀는 늘 자신의 행동에는 납득할 만한 이유가 충분하다고 느끼는 터라, 반대로 다른 이에게는 그런 이유가 부족하다고 생각할 때가 많았는데, 레너드에게서 물려받은 이 자질을 두고 게이브는 우월감의 일종이라고 자주 지적했다. 하지만 사람은 누구나 자신에겐 나무랄 데 없는 이유가 있다고 확신하지 않나? 누구나 그렇지는 않지, 게이브는 말했었다. 대부분은 자신이 틀렸을 가능성을 배제하지 않아. 최소한 누가 다른 식으로 생각한다고 해서 머리가 어떻게 된 건 아닐 수도 있다는 여지를 남겨둔다고. 노아는 자신도 다른 이들의 사고방식을 수용할 수 있다는 걸 보여주기 위해서라도 그의 지적을 받아들였다. 이 또한 그녀만의 고유한 특질은 아니었다. 레너드 역시 완고하다고 비판받으면 남은 하루 동안 한없이 관대해졌다가 결국은 깜빡 잊고 다시 자기 자신으로 돌아갔다.

"꽃 때문에 그쪽 화를 돋우기 싫었어요. 신부가 부케를 좋아하지 않을 거라고 어머님이 말씀하셨거든요. 라일락은 없고, 부케가 다 너무 작아서 손을 봐야 해요. 우린 사장님이 꽃을 더 가지고 오시길 기다리는 중이고요."

"엄마는 참." 신부가 잊고 있던 나쁜 소식을 들은 양 신음했다. 하지만 더는 아무 말 없이 당면한 문제로 되돌아가 침대 위에 놓인 망사 뭉치를 노아에게 건넸다. 베일에는 귀갑 빗이 부착되어 있었다. 세심히 매만진 머리의 어느 부분에 빗을 꽂아야 하는지 노아가 볼 수 있도록 신부가 다시 돌아섰다. 머리카락 반을 뭉쳐 올려 실핀으로 고정했는데, 스프레이를 잔뜩 뿌려서 뻣뻣한 그 뭉치에 빗살을 꽂아 넣기 위해서는 빗을 세게 눌러야 했다. 마침내 빗이 고정되었고 신부는 돌아서서 엄숙하게 턱을 내린 채 베일이 얼굴 위로 드리워지기를 기다렸다. 의례가 지닌 힘에 휩쓸린 신부가 눈을 감았다. 레이스 뒤로 사라지는 그녀의 이목구비가 부드럽고 아련해졌다. 노아 역시 전율을 느꼈다. 곧 있을 일이 어떤 의미이든—

중대한 책임을 진다든가, 은밀한 지혜의 세계로 들어간다든가—그로 인해 신부의 얼굴이 영원히 바뀌어버리기 전에 그 얼굴을 마지막으로 보는 사람이 정말로 자신인 것 같은 기분이었다. 신부가 거울을 보려고 천천히 돌아서자 노아도 함께 돌아섰다가 거울에 비친 자신의 모습을 보고 깜짝 놀랐다. 키가 멀대같이 크고 가슴은 납작하며 손톱에는 때가 긴, 갑자기 소년처럼 보이는 모습. 순결한 흰 레이스를 두른 신부에게 여성성을 몽땅 빼앗긴 것만 같았다.

하지만 그들에게는 자신의 변화를 자세히 살필 시간이 없었다. 신부 어머니의 목소리가 계단 밑에서 울려퍼졌기 때문이다. 미비한 행사 준비로 인한 불안 때문이든, 외동딸이 이제 자신을 떠나 더 중요한 대상에 충실하게 된다는 상실감으로 인한 더 깊은 불안 때문이든, 그 목소리는 날카로웠다. 신부와 노아의 시선이 거울 속에서 마주쳤고 그 순간 둘 사이에 많은 것이 오갔지만, 노아는 그 의미를 완전히 이해하지는 못했다. 그녀는 신부에게 중얼중얼 인사하며 행운을 빈 뒤 급히 방을 나와 화장실에 숨어 있다가 신부 어머니가 지나가고 나서 다시 계단을 내려가 밴으로 갔다.

꽃집으로 돌아왔을 때는 이미 세시였지만 할일이 더 남아 있었다. 화재는 사람들의 열정, 그리움, 슬픔, 혹은 기념일을 축하하려는 단순한 욕구에 크게 제동을 걸지 못한 듯했고, 그 모든 일에는 꽃이 필요했다. 일손이 부족한 터라 노아의 직속 상사인 키아라가 그녀에게 남아서 주문 상품 준비를 도와달라고 요청했고, 일을 다 마치고 나니 일곱시가 훌쩍 넘어 있었다. 라디오에서 화재 관련 뉴스가 쉴새없이 쏟아져나왔다. 소방관 두 명이 더 목숨을 잃었고 수

백 가구가 추가로 대피했다. 수년 전에 아들을 뇌종양으로 잃고 자신의 사적인 삶과 타인의 경사 사이의 괴리에 익숙해진 키아라는 말없이 작업대 앞에서 노아와 나란히 일했다. 마지막으로 기다란 이파리와 현란한 극락조화로 이루어진 열대 분위기의 부케를 완성한 노아는 거대한 금속 개수대에서 손을 씻었다. 손톱을 박박 문질러 닦으며 이제는 이미 결혼식을 올렸을 그 신부를 생각했다.

노아는 차에 올라타고 나서야 조수석에 놓인 주 대법원의 봉투를 보고 랍비와 한 약속을 기억했다. 녹초가 된 그녀는 내내 가슴에 차오르던 슬픔을 집의 익숙한 냄새로 달래고 소파에 쓰러져 텔레비전을 볼 수 있기를 간절히 원했다. 하지만 랍비는 내일 폴란드로 떠날 예정이라 필요한 서류가 준비되지 않으면 어떤 것도 완결지을 수 없었다. 그는 모든 것을 질서 있게 처리하고 싶어했다. 다시 말해, 유대교 법정의 공식 기록 보관소에 서류를 제출하기만 하면 깨지고 뒤집힌 것, 무효가 되고 취소된 것의 온갖 무질서가 마법적으로 질서로 변화한다는 것이었다. 노아는 앞으로 오랫동안, 어쩌면 영원히, 자신의 마음속에 무질서로 남게 될 것에 질서를 부여하는 과정을 돕거나 부추길 의향이 전혀 없었지만 방해자가 될 마음 또한 없었다. 노아는 랍비가 보내준 주소를 휴대전화에 입력하면서도 아까 부모에게서 온 부재중 전화와 문자를 무시했다. 그녀는 자신의 결정을 거듭 말했고, 그들도 마침내 받아들일 수밖에 없었다. 그들이 있는 곳은 이미 밤이 깊은데다 이곳의 불길도 더 가까워지지 않아서 두 사람 다 잠이 들었는지 노아의 전화기는 몇 시간째 잠잠했다. 이제 그녀는 익숙하지 않은 동네에 있는 그 주소지가 단 이십 분 거리에 있으며 랍비가 게트를 공연했던—공연이라는 말이 적절하다면—유대교 예배당과 그리 멀지 않은 곳이라는 사실을 확인했다. 도로 폐쇄로 차가 예상보다 막힌다면 시간이 더 걸릴 수도 있다는 걸 알면서도, 노아는 GPS가 지시하는 방향으로 차를 돌렸다.

그곳은 꽃으로 장식되지 않은 잔디밭을 앞세우고 뒤로 저만치 물러선 소박한 집들이 모인 동네였다. 석양이 지는 시간에 하시드파* 유대인들이 더위를 부정하는 듯한 검은 옷 차림으로 몸을 비스듬히 튼 채 걸어갔다. 긴 치마와 긴팔 상의를 입은 여자들은 구부정한 자세로 아이들을 밀고 당기며 서둘러 걸었다. 항상 서두르지, 저 사람들은—그녀의 머릿속에서 레너드의 목소리가 들렸다. 계율 실천 업적을 하나라도 더 이루려고 늘 서두르는 거야. 유대인 행동, 유대인 운명의 위대한 점수 기록관이신 메시아 자신은 좀처럼 서두르는 법이 없는데 말이지.

랍비의 집은 다른 집들과 마찬가지로 아무런 특색이 없었지만, 바깥의 나무 아래 놓인 알루미늄 의자만 달랐다. 누군가가 거기에 오래 생각하며 앉아 있었는지, 방석 역할을 하는 넓적한 나일론 끈들이 아래로 축 늘어져 있었다. 하지만 차를 대고 잔디밭을 대각선으로 가로질러 현관문까지 걸어가는 동안 노아는 의자 주변의 성긴 풀 위에 흩어진 담배꽁초를 보았다. 그러니까 그건 랍비의 아내가 집안에서는 용납하지 않는 나쁜 습관을 위한 자리일 뿐이었다.

노아는 레너드와 모니카의 이혼 서류를 팔 아래에 끼우고 초인

* 율법과 안식일을 엄격히 지키는 고대 유대교의 한 분파.

종을 눌렀다. 하지만 문이 열리고 나온 사람은 랍비의 아내가 아니라 금색 턱수염이 성기게 난 예배당의 젊은 조수였다. 노아를 보고 놀란 그의 얼굴이 환해졌다. 그녀는 설명의 의미로 봉투를 들어올리며 랍비가 집에 있는지 물었다. 아니라고, 가족 전체가 결혼식에 갔다고 젊은 랍비가 대답했다. "오늘은 모두가 결혼을 하나보네요." 노아가 말했다. 젊은 랍비가 눈썹을 치키며 미소를 지었다. 그녀는 봉투를 아직은 포기할 수가 없어서 손으로 꼭 쥐었다. 안으로 들어올 생각이 있는지 그가 물었다.

노아는 젊은 랍비가 화재에 대해 듣기는 했는지 궁금했다. 그곳에서는 연기 냄새가 나지 않았다. 식탁 위 과일 그릇에 과분이 덮인 잘 익은 보라색 포도와 배가 담겨 있었다. 젊은 랍비가 의자 하나를 가리키며 앉으라고 했다. 그는 주전자에 물을 끓여 차를 우린 다음 유리잔에 담아 가져왔다. 노아는 차를 마시면서 그의 소박한 친절에 고마움을 느꼈다. 부엌 안을 편안하고 익숙하게 돌아다니는 모습을 보니 이 사람은 그냥 조수가 아니라 랍비의 아들이라는 생각이 들었다. 그가 식탁 맞은편에 앉아 자기 유리잔에 설탕 한 숟가락을 넣어 저었고, 말없이 입술만 움직여 감사 기도를 올린 다음 마셨다.

"노아, 맞죠?" 그가 말했다.

그녀는 게트가 있던 날 이름을 알려주며 인사한 기억이 나지 않았지만, 부모님이나 언니가 이름을 부를 때 들었을 거라고 추측했다.

"난 아비엘이에요. 다들 아비라고 부르지만요."

노아가 시장기를 느끼며 과일을 쳐다보자 예민하고 눈치 빠른 아비가 과일 그릇을 그녀 쪽으로 밀었다.

"좀 드세요." 그가 권하면서 자리에서 일어나 접시와 칼을 갖다 주었다. 그녀는 가끔 길모퉁이에 서서 행인들을 가로막고 혹시 유대인이냐고, 안식일 양초가 필요하냐고, 성구함을 사용하겠느냐고 묻는 하시드파 유대인들을 떠올렸다. 노아는 아비의 환대가 엇나간 유대인들을 공동체에 포섭함으로써 계율 실천 실적을 증대하여 모시아흐*의 강림을 앞당기라는 랍비의 명령에서 비롯된 실용적인 행동인지 궁금했다.

"부모님은 어떻게 지내세요?" 아비가 물었다. 그는 노아의 부모를 모르지만 그들 인생의 내밀한 순간을 함께했으니 완전히 낯선 사람은 아니었다.

"멀리 계세요." 노아가 대답했다. "레너드는 고고학자라서 매년 여름 이스라엘로 돌아가 발굴 작업을 감독해요. 그리고 모니카는 빈에서 외할머니를 보살피고 있어요."

"그럼 혼자 남은 거예요?"

배 한 개를 자르며, 노아는 꽃집에서 일한다는 것과 돈을 모아 내년 여름에 여행을 떠나려 한다는 계획을 이야기했다. 그녀는 부모님과 함께 많은 곳을 다녔지만 남미에는 가보지 못했다. 칠레까지 가고도 돈이 충분히 남으면 이스터섬을 여행하며 화성암 덩어리로 만든 머리 조각상들을 볼 생각이다. 어릴 때 그 기이한 얼굴들을 사진으로 처음 본 뒤부터 계속 그 신비에 매혹을 느꼈다. 원시인들이 어떻게 조각상을 만들어 채석장에서 해안까지 운반하고, 거대한 기단 위에 얼굴이 내륙 쪽을 향하도록 올려놓을 수 있었는

---

* '구세주'를 의미하는 히브리어.

지 아는 사람은 긴 세월 동안 아무도 없었다. 연구자들이 마침내 그 방법을 알아냈다고 몇 년 후에 레너드가 말해주었을 때, 그녀는 실망했고 차라리 모르는 채 신비를 그대로 간직하고 싶었다. 그것이 노아와 레너드의 차이다. 그는 평생 모든 것의 바닥까지 파고들어가며 살아온 사람이다. 그녀는 모니카와도 다르다. 비교문학과 교수로서 독일어와 히브리어 텍스트에서 의미를 짜내려는 모니카의 노력은 그야말로 철저하다. 노아는 신비에 매달리는 자신의 이런 성향이 도움이 되는 매력적인 직업을 여태 생각해내지 못해서 걱정스럽다.

아비는 넋을 잃고 들었다. 노아가 혼자서 버스를 타고 정글을 통과해 위태롭게 꺾인 산길을 돌아 유년기의 신비를 향해 질주하는 모습을 상상하고 있는 것처럼. 그 역시 여행을 좋아하며, 방콕에 있는 하바드* 사무소를 이 년간 운영하고 최근에 돌아왔다. 노아는 아비가 넓은 세상을 보고 왔다는 말을 들으니 그의 얼굴에서 느껴지던 노련함이 이해가 되었다. 게트 의식 도중에 자신에게 머물던 아비의 눈길을 알아차렸을 때를 떠올리며, 이제 다시 그의 눈에서 반짝이는 총기를, 검은 옷이 나타내는 순응과 부조화를 이루는 호기심을 보았다. 잔디밭 의자 옆에 흩어진 담배꽁초는 나이든 랍비가 아니라 그의 것일 테고 흡연은 태국에서 들인 습관일지도 몰랐다. 아비가 속한 세상에서 호기심의 자리는 어디일까, 노아는 궁금했다.

"그런데 당신은 어떻게 된 건가요? 다들 결혼식에 갔는데 왜 혼

---

* 정통 하시드파 유대교의 국제 선교 운동.

자 남았어요?"

"결혼식은 차고 넘쳐요. 어머니의 형제자매가 일곱 명이라서 결혼하는 사촌이 거의 매달 있어요."

노아는 이제 봉투를 내어주고 가야겠다고 생각했지만 무언가가 발목을 붙들었다. 빈 찻잔 위에 놓인 아비의 손가락들은 길고 섬세했다. 그녀는 자신의 맨다리를 쳐다보는 그의 시선을 느꼈고, 이 집의 부엌에서는 그런 맨살을 엿볼 일이 한 번도 없었을 거라고 생각하니 갑자기 권력을 쥔 느낌이 들었다.

"당신은? 결혼은 언제 할 거예요?"

창밖의 하늘이 어두워지고 있었다.

"내년쯤. 임 이르체 하셈.*"

그들은 계속 이야기를 나눴다. 아비가 레너드는 이스라엘에서 무슨 일을 하는지 물었고 그녀는 메기도 언덕에 대해 설명했다. 하나의 문명이 지진이나 화재에 파괴되고 그 폐허 위에 다음 문명이 재건되면서 스물다섯 개의 문명이 흥망을 거듭해온 잔재가 그곳에 묻혀 있다고 말해주었다. 이십 년간 레너드가 그 파괴의 지층들을 다시 한번 파괴해가며 그곳에서 살고 죽은 사람들에 관한 진실을 알아내기 위해 발굴 작업을 해왔다고도 이야기했다. 그걸 어떻게 알아내는지, 아비가 신기해하며 물었고 그녀는 체계적으로 천천히 진행되는 작업, 날마다 유물의 파편을 모아 분류하는 바구니, 생물이나 컵 안에 남은 씨앗과 곡물 등이 언제 수명이 다했는지 추정하는 데 이용되는 탄소-14에 대해서도 설명했다. 말하는 동안 노아

---

* '하느님이 뜻하신다면'을 의미하는 히브리어.

는 아비가 느끼는 경이감과 두려움, 자신에게도 익숙한 그 전율을 감지했다. 어린 시절에 이따금 주변을 돌아보며 먼 미래에는 이 가운데 무엇이 남을까, 무엇이 남아 사라진 믿음, 사라진 희망과 갈망의 의례들을 다시 끼워맞춰 그녀 자신과 주변의 모든 것이 사라진 이유에 대한 수수께끼를 풀 단서가 되어줄까, 하고 생각할 때면 느껴지던 감정이었다.

아비는 이야기를 더 들으려고 기다렸지만 노아에겐 할말이 남아 있지 않았다. 마침내 그녀는 이혼 판결이 담긴 봉투 가장자리에 손가락을 대고 식탁 건너편으로 밀었다. 노아의 부모는 멀리서 각자의 인생을 살아가고 있었다. 아비는 봉투를 받아 그 섬세한 손으로 잠시 들고 있다가 랍비의 눈에 띄도록 싱크대 상판 위에 올려놓았다. 노아는 돌아갈 것처럼 일어섰지만, 일어서면서도 가지 않으리라는 것을 몸속 깊은 곳에서 느끼고 있었다. 그녀는 그대로 서서 몸을 양옆으로 흔들었다. 아비가 경이로운 표정으로 그녀를 바라보았다. 마침내 노아는 그에게 다가갔고, 앞으로 뻗은 손이 그의 볼에 난 금색 수염에 닿기까지 아주 오랜 시간이 걸리는 듯했다. 아비가 입술을 움직이며 눈을 감았다. 그녀는 그 움직임을 멈추려는 듯 그 위에 부드럽게 자기 입술을 포갰지만, 오히려 그의 입술에서 나오는 알 수 없는 고대의 언어를 제 안으로 받아들이며 욕망이 사타구니에서 생생하게 살아나는 것을 느꼈다. 아비가 눈을 떴고, 그녀는 잠시 물러나 셔츠 단추를 풀었다. 대단찮은 가슴이지만 그에게 주는 선물이라고 느끼며 그의 떨리는 손가락을 잡아 가슴에 갖다댔다. 아비의 엄지손가락이 유두 위에서 움직였고 그녀는 숨을 멈추고 몸을 떨었다. 반바지를 벗어 바닥에 떨어뜨린 뒤 속옷에서 발을 빼려고 할 때 그가 두려운 눈길로 창문 쪽을 바라보았다. 밖에 있는 누군가가 안에서 일어나는 경이를 엿보기라도 할 것처럼. 옛 질서를 쓸어내고 새 질서를 위해 길을 내주는 모든 불길이 그렇듯, 산불이 통제할 수 없이 타오르며 점점 가까워져 그들을 금방이라도 덮칠 것처럼. 아비는 땀에 젖은 손으로 노아의 손을 움켜쥐고 컴컴한 거실을 통과해 집 뒤쪽에 있는 자신의 작은 방으로 갔다. 거기에서, 그의 좁은 싱글 침대에서, 그녀는 주고 싶은 것을 주었고 필요한 것을 받았다. 찢어지는 아픔이 몸을 뚫고 지나갈 때 그의 어깨를 깨물어 비명을 잠재운 노아는 그 축복을 표현할 말을 찾지 못했다.

에르샤디를 보다

그 무렵 나는 일 년 넘게 무용단에 있었다. 그 안무가의 작품을 처음 본 이래로 내 꿈은 그가 이끄는 무용단에서 춤을 추는 것이었고, 십여 년간 내 모든 욕망은 그곳에 입단한다는 목표에만 쏠려 있었다. 몇 년에 걸쳐 혹독하게 연습하면서 필요한 모든 희생을 감수했다. 마침내 오디션을 보고 그가 입단을 권유했을 때, 나는 모든 것을 버리고 텔아비브로 날아갔다. 단원들과 함께 정오부터 다섯시까지 리허설을 하며, 나는 안무가가 제시하는 과정과 전망에 기꺼이 헌신했고, 기꺼이 전념했다. 때로 마음속에서 뭔가가 차올라 터지며 나도 모르는 새 눈물이 주르륵 흘렀다. 술집과 카페에서 사람들을 만나면 그 안무가와 함께 일하는 경험에 대해 흥분해서 떠들어댔고, 끊임없이 새로운 발견을 목전에 둔 느낌이 든다고 말했다. 그러던 어느 날 나는 광신자가 되었음을 깨달았다. 내가 헌신이라고 생각했던 마음이 선을 넘어 다른 것이 되어버렸음을. 그

에르샤디를 보다 121

걸 인식하고 나자 그때까지 순수한 기쁨이었던 감정에 검은 얼룩이 생겼지만 그런 상황에 어떻게 대처해야 하는지 알지 못했다.

리허설이 끝나고 녹초가 되면 바닷가에서 산책을 하거나 집에 가서 영화를 보곤 했고, 그러고 나면 너무 늦어서 밖에 나가 사람을 만나기 힘든 시간이 되었다. 해변에도 원하는 만큼 자주 가지는 못했다. 안무가가 우리 무용수들에게 온몸의 피부를 엉덩이만큼 희게 유지하라고 했기 때문이다. 발목에 건염이 생겨서 춤을 춘 뒤에는 얼음찜질을 해야 했고, 그러다보니 발을 위로 올린 채 누워서 많은 영화를 보게 되었다. 장루이 트랭티냥이 나오는 영화는 모조리 찾아서 보다가 폭삭 늙어버린 그에게 다가오는 죽음을 생각하면 너무나 우울해져서, 마치 영원히 살 것처럼 아름다운 루이 가렐로 옮겨갔다. 가끔 친구 로미가 일하러 가지 않을 때면 우리집에 와서 함께 영화를 봤다. 가렐의 영화를 다 볼 때쯤 겨울이 되었고 수영은 어차피 불가능했기 때문에 이 주 동안 잉마르 베리만과 집안에 머물렀다. 새해가 되자 베리만을, 그리고 밤마다 피우던 마리화나를 끊기로 했고, 제목이 마음에 들어서, 그리고 스웨덴과 동떨어진 곳에서 제작된 영화라서, 이란 감독 아바스 키아로스타미의 〈체리 향기〉를 다운로드했다.

영화는 호마윤 에르샤디의 얼굴과 함께 시작된다. 그는 미스터 바디를 연기하는데, 그 중년의 남자는 차를 타고 누군가를 찾아 테헤란의 거리를 천천히 달리며, 일용직 일자리를 구하려고 몰려든 군중 속 남자들을 눈으로 훑는다. 찾으려던 것을 찾지 못한 그는 계속 차를 몰아 도시 밖의 삭막한 산악지대로 나간다. 길가에 서 있는 한 남자를 본 그가 속도를 늦추고 남자에게 태워주겠다고 제안한다. 남자는 거절하고 바디가 계속 설득하려 들자 화를 내면서 성큼성큼 걸어가며 험악한 얼굴로 뒤돌아본다. 차가 오 분에서 칠 분가량—영화에서는 영원과도 같은 시간—더 달린 뒤 길가에서 히치하이킹을 시도하는 젊은 군인이 나타나고, 바디는 그에게 병영까지 데려다주겠다고 제안한다. 그러고는 차에 탄 청년에게 군생활이나 쿠르디스탄에 있다는 가족에 관해 묻기 시작하는데, 질문이 점점 더 개인적이고 직선적인 방향으로 흐를수록 상황은 계속 어색해지고 군인 청년은 안절부절못한다. 영화가 시작되고 이십 분 정도 흐른 시점에서 바디는 마침내 속내를 털어놓는다. 자신을 묻어줄 사람을 찾고 있다고. 바디는 메마른 산비탈 어딘가에 자기 무덤을 파놓았으며 오늘밤 약을 먹고 거기에 누울 계획이다. 그에게는 아침에 와서 자신이 정말로 죽었는지 확인한 다음, 시신 위에 흙을 스무 삽 정도 덮어줄 누군가가 필요할 뿐이다.

군인은 차문을 열고 뛰쳐나가 산으로 달아난다. 쿠란*은 자살을 금지하기에 미스터 바디의 요구는 범죄의 공모자가 되어달라는 것과 같다. 카메라는 점점 작아지는 군인의 뒷모습을 응시하다가 그가 풍경 속으로 완전히 사라지자 다시 에르샤디의 특별한 얼굴로 이동한다. 영화가 진행되는 동안 완벽에 가까운 무표정을 유지하면서도 단지 연기만으로는 끌어낼 수 없는—절망의 벼랑 끝에 몰린다는 것이 무엇인지 내밀하게 알아야만 느낄 수 있는—감정의 무게와 깊이를 전달해내는 그 얼굴. 영화는 미스터 바디의 삶이나 그 삶을 끝내기로 결심한 이유가 무엇인지에 대해 우리에게 전혀

---

* 이슬람교의 신앙과 일상생활의 규범을 담은 경전.

말해주지 않는다. 그의 절망을 목격할 수도 없다. 그의 안에 잠재한 깊이에 대해 우리가 아는 것은 전부 그 무표정한 얼굴에서 나오고, 아울러 그 얼굴은 호마윤 에르샤디라는 배우 안에 잠재한 깊이에 대해서도 알려주지만, 그의 삶에 대해 우리가 아는 건 더욱 적다. 검색을 해봤더니, 키아로스타미가 막히는 도로에서 차 안에 앉아 생각에 잠긴 에르샤디를 보고 차창을 두드렸을 때, 에르샤디는 연기를 배우거나 경험한 적도 없는 건축가였다고 한다. 그의 얼굴만 봐도 이해할 수 있다. 세상이 에르샤디를 향해 휘어지는 듯한 그 느낌을. 마치 그에게 세상이 필요한 게 아니라 세상에 그가 필요한 것처럼.

에르샤디의 얼굴이 내게 영향을 미쳤다. 아니면, 그 영화에 흐르는 연민의 정서와 완전히 이질적인 결말—그걸 누설하진 않을 생각이지만—이 내게 영향을 미쳤다고 해야 할까. 하지만 결국 어떤 의미에서 그 영화는 에르샤디의 얼굴이 전부라고도 할 수 있다. 그의 얼굴과 적막한 산비탈 풍경.

그뒤로 얼마 지나지 않아 다시 날이 따뜻해졌다. 창문을 열면 고양이 냄새가 났지만, 햇빛과 소금과 오렌지 냄새도 흘러들어왔다. 넓은 거리 양편에 늘어선 무화과나무들은 신록으로 단장했다. 나는 이러한 쇄신의 기운을 흡수하고 그 흐름에 합류하고 싶었으나 사실 내 몸은 갈수록 황폐해지고 있었다. 춤을 출수록 발목은 더욱 상태가 나빠져서 애드빌을 일주일에 한 통씩 먹어치웠다. 무용단이 다시 순회공연을 떠나게 되었을 때, 나는 가고 싶지 않았다. 내가 늘 여행하고 싶었던 일본에서 하는 공연인데도 그랬다. 그냥 이곳에 남아 쉬면서 태양을 느끼고 싶었고, 로미와 함께 해변에 누워 담배를 피우며 남자들 얘기나 하고 싶었지만, 그래도 여행 가방을 꾸려 다른 무용수들 몇 명과 함께 공항으로 갔다.

도쿄에서 3회에 걸쳐 공연을 한 뒤 이틀간 자유 시간이 주어지자 나를 포함해 몇몇은 교토에 가기로 했다. 일본은 아직 겨울이었다. 도쿄에서 기차를 타고 가는 동안 육중한 기와지붕들, 작은 창문이 달린 집들이 차창을 스쳐지나갔다. 우리가 숙소로 찾은 료칸은 방이 다다미 바닥과 장지문으로 꾸며졌고 벽은 색깔이나 질감이 모래 같았다. 모든 게 불가해한 느낌이어서 나는 실수를 거듭했다. 화장실용 슬리퍼를 화장실 밖이나 방안에서도 신고 다녔다. 섬세하고 화려한 저녁식사를 내온 여자에게 다다미에 음식을 엎지르면 어떻게 되느냐고 물었더니 그녀가 새된 웃음을 터트렸다. 그럴 수만 있었다면 의자에서 굴러떨어졌을지도 모른다. 하지만 그 방에는 의자가 없었다. 그래서 그녀는 바닥을 구르는 대신 내 뜨거운 물수건을 포장했던 비닐을 넓은 기모노 소매 속으로 집어넣었는데, 그 동작이 매우 아름다워서 쓰레기를 처리하는 중이라는 사실을 잊을 정도였다.

마지막날 아침, 나는 일찍 일어나서 가고 싶은 사찰들을 표시한 지도를 들고 밖으로 나섰다. 풍경은 여전히 헐벗고 앙상했다. 아직 벚꽃도 피지 않은 터라 카메라를 들고 떼 지어 다니는 군중도 없어서, 나는 사람이 거의 없는 사찰이나 정원에, 까마귀의 요란한 울음 때문에 오히려 더 깊어지는 정적에 익숙해져 있었다. 그래서 난젠지의 웅장한 출입문을 지났을 때, 본당으로 이어진 지붕 덮인 통행로에서 단조롭게 오르내리는 억양으로 즐겁게 수다를 떠는 수

많은 일본 여자들과 마주치자 놀라지 않을 수 없었다. 하나같이 우아한 실크 기모노를 차려입은 모습, 머리에 꽂은 화려한 상감 장식 빗부터 주름을 잡아 모양을 낸 오비* 허리띠나 끈으로 졸라매는 알록달록한 가방까지, 그들은 모든 면에서 다른 시대에서 튀어나온 듯 보였다. 유일한 예외는 그들이 신고 있는 탁한 갈색 슬리퍼였다. 교토의 사찰에 가면 입구에서 어김없이 그런 슬리퍼를 내주었는데, 전부 어찌나 작은지 그걸 보면 피터 래빗이 양상추 밭에서 잃어버린 신발이 생각났다. 그 전날 나도 그런 슬리퍼에 발을 욱여넣고 벗겨지지 않도록 발가락에 힘을 준 채 매끈한 나무 바닥을 부드럽게 디뎌보려 했지만, 계단을 오르다 목이 부러질 뻔한 뒤로는 포기하고 얼음장처럼 차가운 마루 위를 양말만 신은 채 걸어다녔다. 그런 사정 때문에 좀처럼 한기를 떨칠 수가 없었고, 나는 스웨터와 코트를 입고도 벌벌 떠는데 저 여자들은 어떻게 실크로 된 옷 하나만 걸치고도 얼어죽지 않는지 의아했다. 그리고 기모노를 입을 때 그 많은 부분을 묶고 두르고 고정하려면 다른 사람의 도움이 필요한지도 궁금했다.

조금씩 앞으로 나아가던 나는 어느새 그 여자들 사이에 섞이게 되었고 그래서 그들이 갑자기 어떤 은밀한 신호라도 받은 양 하나가 되어 움직이기 시작했을 때, 나 역시 그 넓고 침침한 야외 복도를 따라 함께 떠밀렸다. 실크의 부드러운 흐름과 작은 슬리퍼가 조급하게 종종거리는 소리에 휩쓸려 20피트쯤 갔을 때 무리가 걸음을 멈췄고, 아메바처럼 하나로 뭉친 군중 안에서 평범한 외출복을

---

* 기모노의 허리 부분에 매는 띠로 뒷부분에 커다란 장식이 달려 있다.

입은 여자가 튕겨 나와 나머지 사람들에게 뭔가 말하기 시작했다. 까치발을 디디자 여자들의 머리 너머로 일본의 대표적 명소인 사백 년 된 선(禪) 정원이 보였다. 갈퀴로 긁어 무늬를 낸 자갈밭과 최소한의 바위, 덤불, 나무로 이루어진 선 정원은 안으로 들어가지 않고 밖에서 관조해야 하는 곳이고, 감상을 위해 마련된 빈 누마루가 여자들 무리가 멈춘 곳 바로 너머에 있었다. 하지만 밖으로 빠져나가기 위해 사람들의 어깨를 톡톡 두드리며 양해를 구했을 때, 오히려 무리는 내 주위로 더욱 밀착해 들어오는 것 같았다. 내가 어깨를 두드릴 때마다 그들은 어리둥절한 얼굴로 돌아본 뒤 왼쪽이나 오른쪽으로 몇 걸음 비켜 길을 내주었지만, 곧바로 기모노를 입은 다른 여자가 밀고 들어와 자리를 채웠다. 그게 무리의 균형을 바로잡으려는 타고난 본능 때문인지, 단지 해설자에게 더 가까이 가려는 의도인지는 알 수 없었다. 사방이 포위된 채 어질어질한 향수 냄새를 들이마시며 끈질기고 이해할 수 없는 해설자의 설명을 듣고 있자니 폐소공포증이 느껴지기 시작했다. 하지만 더 거칠게 밀치고 나가려고 해보기도 전에 갑자기 무리가 다시 이동하기 시작했고, 나는 본당 벽에 바짝 붙어 비켜선 채로 사람들이 지나갈 때까지 그 자리에서 버텼다. 그들은 달각거리는 슬리퍼의 합창과 함께 마룻바닥 위를 걸어갔다.

바로 그때 지붕 덮인 통행로를 따라 반대 방향으로 걸어가는 그의 모습을 보았다. 그는 더 늙어 보였고 곱슬머리가 은발이 된 탓에 진한 눈썹이 더욱 근엄한 인상을 주었다. 그 외에도 뭔가가 달랐다. 영화에서는 그가 신체적으로 건실한 사람이라는 인상을 주어야 할 절대적인 필요가 있었기 때문에, 키아로스타미는 에르샤디가 차를 몰고 테헤란 외곽의 산악지대를 돌아다니는 동안 그의 넓은 어깨와 탄탄한 상체에 카메라를 바짝 들이대 촬영했다. 에르샤디가 차에서 나와 메마른 산을 응시하는 장면에서 카메라가 멀리 물러났을 때도 그의 신체는 강건해 보였고, 이로 인해 생겨난 힘과 권위에 더해 눈빛에 담긴 감정의 깊이 때문에 나는 울고 싶어졌다. 하지만 이 순간 지붕 덮인 통행로를 걸어가는 에르샤디는 호리호리해 보였다. 체중이 줄기도 했지만 그뿐만이 아니었다. 어깨까지 좁아진 듯했다. 그의 뒷모습을 눈으로 좇으며 저 사람이 에르샤디가 맞는지 의심이 들기 시작했다. 하지만 실망이 콘크리트처럼 내 마음에 쏟아지기 시작했을 때, 남자가 걸음을 멈추더니 누가 부르는 소리를 들은 것처럼 뒤를 돌아봤다. 그러더니 그 자리에서 꼼짝도 하지 않고, 선 정원을, 결코 닿을 수 없는 곳을 향해 뛰어오르는 호랑이를 상징하는 바위들을 바라보았다. 부드러운 빛이 그의 무표정한 얼굴에 내려앉았다. 그리고 다시 그것이 나타났다─절망의 벼랑 끝. 그 순간 내 안에 차오른 가슴 벅차도록 다정한 감정을 나는 사랑이라고 부를 수밖에 없다.

에르샤디가 우아하게 모퉁이를 돌아나갔다. 나와는 달리 그는 슬리퍼를 신고도 전혀 어려움 없이 움직였다. 나는 그를 뒤쫓기 시작했지만 기모노 무리에 속한 여자 하나가 나타나 앞길을 막았다. 그녀는 손을 흔들어가며 이제는 본당의 그늘진 방을 들여다보고 있는 다른 이들을 가리켜 손짓했다. 저는 일본어 못해요, 라고 설명하며 여자를 피해 가려 했지만 그녀는 계속 앞에서 종종거리고 횡설수설하면서 점점 더 고집스럽게 무리를 가리켰다. 그들은 복도를 따라 앞뜰을 향해 이동하기 시작했고, 수많은 발이 바닥을 스치는 아주 미세한 소리와 함께 이동하는 그 모습은 마치 수천 마리의 개미떼가 그들을 밑에서 떠받쳐 옮기고 있는 듯한 느낌을 주었다. 난 투어 일행이 아니에요, 하고 말하며 양 손목을 교차해 작은 가위표를 그렸다. 일본인들이 뭔가 잘못되었거나 불가능하거나 금지되었음을 알리기 위해 그런 손짓을 하는 걸 본 적이 있었다. 나는 그저 밖으로 나가는 길이라고 말하면서, 기모노 입은 여자가 무리를 가리킬 때 그랬던 것처럼 고집스럽게 출구를 가리켰다.

여자는 내 팔꿈치를 잡고 반대 방향으로 억지로 끌고 가려 했다. 어쩌면 내가 전체의 섬세한 균형을 깨트렸는지도 몰랐다. 국외자인 나는 결코 이해하지 못할 어떤 미묘함으로 이루어지는 균형. 아니면 내가 그 무리를 떠남으로써 용서받을 수 없는 행위를 저질렀는지도 몰랐다. 또다시 나는 꿰뚫을 수 없는 무지의 벽을 느꼈고, 그건 내게 언제까지나 일본 여행과 동의어로 남을 것이다. 죄송해요, 제가 이젠 정말로 가야 해요, 라고 말한 나는 의도했던 것보다 거칠게 몸을 뒤치며 여자의 손에서 벗어나 출구를 향해 달려갔다. 하지만 모퉁이를 돌았을 때 에르샤디는 어디에도 보이지 않았다. 본당 입구에도 사람은 아무도 없고 아까 그 일본 여자들의 신발만 낡은 목제 신발장에 나란히 놓여 있었다. 밖으로 달려나가 주변을 둘러봤지만, 사찰 마당에는 내가 가까이 뛰어가면 서투르게 하늘로 날아오르는 커다란 까마귀들뿐이었다.

사랑. 나는 그것을 사랑이라고 부를 수밖에 없다. 비록 그때까지 경험한 그 어떤 사랑과도 다른 감정이었지만, 내가 아는 사랑은 늘 욕망에서 생겨났다. 통제할 수 없는 힘 때문에 내가 바뀌거나 진로에서 이탈하기를 바라는 소망에서 생겨났다. 하지만 에르샤디를 사랑할 때, 그 거대한 감정을 벗어난 나는 거의 존재하지도 않았다. 그걸 연민이라고 부른다면 신적인 사랑을 말하는 것처럼 들리겠지만, 이 감정은 그와 달리 지극히 인간적이었다. 오히려 이것은 동물적인 사랑이었다. 이해할 수 없는 세상에서 살다가 어느 날 동류를 만나, 자신이 여태 잘못된 대상을 이해하려 애써왔다는 사실을 깨달은 동물의 사랑.

황당한 말 같지만, 그 순간에 나는 에르샤디를 구원할 수 있다고 느꼈다. 나는 계속 뛰었고, 웅장한 나무 대문 아래를 지날 때는 발소리가 서까래에 닿아 울려퍼졌다. 두려움이 온몸에 스며들기 시작했다. 에르샤디가 영화에서 자신이 연기라고 할 수 없을 만큼 생생하게 대변했던 그 인물처럼 목숨을 끊을 계획을 세웠을 거라는, 그 계획을 저지할 잠깐의 기회가 있었는데 내가 그걸 놓쳤다는 두려움이었다. 거리로 달려나갔지만 거기에도 인적은 없었다. 개울가의 유명한 오솔길 쪽으로 달려가는 동안 가방이 허벅지를 연신 때렸다. 그를 따라잡았다면 나는 무슨 말을 했을까? 헌신에 대해 그에게 무엇을 물었을까? 그가 돌아서서 마침내 나를 응시했다면 그때 나는 무엇이기를 바랐을까? 하지만 상관없었다. 모퉁이를 돌아나왔을 때, 오솔길에는 검고 앙상한 나무만 서 있을 뿐 아무도 없었기 때문이다. 료칸으로 돌아가 다다미 바닥에 웅크리고 앉아서 인터넷을 검색해봐도 호마윤 에르샤디에 관한 뉴스는 없었고, 그가 일본을 여행하고 있다거나 이미 죽었다고 유추할 만한 내용도 없었다.

텔아비브로 돌아가는 비행기 안에서 내 의심은 커져만 갔다. 비행기가 거대한 구름층 위를 부드럽게 나아가며 일본에서 멀어질수록 그 사람이 에르샤디였다는 확신은 점점 줄어들다가 결국에는 터무니없다는 생각이 들었다. 교토에 있을 때는 저마다 확고한 독창성을 지녔다고 생각되다가도 멀리 떨어져서 보면 점점 터무니없게 느껴지는 기모노나 일본식 화장실이나 예절이나 다도茶道처럼.

텔아비브로 돌아온 날 저녁에 바에서 로미를 만났다. 일본에서 일어난 일을 얘기는 했지만 웃어넘기는 투로 말했다. 내가 보고 뒤쫓아간 그 남자가 정말로 에르샤디라고 잠시라도 믿은 나 자신을 비웃는 듯이. 그 이야기를 듣는 동안 로미의 큰 눈이 더욱 커졌고, 그녀는 배우답게 극적인 분위기를 물씬 풍기며 한 손을 가슴에 올렸다. 그러더니 웨이터를 불러 잔을 다시 채워달라고 하면서 그의 어깨를 살짝 토닥였다. 다른 사람들을 자신의 세계로, 그 강렬함의 매혹으로 끌어들이는 그녀만의 본능적인 방식으로. 로미는 내게서 눈을 떼지 않은 채 가방에서 담배를 꺼내 불을 붙이고 연기를 한 모금 들이마셨다. 그러고는 테이블 위로 팔을 뻗어 내 손을 감싸 쥐고 턱을 외틀어 연기를 내뱉을 때까지도 내게서 시선을 거두지 않았다.

믿을 수 없어, 로미가 마침내 쉰 목소리로 속삭였다. 내게도 완전히 똑같은 일이 일어난 적 있거든.

나는 다시 웃기 시작했다. 로미에게는 늘 이상한 일들이 일어났다. 그녀의 삶은 끝없이 이어지는 우연과 신비한 징후의 물결에 휩쓸려 흘러갔다. 배우로서 로미는 행위자이되 연기자는 아니었다. 현실이란 없고 모든 것이 일종의 게임이라고 진심으로 믿는다는 점이 연기자와의 차이였다. 하지만 그 믿음은 진지하고 깊고 진실했고, 삶에 대한 감각 또한 강렬했다. 달리 말해, 그녀는 살면서 어떤 식으로든 타인에게 자기 생각을 이해시키려 하지 않았다. 로미에게 자꾸 이상한 일이 일어나는 것은 그녀가 마음을 열고 그런 일들을 찾기 때문이며 항상 뭔가를 시도하기 때문이었다. 그러면서도 결과에는 크게 개의치 않았고 그런 시도가 어떤 감정을 일으키는지, 그걸 스스로 이겨낼 수 있는지만 생각했다. 영화 속에서도 로미는 언제나 로미 자신이었고, 대본이 그리는 상황에 맞춰 자신의 이런저런 면을 부각해 보여줄 뿐이었다. 우리가 친구로 가까이 지낸 그해에, 내가 알기로 그녀는 한 번도 내게 거짓말을 하지 않았다.

뭐야, 나는 말했다. 농담이겠지. 하지만 깔깔 웃으면서도 더없이 진지했던 로미는 테이블 너머로 내 손을 그대로 쥔 채 에르샤디에 관한 자신의 이야기를 시작했다.

그녀는 〈체리 향기〉를 오륙 년 전에 런던에서 봤다. 나와 마찬가지로 로미도 그 영화와 에르샤디의 얼굴에 크게 감동했다. 어쩐지 불안한 마음까지 들었다. 그렇지만 마지막 순간에 느낀 것은 기쁨이었다. 그렇다, 기쁨은 해질녘에 극장에서 나와 아버지의 아파트로 걸어갈 때 로미가 느낀 감정에 어울리는 단어일 것이다. 로미는 암으로 죽어가는 아버지를 돌보려고 런던에 가 있었다. 부모가 이혼한 세 살 때부터 유년기와 십대를 거치며 로미는 아버지와 점점 멀어져 남이나 다를 바 없게 되었다. 하지만 그녀가 군복무를 마친 뒤 우울증을 앓았을 때 아버지가 병원에 찾아왔고, 그가 침대맡에 앉아 있는 시간이 길어질수록 로미는 그간의 원망스러웠던 일들을 점차 용서할 수 있었다. 그때부터 두 사람은 계속 가깝게 지냈다.

로미는 이따금 런던에 가서 아버지와 함께 지내기도 했고, 한동안 벨사이즈파크에 있는 그의 아파트에 살면서 연기학교에 다니기도 했다. 몇 년 후 아버지가 암 진단을 받았다. 그는 이어진 오랜 투병에서 승리한 듯했으나 결국 패배가 확실해지는 날이 왔다. 의사들은 아버지가 삼 개월 이상 살 수 없다고 했다.

로미는 텔아비브의 모든 것을 떠나 아버지의 아파트로 다시 이사했고, 그의 몸이 점점 기능을 잃어가던 몇 달 동안 거의 늘 곁을 지켰다. 아버지는 삶을 고작 몇 주 혹은 몇 달 연장해줄 뿐인 유독한 치료를 중단하겠다고 결심했다. 그는 존엄하고 평온하게 죽기를 바랐지만, 삶의 소멸을 향한 육체의 여정은 항상 난폭할 수밖에 없어서 실은 그 누구도 평온하게 죽지 못한다. 그런 크고 작은 형태의 난폭함은 그들의 일상을 구성하는 재료였지만 거기에는 늘 아버지의 유머가 섞여 있었다. 아버지가 아직 걸을 수 있을 때는 둘이 함께 산책을 했고 걸을 수 없게 되자 텔레비전으로 범죄 수사극과 자연 다큐멘터리를 보는 시간이 길어졌다. 로미는 밝은 화면에 비친 아버지의 집중한 얼굴을 보며, 정작 그 자신의 이야기는 급격히 막을 내리고 있는 와중에도 미제 살인, 스파이, 똥 뭉치를 언덕 위로 굴리는 쇠똥구리의 분투 따위의 이야기에 대한 아버지의 관심은 전혀 줄지 않았다는 인상을 받았다. 그는 침대에서 내려오기도 힘들 만큼 쇠약해진 뒤에도 계속 밤중에 혼자 화장실에 가려 했고, 로미는 아버지가 바닥에 쓰러지는 소리를 들으면 곧장 가서, 그즈음 몸무게가 어린아이와 다를 바 없는 아버지를 머리를 받쳐 안아올렸다.

바로 그 무렵, 아버지가 화장실까지의 그 짧은 거리도 걸을 수 없게 되어 우크라이나인 입주 간호사가 그 넓은 어깨에 아버지를 들쳐업어야 했을 무렵, 간호사의 강권에 따라 로미는 외투를 꿰어 입은 뒤 몇 시간 정도 집을 비우고 영화를 보러 갔다. 그 영화에 대해 아무것도 몰랐지만, 병원에 오가는 길에 영화관 입구 차양에 적힌 제목에 이끌렸다.

로미는 텅 비다시피 한 상영관 뒤쪽에 자리를 잡았다. 관객이 대여섯 명밖에 없었다고 로미는 말했다. 하지만 상영관이 꽉 차 있다가 영화가 시작되면 주위 사람들의 존재감이 모두 사라져버리는 경우와는 달리, 그녀는 다른 관객들의 존재를 강렬하게 느꼈다. 그들도 대부분 혼자 온 사람들이었다. 대사 없이 자동차 경적이나 불도저 소리, 보이지 않는 아이들의 웃음소리가 들리는 장면들, 그리고 카메라가 하염없이 에르샤디의 얼굴에 머무는 롱 테이크 장면들이 계속되는 동안 로미는 자신과 다른 이들이 그것을 바라보고 있다는 사실을 의식했다. 미스터 바디가 스스로 목숨을 끊을 계획이며 아침에 자신을 묻어줄 사람을 찾고 있다는 사실을 안 순간, 로미는 울기 시작했다. 곧이어 한 여자가 일어서서 극장을 나가버렸고 그러자 기분이 조금 나아졌다. 그대로 남아 있는 사람들 사이에 무언의 유대감이 생겼기 때문이었다.

나는 앞에서 결말을 누설하지 않을 거라고 썼지만, 이제 보니 달리 돌려 말할 방법이 없어서 그냥 이야기를 해야겠다. 로미는 영화의 결말이 평범했다면 나중에 우리 둘에게 그런 일들이 일어났을 리가 없다고 믿었기 때문이다. 결말에서, 아마도 약을 삼켰을 미스터 바디가 가벼운 재킷 하나로 한기를 막아내며 자신이 판 구덩이에 눕고, 우리는 희부연 구름 사이로 드나드는 보름달을 응시하는 그의 무감한 얼굴을 바라본다. 어느덧 화면이 흐릿해지고 콰르릉 천둥이 치면서 사위가 완전히 어두워져 그의 모습이 더는 보이지 않지만, 곧 번개가 번쩍 빛나며 다시 화면이 밝아질 때, 그는 여전히 이 세상 사람인 채로, 여전히 거기 누워 밖을 바라보고, 여전히 기다리고 있다. 우리 역시 여전히 기다리고, 주위가 다시 어둠에 빠졌다가 또다시 섬광이 비치면 마침내 그의 눈이 스르륵 감겼음을 알게 된다. 이내 화면은 완전히 깜깜해지고 점점 거세지는 빗소리만 들리는데 계속 커지는 빗소리도 결국 잦아들어 사라진다. 만일 그 장면에서 영화가 끝났다면—꼭 그렇게 끝내려고 의도한 듯한 영화였으니까—그랬다면 그 영화가 머리에 남지 않았을지도 모른다고 로미는 말했다.

하지만 영화는 거기에서 끝나지 않는다. 대신, 행군하는 병사들이 박자에 맞춰 구호를 외치는 소리가 흘러들다가 천천히 화면이 다시 밝아진다. 이번에 화면에 나오는 산속 풍경은 봄이고 사방이 푸릇푸릇한데, 입자가 거칠고 색이 바랜 그 영상은 비디오카메라로 찍은 것이다. 군인들은 대열을 맞춰 화면 왼쪽 아래 귀퉁이에서 굽이진 길을 따라 행군한다. 이 새로운 풍경만으로도 충분히 놀라운데, 바로 다음 순간 영화 제작진 한 명이 카메라를 들고 나타난다. 그가 삼각대를 세우고 있는 다른 제작진에게 다가가고, 그다음에는 에르샤디 자신이—바로 전에 무덤 안에서 잠든 것을 우리가 보았던 그 에르샤디가—가벼운 여름옷을 걸치고 화면 안으로 태연히 걸어들어온다. 그가 앞주머니에서 담배를 하나 꺼내 입에 물고 불을 붙인 뒤 말없이 키아로스타미에게 건네자 촬영감독과 이야기를 나누던 키아로스타미는 대화를 중단하지도 않고, 그를 제대로 돌아보지도 않은 채 담배를 받는다. 그 순간 우리는 두 사람이 순수한 직관의 통로로 이어져 있다는 것을 이해한다. 이어 장면이 바뀌고, 조금 더 아래쪽 비탈에서 거대한 마이크를 들고 바람을 피해 높은 풀 아래에 웅크린 음향 기술자가 나온다.

내 말 들려요? 보이지 않는 사람의 목소리가 묻는다.

아래쪽에서 구호를 붙이던 훈련 교관이 멈칫멈칫하다 멈춘다.

발레Bâlé? 그가 말한다. 네?

그분들 이제 나무 근처에서 쉬고 계시라 하세요, 키아로스타미가 대답한다. 촬영이 끝났습니다. 영화의 마지막 대사는 몇 분 후 루이 암스트롱의 애조 띤 트럼펫 선율이 울부짖기 시작할 때 나오는데, 화면에는 군인들이 나무 옆에 앉아 웃고 대화하고 꽃을 꺾는 모습이 보인다. 미스터 바디가 영원한 휴식을 기원하며 누웠던 곳 근처의 그 나무에는 이제 푸른 잎이 무성하다.

우리는 이곳에 음향을 수집하러 왔습니다, 키아로스타미가 말한다.

그다음에는 그 크고 아름답고 구슬픈 트럼펫소리만 가사 없이 흘러나온다. 로미는 트럼펫 음악이 끝나고 크레디트 타이틀이 다 올라갈 때까지 앉아 있었고, 눈물이 줄줄 흘렀지만 가슴은 벅찼다.

로미는 아버지를 땅속에 눕히고, 그녀의 손에 들린 삽을 가져가려는 삼촌을 밀치며 직접 무덤에 흙을 덮은 뒤 시간이 좀 지나고 나서야 다시 에르샤디를 떠올렸다. 해질녘에 벅찬 기쁨을 느끼며 집으로 돌아간 그날 이후 강렬한 일들이 너무 많이 일어난 터라 영화에 대해 다시 생각할 겨를이 없었다. 그녀는 런던에 남아 아버지의 유품을 정리했고 더는 정리할 것이 남지 않았을 때, 모든 것이

마무리되고 매듭지어졌을 때도 텅 비다시피 한 아파트에서 몇 달 간 더 살았다.

늘 똑같이 흘러가던 그 나날 동안 그녀는 무기력하게 빈둥거렸 고 무엇에도 집중할 수가 없었다. 욕망이란 걸 느낄 수 있는 순간 은 섹스할 때뿐이어서, 연기학교에 다니던 시절에 사귀었던 마크 를 다시 만나기 시작했다. 그는 소유욕이 강한 남자였고 처음에 관 계가 끝난 것도 어느 정도는 그런 성향 때문이었다. 그런데 두 사 람이 헤어진 이후로 로미가 다른 남자들을 만났으니 이제 그의 질 투와 집착은 더욱 심해져서 다른 남자들과 사귈 때는 어땠는지 말 하라고 끊임없이 재촉했다. 하지만 그와의 섹스는 격렬하고 좋았 고, 자기 몸은 없고 아버지의 쇠잔해가는 몸만 존재하는 것처럼 느 끼며 몇 달을 살아온 뒤라서인지 활기가 되살아나는 느낌이었다.

밤에 마크가 퇴근하면 로미가 그의 집으로 갔고 조명을 끈 침실 에서 그는 포르노 비디오를 훑어내리다 마음에 드는 것을 찾았다. 그가 침대에 엎드린 로미를 등뒤에서 탐하는 동안 그들은 거대한 텔레비전 화면에서 남자 두세 명이 한 여자를 쑤셔대는 장면을 함 께 보았다. 남자들이 제 물건을 여자의 성기와 항문과 입에 밀어 넣는 동안 다들 뒤섞여 헉헉거리고 신음하는 소리가 입체음향으 로 들려왔다. 마크는 사정 직전에 로미의 엉덩이를 세게 때리고 그 녀 안으로 자신을 박아넣으며 창녀라고 욕했다. 그렇게 그는 사랑 하는 여자가 절대로 자신에게 충실할 리 없다고 믿도록 내모는, 고 대로부터 내려오는 어떤 고통을 재연했다. 어느 밤, 이 행위극 뒤 에 마크가 그녀에게 팔을 두르고 잠들었을 때 로미는 누운 채 깨어 있었다. 언제나처럼 몸은 녹초가 되었는데도 잠이 오지 않았다. 마침내 그녀는 그의 팔에서 살짝 빠져나와 바닥을 기어다니며 속옷을 찾았다. 그러나 머물고 싶은 욕구도, 떠나고 싶은 욕구도 없어서 마크의 침대 가장자리에 털썩 주저앉았을 때, 밑에 깔린 리모컨이 느껴졌다. 그녀는 텔레비전을 켜고 이리저리 채널을 돌렸다. 아버지와 함께 보았던 어미 코끼리들과 벌 군체에 관한 이야기, 미제 사건과 심야 토크쇼 따위를 휙휙 지나가다가 리모컨 버튼을 한 번 더 눌렀을 때, 그 드넓은 화면을 꽉 채우는 에르샤디의 얼굴이 거기에 있었다. 화면 외에는 온통 깜깜한 방안에서 실물보다 더 커 보이는 그의 얼굴이 아주 잠깐 나타났다가 이내 사라졌다. 방금 본 것이 무엇인지 미처 깨닫기도 전에 엄지손가락이 조급한 탐색을 이어갔기 때문이다. 다시 채널을 앞으로 돌려봤지만 그를 찾을 수 없었다. 영화나, 이란이나, 키아로스타미를 주제로 다루는 프로그램은 없었다. 놀라고 당황한 채로 어둠 속에 앉아 있는데, 이내 그리움이 서서히 일어나 그녀를 파도처럼 덮쳤다. 아버지가 돌아가신 뒤 처음으로 로미는 웃기 시작했고, 이제 고향으로 돌아가야 할 시간이 되었음을 깨달았다.

로미의 말을 믿을 수밖에 없었다. 그런 세세한 이야기를 즉석에서 지어냈을 리 없었다. 로미는 때로 세부 내용을 과장하기는 해도 그 과장된 내용을 자신도 믿으면서 말했고, 그 점 때문에 더욱 사랑스러웠다. 그녀가 세상의 원재료를 가지고 무엇을 할 수 있는지 보여주기 때문이었다. 그런데도 집에 돌아온 뒤 로미의 존재가 주는 마법이 흐릿해지자 나는 슬프고 공허하고 점점 우울해져서 침대에 누워 있었다. 에르샤디와의 조우가 내게만 일어난 특별한 일이 아닌데다, 더 나쁜 건 로미와 달리 나는 그게 무슨 의미인지, 그걸 어떻게 받아들여야 할지 모른다는 점이었다. 나는 무엇도 이해하지 못했고 아무 의미도 얻지 못했으며 그 이야기를 농담처럼 늘어놓으며 웃어넘겼다. 홀로 어둠 속에 누워 나는 울기 시작했다. 발목에서 쿵쿵 울리는 통증에 진저리가 나 화장실에서 애드빌을 한 움큼 삼켰다. 먼저 마신 와인과 함께 알약들이 위 속에서 출렁거리다 곧이어 메스꺼움이 밀려오자 나는 화장실 바닥에 무릎을 꿇고 변기에 속을 게워냈다.

다음날 아침, 문을 쾅쾅 두드리는 소리에 잠에서 깼다. 뭔가 이상하다고 느낀 로미가 밤새 전화를 했는데 내가 받지 않았다고 했다. 여전한 메스꺼움을 느끼며 나는 다시 울기 시작했다. 내 상태를 본 로미가 부산히 움직이며 차를 끓이고, 나를 소파에 눕히고, 얼굴을 닦아주었다. 로미는 한 손으로 내 손을 잡고 다른 쪽 손바닥을 자기 목에 댔다. 마치 내 고통이 제 고통이며, 모든 것을 느끼고 모든 것을 이해한다는 듯이.

두 달 뒤 나는 무용단을 그만두었다. 뉴욕대학교 대학원에 등록했으나 여름 동안에는 계속 텔아비브에 머물다가 학기가 시작되기 며칠 전에 뉴욕으로 돌아갔다. 그즈음 로미는 아미르를 만났다. 열다섯 살 연상의 사업가인 그는 돈이 워낙 많아서 그 돈을 사방에 뿌릴 방법을 찾는 데 많은 시간을 쏟아부었다. 그는 늘 원하는 것을 이루기 위해 발휘했던 비범한 추진력으로 로미에게 구애했다. 내 출국일 며칠 전에 우리가 가장 좋아했던 식당에서 로미가 열어준 송별 파티에는 무용단 사람들과 우리의 친구들, 그리고 우리 각자가 그해에 잠자리를 같이했던 남자들 대부분이 왔다. 아미르는 바빠서 오지 못했고 다음날 로미는 그의 요트를 타고 사르데냐섬으로 갔다. 나는 혼자서 짐을 쌌다. 떠나려니 슬픈 마음이 들면서 이 결정이 실수는 아닌지 의문스러웠다.

한동안 우리는 자주 연락하며 지냈다. 로미는 결혼한 뒤 지중해 연안의 절벽 위에 지은 아미르의 저택으로 이사했고 아기를 가졌다. 나는 학위를 따기 위해 공부했고 사랑에 빠졌다가 두어 해 뒤에 이별했다. 그동안 아들 둘을 낳은 로미가 가끔 아이들 사진을 보내줬는데, 얼굴이 로미를 빼닮았고 아버지에게서는 아무것도 물려받지 않은 듯했다. 하지만 연락이 점점 뜸해지다가 통화 한 번 하지 않은 채로 몇 해가 지나갔다. 내 딸아이가 태어난 직후 어느 날, 12번가에 있는 영화관 앞을 지나다가 누군가의 눈길이 느껴져서 돌아봤더니 〈체리 향기〉 포스터 속에서 에르샤디가 나를 빤히 바라보고 있었다. 소름이 등을 타고 내려왔다. 상영 기간이 이미 지났는데 아무도 그 포스터를 내리지 않은 것이었다. 나는 포스터 사진을 찍어 그날 밤에 로미에게 보내면서 언젠가 우리가 함께 테헤란에 가기로 계획했던 일을 일깨웠다. 나는 이스라엘 입국 도장이 찍히지 않은 새 여권을, 로미는 아버지를 통해 받은 영국 여권을 가지고 그곳에 가서 우리가 사랑했던 많은 영화의 배경이 된 카페에 앉아 있거나 거리를 걷고, 그곳의 삶을 맛보고, 카스피해 해변에 누워 있자는 계획이었다. 우리는 에르샤디를 찾을 작정이었고, 그가 우리를 자신이 설계한 날렵한 아파트로 초대할 거라고, 우리의 이야기를 들어줄 거라고, 그런 다음 에르샤디가 자신의 이야기를 할 때 우리는 꼭대기에 눈이 쌓인 엘부르즈산맥의 풍경을 보며 홍차를 마실 거라고 상상했다. 나는 로미에게 보낸 편지에,

그녀가 에르샤디를 본 일에 대해 얘기했던 밤에 내가 왜 울었는지 털어놓았다. 당시에 나는 빛나는 야망에 눈이 멀어 스스로를 제어하지 못했음을 조만간 인정할 수밖에 없는 상태였다고 적었다. 머지않아 내가 얼마나 만신창이가 되었는지, 춤에 대한 감정이 얼마나 혼란스러워졌는지 똑바로 바라볼 수밖에 없었을 거라고. 하지만 에르샤디로부터 뭔가를 포착하고 싶은 욕망, 로미가 경험했듯 현실이 나를 위해 팽창했고 다른 세상이 다가와 나를 건드렸다고 느끼고 싶은 욕망 때문에 내 상태를 더 빨리 자각할 수 있었다고.

   로미는 계속 연락이 없다가 몇 주가 지나서야 답장을 보내며 너무 늦어서 미안하다고 사과했다. 참 이상하다, 라고 그녀는 편지에 적었다. 로미는 오래도록 에르샤디에 대해 생각하지 않다가 석 달 전에야 〈체리 향기〉를 다시 볼 마음이 생겼다. 최근에 아미르와 헤어진 그녀는 새로 이사한 아파트에서 생경한 냄새와 거리에서 들려오는 소음 때문에 잠이 오지 않는 밤이면 영화를 보곤 했다. 그런데 이번에 다시 보았을 때는 에르샤디의 캐릭터가 처음과 너무도 다르게 느껴져서 놀라웠다. 그녀가 기억하는 그는 수동적이고 거의 성자와 같은 사람이었는데, 다시 본 영화에서 그는 조급했고 접근한 사람들에게 퉁명스럽게 굴 때가 많았으며, 상대의 취약점을 파악하고 그들을 설득하는 데 필요한 말은 뭐든 해가면서 자신이 원하는 일을 하도록 조종하려는 성향이 있었다. 온통 제 고통에만 집중하는 태도나 어떻게든 계획을 이행하려는 외고집이 자기 집착처럼 느껴졌다. 아울러 영화가 시작되기 직전에 검은 화면에 나타나는 문구가 처음에도 있었는지 기억이 나지 않는다는 점도 놀라웠다. 이란에서 상영하는 모든 영화에 의무적으로 명시되어야 하는 그 문구는 "신의 이름으로"였다. 처음에 영화를 보았을 때는 어떻게 그걸 놓쳤을까? 그녀는 의아했다. 물론 로미는 어둠 속에 누워 영화를 보는 동안 나를, 우리가 아직 파릇파릇했고 쉴새없이 남자 얘기를 해대던 그해를 생각했다. 우린 얼마나 많은 시간을 허비했는지, 그녀는 썼다. 모든 것이 경이로운 경로를 통해 우리에게 어떤 징후의 형태로, 남자들의 사랑으로, 신의 이름으로 주어진 선물이라 믿으며 그 실체를 제대로 보지 못했으니까. 사실 그건 우리가 저마다의 깊은 내면에 자리한 허무로부터 힘겹게 끌어올린 힘이었는데 말이야. 그녀는 언젠가 드디어 시간이 생긴다면 영화 시나리오를 쓰고 싶다고, 그건 나 같은 무용수의 이야기를 다루는 작품이 될 거라고 말했다. 그러고는 자신의 두 아들에 대해서도 이야기했다. 그녀 인생의 남자들이 하나같이 그랬듯 그애들 역시 무슨 일이든 자신에게 의지하는 것 같다고. 내게는 딸이 있어서 다행이라고 로미는 말했다. 그러더니 이미 다른 얘기로 옮겨갔다는 사실을 잊은 듯, 그리고 우리가 예전처럼 서로 마주앉아 시작도 중간도 끝도 없는 대화를 나누고 있기라도 한 듯, 영화에서 마지막으로 놀라웠던 점이 무엇인지 썼다. 에르샤디가 무덤 안에 누운 후 그의 눈이 마침내 스르륵 감기고 화면이 검게 변했을 때, 사실은 그게 완전히 검지는 않아. 자세히 보면 비가 내리는 게 보여.

미래의 응급 사태

오랫동안 그건 필요 없다고들 하더니, 어느 날 무언가가 바뀌었는지 이젠 필요하다고 했다. 가스마스크 말이다. 9·11 사태 이후, 그리고 국토안보부가 설립된 이후, 미국적 상상력이라는 공장이 위협과 공격과 음모의 최대 생산 실적을 달성한 시기였다. 나는 부엌에 맨발로 서서 크게 틀어놓은 라디오를 듣고 있었다. 내가 좋아하는 아침 일과였다. 라디오! 그것은 뉴스의 현실감을 배가하고, 이 세상에서 또 하루를 시작한다는 사실에 극적 감성을 더해준다. 이제 익숙해진 세상이지만 언제라도 변할 수 있음을 나는 알고 있다. 그 발표가 나왔을 때 내 본능적인 첫 반응은, 그게 뭔지는 몰라도 이미 공기 중에 퍼졌을까봐 숨을 멈춘 것이었다. "뭐라고?" 빅토르가 부엌으로 들어와 음량을 줄이며 물었다. 나는 숨을 내쉬었다. "가스마스크." 나는 대답했다.

하지만 창밖의 아침은 밝고 청명했다. 대기에는 산소라는 보이지 않는 축복 말고는 아무것도 없는 듯했다. 물론 다른 것, 예컨대 역시 보이지 않는 극소량의 벤젠이나 미량의 수은과 다이옥신도 있겠지만 우리가 견디고 사는 법을 터득하지 못한 물질은 없는 것 같았다. 나는 이따금 해질녘에 저수지 둘레 길을 달리는 사람들을 바라본다. 그들의 폐는 최대 부피의 공기를 들이켜기 위해 펌프질을 하고, 나는 그들이 어쩌면 더 진화된 아종亞種, 나머지 우리에겐 아직 유독한 물질에서 오히려 혜택을 받는—그것들을 분해해 오히려 에너지원으로 활용하는—아종에 속하는지도 모른다고 생각한다. 빅토르는 달리기를 자학의 행진이라고 부른다. 달리기를 하는 사람들은 관절을 마모시키고 연골을 갈아 없애고 있는 거라 말한다. 결국 절뚝거리거나 네발로 기면서 세상을 떠나게 될 거라고. 하지만 내게 그 사람들은 유연하고 민첩하고 공해에도 끄떡없는, 건강의 전형 같다. 그들은 대기의 온갖 입자들이 노을을 더 아름답게 물들인다는 걸 안다. 하늘은 그 시간에 살아 있는 존재의 기이한 아픔을 반영하는 듯한 갖가지 색깔로 물든다.

"위험의 원인은 일반적인 오염원이나 풍향의 변화가 아닐 수도 있습니다." 라디오 속 목소리가 말했다. "대기 중 살충제 성분이나 공장의 화재, 지하 실험도 아닐지 모릅니다." 커피메이커에서 부글부글 소리가 났고 빅토르는 선반에서 머그컵 두 개를 꺼냈다. "그럼 위험 원인은 뭘까요?" 나는 소리 내어 물었다. 자유롭게 질문해도 될 만큼 그 목소리와 친밀하게 연결된 느낌이 들었다. "위험은 알 수 없는 원인에서 발생할 수도 있습니다." 라디오가 대답했다. 나는 뉴스의 내용이 나쁠 때라도 답을 얻으면 기쁘다.

당분간은 공기를 들이마셔도 안전하다고 라디오 목소리가 말했다. 바깥에 나가도 괜찮으니 각 지역에 설치되고 있는 배급소에 잊지 말고 들러서 마스크를 보급받으라고 했다. 빅토르는 집에 남아 과제 채점을 할 계획이어서 내가 퇴근길에 우리 두 사람 몫의 마스크를 다 받아오겠다고 했다.

"고를 수 있다면, 난 눈구멍이 있고 주둥이가 길게 돌출한 종류가 좋겠어. 개미핥기처럼 생긴 거 말이야." 빅토르가 신문을 가지러 현관으로 가면서 말했다.

"까다롭게 굴 때는 아닌 것 같은데."

"그렇지." 빅토르가 이미 신문에 정신이 팔린 채 말했다.

11월이고 바깥공기는 상쾌했으며 곧 눈이 올 조짐이 보였다. 시골 생활에서 그리운 점은 가을의 음산한 아름다움이다. 도시에서 나뭇잎들은 갈색이 되었다가 흩어질 뿐이다. 언젠가 내가 자란 농장에 빅토르를 데려갔을 때 하루도 빼지 않고 비가 왔다. 우리는 진흙탕을 밟고 함께 돌아다녔고, 나는 소젖 짜는 법을 알려주려 했지만 그는 뜨거운 소젖냄새를 견디지 못했다. 드디어 농장을 떠날 때, 빅토르는 그런 곳에서 자라려면 유머 감각이 있어야겠다고 말했다. 나는 이곳에 살 때 개들이 들판의 냄새를 풍기며 집안으로 들어오곤 했다는 얘기를 굳이 하지 않았다.

대학교 졸업반일 때 빅토르를 만났다. 그는 내가 수강한 중세 역사 과목의 교수였다. 빅토르는 프랑스인이라서 학생과 데이트하는 것을 꺼리지 않았다. 나는 졸업한 뒤 그의 집으로 들어갔고 메트로폴리탄미술관에서 투어 해설자로 일하기 시작했다. 지금은 우리가 함께한 삶이 내가 아는 유일한 삶처럼 느껴지지만, 아직도 다른 것들로 이루어진 또다른 삶을 상상할 때가 있다. 빅토르가 아닌, 빅토르와 전혀 다른 사람과 함께하는 삶.

지하철로 내려가는 계단에서 가스마스크를 쓰고 올라오는 남자를 지나쳤다. 빅토르가 얘기한 것과는 다른 종류였다. 그보다 더 요란하게 생긴 이 마스크는 코와 입과 양쪽 볼 부분이 원통형으로 살짝 튀어나왔는데, 왼쪽 볼에 있는 원통 하나만 나머지의 두 배 크기여서 갑상선종처럼 보였다. 남자는 세탁소 비닐을 막 벗겨낸 듯 말끔한 양복에 빨간색 실크 넥타이를 맸다. 그의 모습이 불안감을 자극해서 사람들이 걸음을 멈추고 쳐다보았다. 아마 어떤 이들은 아침에 뉴스를 듣지 못했을 테고, 들은 이들은 그새 새로운 뉴스가 있었나 궁금했을 것이다. 가스마스크가 필요하게 될 수도 있다는 경고는 예전에도 있었지만 실제로 배급이 시작된 건 처음이라서 다들 초조해진 게 분명했다. 지하철 승차장으로 내려갔더니 이미 배급소에 들렀는지 두꺼운 종이 상자에 담긴 마스크를 들고 있는 이들이 몇 명 있었다. 나도 우리 마스크를 받으러 갈까 생각했지만 출근 시간이 촉박했다. 게다가 나는 언제나 아침의 첫 투어를 가장 좋아한다. 그 시간에는 햇빛이 머리 위의 천창에서 부드럽게 들어와 성모와 성인의 그림들을 비춘다.

아침 투어 참가자는 다섯 명에 불과했다. 텍사스에서 온 부부, 뮌헨에서 온 모녀, 그리고 폴이라는 이름의 첼리스트였다. 폴은 손이 아름다웠다. 이마를 만질 때 손이 눈에 띄었다. 모두가 좀 불안해서 처음 몇 분간은 미술관에서 으레 사용하는 나지막한 목소리로 최근 뉴스에 관한 대화를 나누었다. 나는 참가자가 소규모일 때는 관람객들에게 관심 분야를 묻고 취향에 맞춰 투어를 진행하려고 노력한다. 텍사스에서 온 남자는 새끼손가락에 금반지를 꼈고 르누아르의 열렬한 팬이라고 말했다. 그는 화가의 이름을 린-와 라고 발음했고, 그의 아내가 미소로 동조했다.

폴이 박물관의 사진 소장품에 관심이 있다고 해서 워커 에번스의 작품이 있는 전시실부터 안내하기 시작했다. 나는 언제나 워커 에번스의 사진들에, 그 성기고 형식적인 아름다움에 깊은 인상을 받는다. 사진 속에는 암울하고 절망적인 삶에 붙들린 사람들이 있고, 사진가는 낡은 간판을 촬영할 때와 같은 엄밀한 거리감을 두고 이들을 포착했다. 공감을 억제함으로써 살아나는 그 차가운 명징함은 숨이 멎을 것 같은 느낌을 주었다. 전시실 반대편 끝에는 다이앤 아버스의 사진도 몇 장 걸려 있었다. 그래서 나는 관람객들에게 그 작품들도 보여주며 스펙트럼의 반대편 극단, 다시 말해 피사체와 무시무시할 정도로 일체감을 느끼는 듯한 작가의 사진도 함께 감상하기로 했다. 아버스는 그들의 불행을 함께 느끼는 것 같아요, 하며 나는 설명을 시작했다. 하지만 더 인상적인 점은 사진 속 인물들 역시 작가를 괴로운 표정으로 바라보는 듯하다는 겁니다. 사진 속의 쌍둥이, 세쌍둥이, 부적응 아동, 기묘한 커플, 부랑자, 여장한 남자와 기형적 인물들―이들도 작가에게서 자신의 운명보다 더 암울하고 잊을 수 없는 무언가를 알아본 것처럼 말입니다. 때로 운좋은 날에는 그런 일이 일어난다. 말을 하는 도중에 내가 하려 했는지도 모르는 말들이 나오는 것이다.

나는 관람객들에게 잠시 조용히 감상할 시간을 주면서, 장난감 수류탄을 움켜쥔 아이와 휠체어에 앉아 마녀 가면으로 얼굴을 가린 늙은 여인을 바라보게 했다. 텍사스에서 온 남자가 어떻게 반응할지 살짝 걱정했지만, 지레 단정하지는 말았어야 했다. 작품에 바짝 다가선 그가 집중하느라 찌푸린 얼굴로 큰 관심을 보였기 때문이다. 폴은 다시 워커 에번스의 작품으로 되돌아갔다. 폴의 손은 대단히 까다롭고 섬세한 작업을 연상시켰다. 왠지는 모르겠지만, 얼어붙은 포토맥강으로 추락한 비행기에서 사랑하는 여인의 사진과 비닐 코팅한 나비 날개 한 쌍을 주머니에 지닌 채 발견되는 남자가 떠올랐다.

빅토르를 만나기 전에 나는 항상 또래 남자들과 사귀었다. 이제는 그들이 어땠는지 잘 기억나지 않는다. 매끈한 피부의 느낌이나 내가 옷을 벗으면 거의 감사하다는 듯 바라보던 눈길도. 내가 그들이 사랑하는 사람이었을 때, 여전히 열리고 있는 세상에 속한 사람이었을 때 어떤 기분이었는지는 더욱 기억나지 않는다. 내가 빅토르를 일종의 굴절된 형태로 반영하는 사람이 아니었을 때. 그를 처음 만났을 당시 나는 어린애나 다름없었다. 그가 강인하고 놀랍도록 대단하게 느껴졌다. 완성된 형태를 갖춘 남자, 변함없는 형상이 주는 기쁨을 느끼며 기댈 수 있는 남자.

점심을 먹는 동안 다른 해설자 중 하나인 엘런이 직원 사무실로 들어왔다. 깡마르고 목이 긴 엘런이 자기 몫으로 이미 받아놓은 마스크를 장난삼아 뒤집어썼다. 그녀는 아버스의 사진 앞에 서 있던 텍사스 남자처럼 내게 얼굴을 바짝 들이대고 눈구멍을 통해 나를 내려다보았다. 나는 장난스럽게 비명을 질렀지만, 실은 거대한 사마귀처럼 보이는 그녀의 모습에 정말로 소름이 끼쳤다. 엘런이 폭소를 터뜨렸고 웃음소리는 고무 흡기밸브에 갇혀 먹먹하게 들렸다. 그녀가 마스크를 머리 위로 밀어올리고 참치 샌드위치를 마저 먹는 동안 마스크의 눈구멍들은 멍하니 천장을 바라보았다. 엘런과 나는 가끔 각자의 연애에 대해 이야기한다. 엘런의 남자친구는 암벽등반을 하고 그녀를 루Lou라고 부르며 〈리버댄스〉* 공연의 암표를 거래하다 경찰에 체포된 적이 있다. 엘런은 취향이 세련되고 관념을 추구하는 데 일생을 바치는 남자를 만난 내가 운이 좋다고 말한다.

빅토르는 유머 감각도 특이하다. 중세 연구자라는 그의 직업 자체가 이미 취향의 일면을 암시하지만, 여기에 13세기 부르고뉴 공국의 형벌 제도를 주제로 박사논문을 썼다는 사실까지 더해지면 빅토르와 같은 사람이 무엇을 우습다고 여길지 짐작할 수 있다. 우리가 처음 사귀기 시작했을 때 나는 그의 블랙 유머가 매력적이라고 느꼈다. 그로 인해 우리의 나이 차이를 실감했고, 그래서 나는 순진하고 해맑은 젊은이의 역할에 마음 편히 몰입했다. 빅토르는 곧 마흔다섯이 된다. 면도를 거르면 턱수염 일부가 은빛으로 자란다. 때로 그와 볼을 맞대고 누워 있으면 감사한 마음이 여전히 우러나며 더욱더 그를 사랑하게 된다. 그럴 때면, 빅토르가 멀리 있는 어떤 위험을 막아주고 있다고, 그의 존재가 그 위험으로부터 나를 보호한다고 느낀다. 나는 그의 품속에 고양이처럼 웅크리고, 왜 이리 다정하게 구느냐는 물음에 그저 웃음으로 답하면서, 기분좋게 꺼끌꺼끌한 그의 턱에 내 눈꺼풀을 비빈다.

미술관의 마지막 투어가 네시 사십오분에 끝난 뒤, 나는 외투를 챙겨 밖으로 나갔다. 일주일 전에 서머타임이 해제된 뒤로 너무 빨리 찾아오는 어둠이 아직도 낯설었다. 아무 경고도 없이 어둠이 내

---

* 아일랜드 전통 음악과 춤으로 이루어진 공연.

리는 그 첫날에 나는 매번 찌릿한 아픔을 느낀다. 뱃속이 살짝 울렁거리는 그 느낌은 시간의 가차없는 권위를 다시금 깨달을 때, 이제는 이 드넓은 세상에서 살아가는 법을 익혔다고 생각했는데 갑자기 방향감각을 상실했을 때 찾아온다. 나는 귀가를 서두르지 않았다. 어느 텅 빈 강당에서 연주 연습을 하는 폴을 상상했다. 공원은 평소보다 한산했지만 달리기하는 사람들은 여전히 밖에 나와 저수지 주변의 헐벗은 나무들 밑에서 질주했고, 운동화와 옷에 붙은 반사 띠가 가로등 불빛을 받아 번쩍거렸다.

우리 동네의 배급소는 타운 하우스가 늘어선 조용한 거리의 초등학교였다. 창문에 종이를 오려 만든 칠면조와 순례자 모형이 붙어 있었다. 내가 도착했을 때 학교는 드나드는 사람들로 북적였고 몇 명씩 계단에 모여 각자가 아는 사실을 공유했다. 들어가는 길에 엿들은 내용으로 판단하자면, 사람들은 그다지 아는 게 없었다. 직장에서도 추측이 난무했지만—텍사스 남자는 원자력 발전소에서 노심 용융 같은 게 일어났을 거라고 생각했고 엘런은 콜롬비아에서 농약 살포용 비행기가 사라졌다고 주장했다—특별히 신뢰할 만한 내용은 없었다. 왜 갑자기 가스마스크가 필요해졌는지 아무도 해명하지 않는다는 점도, 이 도시의 모든 시민에게 돌아갈 수 있을 만한 수량의 마스크가 준비되어 있었다는 점도 이상했다. 그래도 나는 뭔가 이유가 있겠지 생각했다. 빅토르는 내가 매사에 지나치게 의문을 품지 않는다고 말한다. 아무런 이의 없이 있는 그대로 받아들인다는 것이다. 그가 나에게 처음으로 했던 말은 내가 제출한 과제물 맨 위에 적힌 코멘트였다. "주장이 불분명함." 그리고, "면담하러 올 것."

교실 중 한 곳에 배급소가 마련되어 있었고, 주민 전원의 이름이 적힌 명부가 있었다. 이름의 머리글자 J부터 P까지를 담당하는 줄에 서서 맨 앞에 도달했을 때, 나는 빅토르 아술랭의 마스크까지 받아 가야 한다고, A부터 F에 해당하는 줄에 다시 서지 않고 거기서 함께 받아 갈 수 있는지 물었다. 나란히 늘어놓은 아동용 책상들 뒤편에서 일하던 자원봉사자들 사이에서 행정상의 사소한 실랑이가 있었지만, 내가 빅토르와 같은 주소가 적힌 신분증을 보여주자 논쟁이 일단락되면서 벨루어 트레이닝복을 입은 여자가 상자 두 개를 건네주었다. 나오는 길에 발레 슈즈를 신고 팔짝팔짝 뛰어다니는 여자아이를 보고 잠깐 멈춰 웃음을 짓다가 다시 고개를 든 순간 칠판에 적힌 메모가 눈에 들어왔다. 교사의 우아한 필기체로 '월요일까지 제출: 내가 예측하는 미래'라고 쓰여 있었다. 웃음이 나왔지만, 뒤로 돌아섰을 때 낡은 발레 슈즈를 신은 꼬마 예언자의 싸늘한 눈빛을 마주하자 웃음이 쏙 들어갔다.

중세에 대해 빅토르에게 물으면, 오늘날보다 훨씬 더 열정적인 시기였다고 말할 것이다. 극단적인 대비와 폭력적인 갈등이 나란히 존재해, 질서가 제공하지 못하는 짜릿한 활기를 삶에 부여했죠. 그는 와인 한 병을 놓고 마주앉은 상대에게 무조건 갈등 해소만을 추구하는 요즘 세태에 대해 명료한 논리로 숨가쁘게 논평할 것이다. 사람들은 그저 악수로 문제를 매듭짓고 싶어해요. 적절한 통로와 절차를 통해 표현된 견해라면 무엇이든 용인하기를 원합니다. 그렇다고 빅토르가 우리 모두 13세기로 돌아가 공개 처형 현장에서 발작적으로 환호하기를 바란다는 건 아니다. 그의 윤리 의식은 정교하게 조율되어 있다. 하지만 그는 갈등을 무마하고 우리 모

미래의 응급 사태 153

두를 안정적인 평균을 향해, 마치 뚱뚱한 여인을 열쇠 구멍으로 밀어넣듯 억지로 몰아가도록 설계된 시스템은 받아들이려 하지 않는다. 그게 빅토르가 사용한 표현이다, 뚱뚱한 여인을 열쇠 구멍으로 밀어넣듯.

집에 도착했을 때 빅토르는 부엌에 즐비한 쇼핑백들 사이에 무릎까지 묻힌 채 서 있었다. 평소에 둘이서 한 달 동안 먹는 양보다도 많은 식료품을 사다가 우리의 좁디좁은 부엌에 놓을 자리를 찾고 있었다. 문가에 서 있는 나를 본 그가 땅콩버터를 수프 캔 사이에 밀어넣으려다 내려놓고, 비닐봉지의 바다를 건너와 나를 세게 껴안았다. 보통 때 내가 집에 오면 빅토르는 중세 음유시인을 다룬 책 같은 걸 보다가 빼꼼히 내다보며 눈썹을 살짝 올리는 게 다였다. 내가 반갑지 않아서가 아니라 자기에게 맞는 시간에 인사하고 싶은 것이다. 마치 두 명의 빅토르가 있고, 갈등 억제에 관한 비평에 몰두한 지성적인 빅토르와 내가 추울 때 발가락을 문질러주는 빅토르 사이에는 강력한 힘의 장場이 있어서, 날마다 평범한 생활인으로 변신하는 슈퍼히어로처럼 그는 그곳을 건너 나를 찾아와야 하는 것 같다.

"안녕." 나는 그의 플란넬 셔츠에 대고 말했다.

"걱정했어." 빅토르가 말했다. "일찍 집에 오라고 말하려고 미술관에 전화도 해봤고."

"왜? 새로운 뉴스가 있어요? 휴대전화로 연락하지 그랬어요?"

나는 9·11 사태가 터지고 한 달 후에 아버지의 강권으로 휴대전화를 마련했다. 하지만 그 전화기로 연락하는 사람은 부모님뿐이었다. 아직 빅토르는 상시 연락이라는 개념을 받아들이지 않았다.

"아니야. 강력 테이프로 창문을 밀봉하는 방법을 안내하는 공지가 있었는데 이유는 밝히지 않았어. 그리고 내가 슈퍼마켓에 다녀왔어."

우리는 부엌을 둘러보며 살구와 배, 방습지에 싼 치즈, 빵덩어리들, 초콜릿 바와 1파인트들이 아이스크림, 햄과 조미료, 플라스틱 통에 든 소스와 스프레드 등이 담긴 봉지들을 보았다.

"그런 것 같네."

"가게가 텅 비어가고 있었어. 나도 되는대로 집어들었지." 빅토르가 말했다. "저녁 차려줄게." 그가 내 귀를 입술로 잘근거리며 말했다.

요리 솜씨가 좋은 빅토르는 내가 운동복 바지로 갈아입고 텔레비전 앞 소파에 웅크리고 앉기까지 걸린 십 분 안에 집안을 그윽한 냄새로 채우는 무언가를 레인지 위에서 뭉근히 끓이고 있었다. 화면에서는 슈퍼마켓의 진열대가 탈탈 털리고 배급소들 밖으로 대기 줄이 길게 늘어선 장면들이 휙휙 지나가다가 영상이 바뀌면서 곱슬곱슬한 금발머리에 코에 콧물이 말라붙은 어린 소녀가 가스마스크를 쓰려고 애쓰는 장면이 나왔다. 텔레비전을 보다가 고개를 들었을 때 창문에 비친 내 모습은 닥쳐올 허리케인에 대비해 담요를 뒤집어쓴 어린애 같았다. 문득 내가 행복한 기대감에 들떠 있다는 것을 알았다. 바깥세상은 춥고 어두운데 집안은 노란 전등빛으로 환히 빛났고, 나는 빅토르가 식탁으로 부르기를 기다리며 짜릿한 쾌감을 느꼈다. 어린 시절에, 다른 모든 것은 무시하고 생존이라는 단 하나의 목표만 좇는 가상의 놀이에서 찾으려 했던 쾌감과 비슷했다.

빅토르도 그런 느낌이었는지, 뉴스는 암울하리만치 불확실하고 앞으로 생필품 부족 사태가 발생할지 모르는데도 그는 성찬을 차렸다. 우리는 일본식으로 거실 테이블 주위에 방석을 깔고 바닥에 앉아서, 소리를 낮춘 텔레비전을 등진 채 식사했다. 살구와 라즈베리로 요리한 오리고기와 석류 씨를 넣은 샐러드가 있었다. 빅토르는 전등을 끄고 촛불을 켠 뒤 랑그도크 지역에 있는 부모의 고향에서 생산된 와인을 한 병 땄다. 나는 배급소에서 본 장면을 이야기했다. 빅토르는 먹기를 멈추고, 내가 그의 사무실에 앉아 맨무릎을 긁던 학생이었을 때처럼 나를 빤히 바라보았다. 말이 다 끝나지도 않았는데 그가 탁자 모퉁이 너머로 몸을 기울여 키스했다. 그의 혀가 내 입안에 있었고 손이 브래지어 안으로 미끄러져 들어왔다. 청바지 속에서 단단해진 사타구니를 누르자 빅토르는 신음을 내며 내 몸 위로 올라왔다. 그가 자기 벨트를 푼 뒤 내 바지를 잡아당겨 벗길 때, 나는 날카로운 들숨을 쉬었다. 배에 그의 몸이 닿는 느낌, 척추가 바닥에 부딪히고 갈비뼈가 마루판에 눌리는 느낌이 들었다.

우리는 몸이 달아올라 땀으로 젖은 채 디저트를 먹었다. 그런 일은 무척 오랜만이었다. 중세의 열정에 관심이 있고 마찰과 갈등을 옹호하며 목청을 높이는 빅토르도 우리의 관계가 자신이 그리도 비판하는 안정된 평균에 가깝다는 점을 인정해야 할 것이다. 오 년 동안 함께 살아온 우리의 낮과 밤은 익숙한 질서를 찾았고, 그것은 내가 미술관에서 일하는 시간과 빅토르가 대학에서 일하는 시간, 그리고 그가 서재에서 일하며 보내는, 그 광활하고 고요한 나라와 같은 시간을 중심으로 자리잡았다.

양초들이 깊이 타들어가 중심부는 이미 액체로 변했다. 빅토르는 남은 와인을 두 잔에 나눠 따랐고 나는 이미 살짝 취했는데도 두어 모금 만에 술잔을 비웠다. 우리는 다시 소리를 키우고 뉴스를 들었지만 새로운 정보는 없었고, 똑같은 영상만 반복적으로 나왔다. 사람들이 가스마스크를 쓰고 새 신발의 착용감을 시험할 때처럼 이리저리 걸어다니는 모습이었다. 우리는 둘 다 피곤하지 않아서 스크래블* 게임을 하기로 했다. 어쩌면 그 저녁이 끝나지 않기를 바라서였는지도, 잠들었다가 깨어나 내일 세상이 우리에게 가져올 그 무언가와 직면하고 싶지 않았는지도 모른다. 빅토르는 스크래블 게임에 유난히 집착하고, 영어의 세 글자 단어를 모조리 아는 것 같다. 그가 흠잡을 데 없는 영어를 구사한다는 점도 도움이 된다. 나는 그의 외국어 억양에 너무 익숙해진 나머지 빅토르가 일생 대부분을 쾌락과 고통에 대해 다른 표현을 쓰는 언어, 내게는 이질적이고 불가해한 문장을 사용하며 살아왔음을 잊을 뻔할 때도 있다. 때로 빅토르가 프랑스어 감탄사로 혼잣말하는 모습을 우연히 목격하면, 나는 잠시 허를 찔린 듯 그의 또다른 인생을 상기하면서 이미 아는 두 빅토르에다 베일에 가려진 세번째 빅토르를 추가할 수밖에 없게 된다.

빅토르가 스크래블 판을 가지러 간 동안 나는 접시를 거둬 부엌 개수대 안에 쌓고 요리에 쓰인 냄비와 프라이팬도 함께 넣었다. 안에 남은 음식이 벌써 굳고 있었다. 그걸 보니 어렴풋이 메스꺼운 느낌이 들었다. 거실로 돌아가는 길에 문가에 놓아둔 가스마스크 상자를 발견하고, 두 개를 다 집어들어 양팔에 하나씩 끼고서 소파

---

* 알파벳이 적힌 조각을 가로나 세로로 늘어놓아 단어를 만드는 보드게임.

쪽으로 가져갔다. 빅토르가 게임 도구를 늘어놓는 동안 상자를 열고 우선 하나를 비닐 포장에서 꺼내는데 안내서가 바닥으로 휘리릭 떨어졌다.

"이것 봐요." 나는 마스크를 들어올리며 말했다. 누구에게나 똑같이 지급되는 기본형으로, 빅토르가 요구했던 대로 눈구멍이 커다랗고 입 위에 짧은 주름관이 달린 형태였다.

"어디 보자." 빅토르가 마스크를 들고 이리저리 돌려가며 살펴보았다. 그러고는 고정용 띠를 뒤로 넘기고 얼굴 앞으로 마스크를 내리더니 맑은 플라스틱 렌즈를 통해 나를 가만히 바라보았다. 그는 못생기고 험악해 보였고, 한 번도 본 적 없지만 여전히 빅토르인 이상한 생물체 같았다. 나는 갑자기 화가 치밀어 볼이 달아오르는 느낌이 들었다. 나도 모르게 얼굴을 내밀고 몸을 기울여 눈구멍 양쪽에 숨을 훅 불어 그의 시야를 뿌옇게 가렸다. 잠시 동안 우리 둘 다 움직이지 않았다. 빅토르는 말없이 그대로 앉아 있었고, 나는 구름 같은 입김이 천천히 증발하며 아득하고 초점 없는 그의 동공이 드러나는 모습을 지켜보았다. 마침내 시야가 완전히 맑아졌을 때 그가 윙크를 했다.

"벗어요." 나는 요구했다. 빅토르는 마스크 때문에 정신이 이상해지기라도 한 듯 꼼짝도 하지 않았다. "벗으라고." 심장이 세차게 뛰었다. 그를 발로 차고 싶은 맹렬한 충동을 느꼈지만 나는 앉은 상태였다. 내가 어떤 행동을 취하기 전에 그가 마스크를 벗어 바닥에 내려놓았다.

"고무 냄새가 지독하군." 빅토르가 말했다. 그러더니 게임에서 사용할 글자 일곱 개를 고르기 시작했다. 나는 스스로에게 깜짝 놀라 말없이 그의 얼굴을 바라보았다.

빅토르가 첫 단어로 lemur를 늘어놓았고 나는 u에 연결해 nut를 만들었다. 그러자 빅토르가 e를 활용해 geek를 만들었고 나는 그 g와 n을 이어 guns를 만들었다. 한동안 모든 것이 좋았다. 나무 조각 글자들이 십자를 이루며 팽창하는 모습이 마치 자가 증식하는 메시지 같았다. 처음에는 엉터리처럼 보여도 올바른 해독기를 사용해 자세히 들여다보면 자체적인 지능과 미묘한 호소력을 지닌 메시지. geek에서 neck으로 뻗어나가고 neck에서 lick으로 뻗어나가는 그 메시지는 언어 안에 갇힌 채 바라는 것을 절박하게 써내려가는 것 외에는 아무것도 할 수 없는 혼란스러운 욕망 같았다. 아마 그저 와인 때문이었겠지만, 게임이 계속되는 동안 나는 우리가 열심히 노력한다면 함께한 몇 년의 세월을 넘어, 그간 읽은 책들과 함께 먹은 음식과 우리 사이에 끼어든 침묵을 넘어, 서로에게 하려는 말이 무엇인지 알아낼 수 있을 거라는 생각이 들기 시작했다. 그때 그가 positron이라는 글자를 늘어놓았고, 나는 빅토르에게 그를 떠날까 생각중이라고 말하고 싶은 내 마음을 문득 깨달았다.

빅토르가 여느 때처럼 이기고 나서 글자 조각들을 다시 주머니에 넣고 있을 때 나는 울기 시작했다. 처음에는 눈치채지 못하던 그가 마침내 고개를 들었고, 놀란 표정이 얼굴에 떠올랐다.

"그냥 게임일 뿐이야." 빅토르가 농담을 했다.

나는 웃으려 애쓰다가 고개를 저었다. 아버스의 사진을 볼 때 들었던 생각을 그에게 얘기하고 싶었다. 사진 속 늙은 여인이 휠체어에 앉아 있다가 셔터가 닫히는 순간에 가면으로 얼굴을 가린 것은 사진가의 예리한 시선에서 자신을 보호하기 위해서인지도 모른다고. 아니면 아버스에게 당신이 바로 이런 모습이라고 알려주려고 했거나, 그도 아니면 자신을 바라보는 낯선 사람에게서 스스로의 모습을 보고 깜짝 놀라, 서로를 응시하는 두 사람 사이에 오가는 끝없는 반사의 고리를 끊어내기 위해서 그랬을 거라고 얘기하고 싶었다. 하지만 나는 아무 말도 하지 않았다. 빅토르가 내 앞에 무릎을 꿇고 볼에 흐른 눈물을 닦아주었다.

"괜찮아."

"무서워요." 나는 속삭였다.

"이런 때도 있는 거야." 빅토르는 나를 품에 안으며, 하지만 잠시라도 현실적인 태도에서 벗어날 생각은 없이 그렇게 말했다. "자연적이든 인위적이든, 인구를 조절하기 위해 주기적으로 오는 필연적인 재난이야."

나는 고개를 들어 빅토르를 보았다. 그는 내가 두려워한다고 생각하고 있었다. 우리가 뉴스에서 말해주기를 기다리는 뭔지 모를 그것, 우리가 들이쉬는 공기와 익숙해진 삶을 위협할 수도 있는 그것을 두려워한다고. 정말로 그랬는지도 모른다. 아니면 그저 피곤해서, 술에 취해서, 오랜 시간이 지났는데도 여전히 불분명한 머릿속의 논쟁―빅토르와 함께하는 삶에 찬성하는지 반대하는지―에 질려서 그랬는지도 모른다. 이미 자정을 넘은 시간이었다. 지문으로 얼룩진 유리잔들이 아직 테이블 위에 놓여 있었다. 빅토르의 아버지가 의사가 되려고 파리로 이주하지 않았다면 그가 나고 자랐을 곳에서 생산된 와인 몇 방울을 담은 채로. 아버지의 이주로부터 일련의 사건들이 시작되어 빅토르는 생뱅상드폴병원의 그늘 속에서 유년기를 보냈고, 어려서부터 역병과 전염성 질병에 관심을 두

160

었고, 중세에 대한 열정을 품었고, 미국에서 교직생활을 시작했고, 마침내 나를 만났다. 양초 하나가 불꽃을 탁탁거리다가 꺼지자 빅토르는 나를 안았던 팔을 풀고 남은 양초를 불어 껐다. 러그 위에 누운 그가 나를 옆자리로 당겨 눕힌 뒤, 우리는 텔레비전의 푸른 불빛 속에서 서로를 안고 있었다.

그러다 스크래블 글자 조각과 빈 와인잔들 사이에 누워 잠이 들었고, 내가 다시 잠에서 깼을 때는 바깥의 하늘이 이미 밝아오고 있었다. 오른손이 얼얼하게 저려서 왼손 손가락으로 만져봤더니 죽은 사람 손처럼 싸늘했다. 나는 빅토르에게서 떨어져나와 감각이 돌아올 때까지 손을 계속 털었다. 머리가 아프고 입안이 깔깔해서 물을 마시러 부엌으로 갔다. 거실로 돌아오니 소리를 죽인 텔레비전이 번뜩거렸고 그 빛을 받아 빅토르의 얼굴 근처에 옆으로 놓여 있는 가스마스크가 보였다. 마스크를 집어들고 뒤집어서 얼굴에 썼다. 내부는 아늑했고 야구 포수의 안면 보호 마스크처럼 안전하게 느껴졌다. 나는 바닥에 누워 눈구멍을 통해 위를 쳐다보며 눈을 깜박거렸다. 우리가 이런 자기 보호 방법을 익혀야 하는 이유를 언제쯤이면 알 수 있을지 궁금했다. 이미 늦은 건 아닌지, 반사 띠가 달린 옷과 우월한 폐를 갖추고 지금껏 단련해온 사람들만 살아남게 되는 건 아닌지. 그게 뭐든 창문이나 문의 틈새로 이미 흘러들어왔을 것 같기도 했다. 하지만 졸리고 피곤해서 반박할 말이 생각나지 않았다. 나는 고개를 돌리지 않은 채 빅토르의 볼이 손끝에 닿을 때까지 팔을 뻗었다. 그런 다음 아직 덜 물러간 어둠에 감사하며 눈을 감고 기다렸다.

다가온 아침은 토요일이었고 우리는 일어나자마자 이 모든 게 일종의 시험이었다는 뉴스를 보았다. 빅토르는 소파 가장자리에 걸터앉아 있었는데, 머리카락이 폭풍 속에서 새벽까지 사투한 사람처럼 위로 뻗친 모습이었다. 그는 커피 머그를 양손으로 붙들고 조금씩 홀짝이면서 텔레비전에 시선을 고정했다. 나는 샤워를 마치고 나와 그의 옆에 앉았다. 시장은 기자회견을 열어 이 도시의 대비 태세를 확인하려던 것이라고 해명했다. 가스마스크는 언제라도 쉽게 찾을 수 있는 안전하고 건조한 장소에 보관하라는 지침도 전했다. 시장은 이번 시험으로 불편과 불필요한 두려움을 초래한 점을 사과하고 자원봉사자 전원에게 감사를 표했으며 시험 상황에 훌륭히 대처해준 도시 구성원들을 치하했다. 기자들이 질문을 쏟아내기 시작했을 때 나는 커피를 따르려고 부엌으로 갔다. 라디오를 켜자 시장의 대답이 섬뜩한 이중창처럼 아파트 안에 울려퍼졌다.

밤에는 계절에 맞지 않게 눈이 내렸고, 빅토르와 나는 함께 걷기로 했다. 함께 나서는 산책은 거실에서 저녁을 먹다 말고 섹스를 한 일과 엇비슷하게 오랜만이었다. 날씨가 추워서 우리는 모자와 목도리로 무장했고 빅토르는 내가 뜨개질을 열심히 하던 시절에 그를 위해 떠준 빨간색 털장갑을 끼었다. 나는 엄지손가락 부분이 해어진 장갑을 끼었는데, 신호등이 바뀌기를 기다리며 서 있는 동안 빅토르가 내 엄지손가락을 자기 입으로 가져가 나팔처럼 대고 뚫린 구멍 속으로 뜨거운 입김을 불어넣었다.

공원에서는 뽀드득거리는 눈을 밟으며 걸었다. 해가 나와 만물 위에서 밝게 반사되었다. 빅토르가 눈을 뭉쳐 나무에 던지자 검은 바탕 위에서 하얗게 폭발했다. 나는 밑창이 매끈한 신발 때문에 자꾸 미끄러졌지만 빅토르가 팔을 잡아주어 넘어지진 않았다. 몇몇

아이들이 개와 함께 눈밭을 달렸고 빅토르는 그 광경을 바라보며 크게 웃었다.

몇 주 후 자가 테스트로 임신 사실을 확인했을 때 그날이 떠올랐다. 테스트를 두 번 거듭했다. 네모 칸 안에 분홍색 줄이 처음 나타났을 때는, 평소에 이렇게 주기가 늦어지는 일이 없는데도, 그 결과를 믿을 수가 없었기 때문이다. 며칠간 빅토르에겐 말하지 않았다. 출근해서 투어를 진행하면서도 내 안에서 조그만 무언가가, 인간적 집요함이라 할 만한 어떤 것이 자라고 있다는 사실을 의식했고, 그것이 꾸준히 자라나 마침내 세상에 나오면 여태 우리가 알지 못했던 것, 없이 살아왔던 것, 늘 궁금했던 것을 알려주리라고 생각했다. 명확한 주장과 미래를 예측할 수 있는 능력을 지닌 작은 존재. 어쩌면 내가 그 비밀을 품고 다녔던 침묵의 날들이 흐르는 동안 선택할 수 있는 시간이, 작은 기회의 창이 있었을 것이다. 하지만 아기를 낳지 않겠다는 생각은 떠오르지 않았다. 기나긴 임신 기간에, 몸이 너무 무거워져서 공원까지 걸어갈 수 없게 되기 이전에, 나는 종종 울타리 밖에 서서 저수지 둘레 길을 달리는 사람들을 바라보았다. 그들을 오래 바라보고 있으면 이 아이도 그들과 같은 종족으로 태어날지 모른다는, 설명하기 어려운 작은 희망이 깃들었다. 막강한 폐와 함께, 공기 중에 섞여 우리를 취하게 하고 해질녘 하늘을 물들였던 그것에 대한 면역력도 갖춘 종족.

언젠가 저수지로 가는 길에 가스마스크를 쓴—여자인지 남자인지는 구분할 수 없는—사람을 지나쳤다. 그저 장난이었는지도 모른다. 아니면 그 사람은 시장의 해명을 믿지 않았을 수도 있다. 아니면 마스크에 익숙해져서, 오히려 좋아하게 되어서, 이제는 마스

크를 벗고 예전으로 돌아가기가 꺼려졌을지도 모른다. 맨얼굴로
돌아다니며 모든 것에 노출되던 그 시절로는.

아무르

나는 어린 시절에 그녀를 알았는데 그뒤로 수십 년간 연락이 끊겼다가 난민 수용소에서 다시 만났다. 고난을 겪으면 전혀 알아볼 수 없게 변해버리는 얼굴이 있다. 하지만 시간의 흐름이나 실향이나 다른 어떤 종류의 고통에도 바뀌거나 변형될 수 없는 무언가를, 본질을 규정하는 형태를 지닌 얼굴도 있다. 소피의 눈은 진한 회색이었는데 때로는, 특정한 날씨에는, 거의 보랏빛으로 변했다. 철조망을 따라 구불구불 늘어선 사람들의 줄에서 어깨에 파란 담요를 두르고 서 있는 깡마른 몸집의 그녀를 처음 보았을 때, 나는 소피라는 이름도, 심지어 내 지리멸렬한 인생의 어느 시기에 알던 사람인지도 기억나지 않았지만 그 눈만은 알아보았다. 그러다 목소리를 듣자 기억이 돌아왔으며, 내가 기억하지 못하거나 처음부터 몰랐던 것은 우리 삶의 궤적이 겹쳤던 그 짧은 시간 동안 그녀가 알려주었다.

예전에 소피는 혼자가 아니었다. 그사이 몇 년간 많은 것이 무너지고 해체되었는데도 나는 어쩐지 복잡한 골목 어딘가에서 에즈라가 불쑥 튀어나올 것만 같았다. 상상 속에서 에즈라는 턱수염이 텁수룩하고 과격한 랍비처럼 보이며 무릎 아래까지 내려오는 허름한 외투를 두른 모습으로, 물물교환을 했거나 말로 구워삶아 얻었거나 그밖에 에즈라다운 방식으로 협상해서 구한 빵덩어리나 통조림을 쥐고 있다. 예전에 나는 늘 소피를 좋아해서 그녀의 마음을 얻은 에즈라가 부러웠다. 그들의 결합이 필연적인 것 같아서, 둘이 서로에게 아주 잘 맞아서 부러웠다. 그들과 달리 나머지 우리는 누군가와 사귀고, 헤어지고, 가볍게 만나고, 사랑에 빠지고, 그러다가 스스로가 얼마나 미숙한지 깨닫는 과정을 반복했다.

두 사람이 뉴욕에서 처음 만났을 때는 1990년대가 끝나갈 무렵이었지만 실제 종말의 날까지는 꽤 여유가 있었기 때문에 종말이 다가왔을 때, 그들은 둘이서 그날을 함께 보낼 계획을 이미 세워두었다. 온 세상의 컴퓨터가 고장을 일으켜 시간을 지워버리고 우리를 석기시대로 되돌려보내는 새해의 첫날에, 그들은 눈밭 캠핑을 할 계획이었다. 무슨 일에든 준비가 되어 있고 기꺼이 나서는 이 두 사람은 심지어 이런 일에도 대비가 철저했다. 그들은 하얀 얼음 동굴 안에서 서로를 안고 있거나, 동굴 밖에서 땅 위에 드러누운 채 둥글게 구부린 날개로 감싸주는 수호천사의 품에서, 그루치* 폭죽이 내는 현란한 불빛이 아닌 자연의 별들, 우주에 제멋대로 흩어진 별들을 바라보고 있을 예정이었다. 목적지는 콜로라도였던가,

---

* 미국의 유명 폭죽 제조사.

아니면 와이오밍이었는지도 모르겠다. 그들은 각각 롱아일랜드주의 노스쇼어와 뉴저지주 남부에 있는 섬에서, 둘 다 베스샬롬 유대 회당에 다니고 코셔*를 실천하지만 안식일을 준수하지는 않는 가정에서 자랐다. 그런 가정에서 미국인이라는 정체성은 역사가 낳은 우연이었고 영어도 역사가 낳은 우연, 자연 또한 역사가 낳은 우연이었다. 그런 두 사람에게, 영하의 날씨에 생존하는 법은 고사하고 불을 피우거나 텐트를 세우거나 장비가 젖지 않도록 유지하는 방법조차 모른다는 사실은 전혀 문제가 되지 않았다. 그때까지 그들은 좋은 대학에 들어가고 세상에 나가 성공할 뿐만 아니라 그 안에서 아름다움까지 발견하는 능력이 환상적으로, 거의 초자연적으로 출중했기 때문이다. 그들이 결국 눈밭 캠핑을 하지 못한 이유는 대다수에게 고통스러웠으나 그들에겐 그렇지 않았던 기나긴 밀레니엄의 끝이 오기도 전에 처음으로 헤어져서라는 점은 꼭 밝혀둬야겠다. 계획을 실행할 방법을 알아내지 못해서가 아니었다. 부질없게도 여전히 영향력을 행사하려던 소피의 가족이 제정신이냐는 말과 함께 저체온증을 운운해서가 아니었다. 온갖 방수 장비는 물론이고 엄두도 못 낼 만큼 비싼 비행기표 때문이 아니었다. 둘 중 하나가 진실하고 위안을 주는 별들의 광채에 대한 믿음을 한순간이나마 잃어서가 아니었다.

그들은 내가 모르는 어떤 이유로 헤어진 후 끔찍하고 견딜 수 없는 고통을 겪어야 했다. 적어도 소피는 그랬다. 물론 그런 여자를 잃었으니 에즈라도 고통스러웠으리라고, 나로서는 그렇게 생각

---

*유대교 율법에 따른 식생활 규칙.

할 수밖에 없다. 그들에겐 아직 휴대전화가 없었고 전화선으로 접속하던 인터넷 공간도 당시에는 텅 비어 있다시피 해서 한동안 그들 사이에는 침묵만이, 눈물과 의문만이 있었다. 아무것도 알지 못하고 알 수도 없는 상태, 다시 말해 인내와 기다림만이 있었다. 세기의 전환점은 둘 다 젖지도 않고 얼어죽지도 않고 혼자인 채로 왔다가 지나갔지만, 그날 자정에 술에 취해 가혹해진 소피는 그동안 자신에게 아무 소득 없이 들이대던 남자—나—에게 다가가 키스했다.

하지만 모든 것이 0이 되어버린 새해의 2월 끝자락에 두 사람은 필름 포럼 영화관 앞에서 줄을 서다 재회했다. 사과의 속삭임이 오가고 눈물이 조금 더 흐른 뒤, 에즈라의 재킷과 플란넬 셔츠 속으로 미끄러져 들어간 소피의 손이 그의 따뜻한 맨살을 만졌고 머지않아 그들은 다시 하나가 되어 옛날에 하던 대로 서로를 들이마셨다. 사실 소피만큼 너른 사랑을 줄 수 있는 활발하고 정직한 사람이, 에즈라만큼 사악하게 웃기고 열렬하고 입담 좋은 사람이 또 있었겠는가? 소피가 아니라면 에즈라와 함께 파솔리니와 펠리니의 모든 영화를 보러 갈 사람이, 혹은 에즈라가 아니라면 업타운에 있는 소피가 뜨거워진 무선 전화기를 귀에 댄 채 잠 못 이룰 때 다운타운에서 전화로 마르틴 부버의 『하시딤 이야기』를 읽어줄 사람이 또 있었겠는가? 그렇다, 사실을 말하자면, 새 천 년의 문턱에 들어선 뉴욕에는 그런 걸 할 만한 사람들, 하고 있는 사람들이 여전히 있었지만, 그건 그들의 사랑과는 무관했다. 마찬가지로 이제 다시 만난 그들은 새롭게 서로를 안고 누워 있었지만 1999년 봄 어느 오후의 첫 만남도 순전한 우연의 결과였다는 점, 그때 만나지 않았다면 결국에는 각자 다른 이와 사랑에 빠졌을 테고 그건 두 사람이 서로에게 대체 가능한 존재이며 앞으로도 대체 가능하다는 의미라는 점 역시 그들의 사랑과는 무관했다. 그때부터 두 사람은 계속 서로에게 단단히 묶여 있었다. 그들의 결합은 확고해졌고 붙박이가 되었으며, 나머지 우리는 그것을 음미하고 부러워하고 염원했다.

아주 많은 공통점, 그러나 서로 다른 강조점. 소피와 에즈라는 바로 그것 때문에 자신들의 결합이 태엽 장치처럼 단순하면서도 정밀하게 아름답다고 생각했다. 연애 초기에 언젠가 소피는 이스트빌리지에 있는 에즈라의 아파트 매트리스에 알몸으로 누워 두 사람의 어울리는 면을 소리 내어 따져보았고, 그 말을 들은 에즈라는 맞장구를 치면서 이렇게 얘기했다. 사람들 눈에 그녀는 늘 바르게 처신하는 얌전하고 착한 여자처럼 보여도 실은 일탈을 좋아하고 입이 거칠며 어두울 때는 한없이 어두워지는 경향이 있지만, 본인은 겉으로는 어둡고 혼란스럽고 지저분해 보여도 실제로는 따뜻하고 상당히 착하다고. 그뿐만 아니라 그들은 대체로 비슷한 수의 홀로코스트 생존자를 조상으로 두었고 이스라엘에 사는 친척의 수도 대체로 비슷하며, 둘 다 어머니는 유럽에서 태어났고 아버지는 부모가 막 미국에 도착했을 때 태어나 레이건 정권까지 공화당원으로 살았다. 두 사람 다 유대인이 아닌 사람과 결혼하거나 무엇에든 실패하면 사형이라는 경고를 들으며 자랐는데, 이는 둘 다 똑같이 오만하고 편협하고 성마르고 불안하되 안온하고 열렬한 종족주의의 산물이라는 의미였다. 하지만 전쟁 후에 런던 북부의 정통파 유대인 공동체에서 답답하게 보낸 유년기가 지긋지긋했던 소피의

아무르 171

어머니는 딸을 로즐린에 있는 공립학교에 보냈고, 에즈라는 예시바*에 보내졌다가 결국 퇴학당했다.

그에 더해 두 사람은 너무 많은 일을 목격하며 살아온 그들의 가족들조차 아직 목격한 적이 없는 무언가가 되기를 원했다. 그것은 생계를 꾸리거나 돈을 벌거나 계량 가능한 성공을 이루는 일이 아니라 예술을 소명으로 여기는 사람이었다.

파솔리니! 소피가 그 부분을 얘기할 때 내가 따라 외쳤다. 짚으로 만든 깔판 위에서 더럽고 너덜너덜한 파란색 담요를 덮고 누운 그녀는 빗물이 흘러넘치는 녹슨 철제 드럼통 속으로 투두둑 떨어지는 비를 바라보고 있었다. 나는 그 이름을 잊었고 예전에 보았던 영화 속 장면들도 대부분 잊고 있었다. 하지만 소피는 전부 기억했다. 모든 장면과 조명과 카메라 앵글을 묘사할 수 있었고 심지어 대사까지 기억했다. 그녀가 이 영화들에 대해 이야기를 풀어낼 때는 보랏빛이 도는 회색 눈이 아련해지면서, 마치 임시 천막의 방수포나 허물어진 벽이나 전선이 얼기설기 교차한 지저분한 하늘에 영사되는 영화를 보고 있는 것만 같았다. 그럴 때면 우리 근처에 있던 사람들, 혹은 함께 줄을 서서 배급될 수도 있고 아닐 수도 있는 음식 재료와 백신, 주스 등을 기다리던 사람들은 다들 조용히 그녀의 이야기를 들었고, 비록 뒷받침할 증거는 없지만 나는 주장하고 싶다. 소피가 말의 환등기로 우리의 정신에 불어넣은 그 영화들은 말 이외에 다른 모든 것이 제거된 채로 더 높은 형태, 가장 높은 형태로 승화되었다고.

---

* 정통파 유대교인을 위한 학교.

새 천 년이 밝은 직후에는 소피를, 그리고 당연히 에즈라도 꽤 자주 보았다. 저녁식사 모임에서, 친구들이 연 파티에서, 혹은 그 친구들이 일하게 된 직장에서 주최한 파티에서도 만났다. 그러다 9·11이 터지고 두 해쯤 지났을 때, 나는 취업을 위해 런던으로 이주했고 그후 소피와 연락이 끊겼다. 그녀와 에즈라는 여전히 함께였고, 그뒤로 언젠가 그들이 약혼했으며 결국 롱아일랜드에 있는 소피의 본가에서 결혼식을 올릴 예정이라는 소식을 들은 기억이 난다. 그즈음에야 나는 소피에 대한 환상을 더이상 품지 않게 된 것 같다. 그즈음에는 그런 귀결이 알맞고도 옳아 보였다. 그렇게 운명적이고 건실하고 대칭적인 짝을 이루는 두 사람이 앞장서서 더 먼 들판으로 나아가는 것이 당연해 보였다. 우리에겐 아직 멀어 보이지만 우리도 언젠가는 도달해 부모 노릇이라는 목초지에 부려지게 될 어른의 삶이라는 들판으로. 하지만 시간이 흘러도 청첩장은 오지 않았고 그러다 다른 친구들이 먼저 결혼을 했으며, 아기들이 태어나기 시작했고, 그중엔 우리가 절대로 핵가족을 이루고 살리 없다고 예상했던 이들도 있었다. 그러던 어느 해에 명절을 맞아 뉴욕에 돌아가 연락이 닿는 친구들과 밀린 얘기를 나누다가 마침내 소피와 에즈라가 헤어졌다는 소식을 듣게 되었다.

수십 년이 지나 수용소에서 다시 만났을 때 소피는 이미 몸이 좋지 않았다. 영양 상태가 나쁘고 허약하고 결핵까지 앓는 터라 깔판과 교차로—배급이 이루어지고 사람들이 줄을 서는 수용소의 임시 사무소—사이만 오고갔다. 움직임이 더 자유로운 나는 찾거나 활용하거나 교환하거나 먹을 수 있는 것들을 손에 넣으려고, 아직은 탄탄한 공적, 사적 인맥을 활용하며 돌아다니기 바빴기에 내 정신은 슬픔의 표면을 통통 스치기만 할 뿐 아래로 빨려 들어가지는 않았다. 나는 수용소 안을 이리저리 오가며 의무실 앞을 지나갔고, 유리창이 깨졌지만 아직도 결혼식 장소로 쓰이는 강당 앞을 지나갔고, 머리를 깎아주는 남자와 그릇을 팔고 다니는 남자와 터번을 두르고 아치형 통로의 그늘에서 일하는 수리공 옆을 지나갔다. 수리공은 고장난 가스버너나 히터를 건네받은 다음 그것을 언제 찾아갈 수 있는지 알고 싶어 안달을 내는 주인에게 고개를 비스듬하게 살짝 간닥이며 항상 "내일이면 돼요"라고 말했다. 때로 수용소 일부가 침수되기도 했고 물이 빠지고 나면 진흙탕으로 변해 지나다닐 수가 없었다. 하지만 나는 소피가 잘 있는지 확인하려고 늘 그녀가 있는 곳에 들르며 줄 수 있는 게 생기면 갖다주었다. 그녀에게 도움을 줄 수 있으면, 조금이라도 편하게 해줄 수 있으면 기분이 좋았다. 소피가 움직일 수 없어서, 혹은 그러고 싶지 않아져서 활동을 아예 멈춘 뒤에는 그 옆을 지키며 헝겊을 물에 담가 열이 오른 이마에 얹어주거나 그냥 손을 잡고 있었다. 가끔 상태가 조금이나마 좋아지면 소피는 보랏빛 회색 눈으로 저만치 어딘가를 바라보며 어떤 영화의 일부분을 우리에게 말로 풀어냈다. 언젠가 〈E.T.〉를 처음부터 끝까지 이야기해준 적도 있다. 솔잎 실루엣 사이로 외계 우주선의 불빛이 깜빡거리는 가운데 화면 아래쪽에서 길고 마디지고 물건을 그러쥐기 좋아 보이는 갈색 손가락 두 개가 올라와 시야를 가리던 나뭇가지를 젖히면서, 그 외계인이 제시간에 우주선으로 돌아가지 못하게 되었음을 알려주는 첫 장면에서부터 가슴 미어지는 마지막 작별 장면까지 전부. 소피의 이야기가 끝났을 때, 헐렁한 모자를 쓰고 양팔로 무릎을 감싼 채 앉아 있던 귀여운 꼬마가 울기 시작했다. 눈물이 흘러 더러운 얼굴에 또렷한 자국을 남겼고, 아이는 후드 티셔츠 소매로 얼굴을 박박 문질러 눈물을 닦아냈다.

몇 번인가 소피를 겨우 일으켜세워 철조망 울타리까지 절뚝절뚝 함께 걸어갔다. 울타리 밖에는 가시철망과 군용 트럭들이 있었지만, 그 너머로 느른한 잿빛 바다 한 조각이 보였다. 아직도 아름다운 곳들이 남아 있다는 사실을 일깨워주는 풍경이었다. 사람들이 온기를 얻기 위해 태우지만 그 연기를 마시면 폐가 망가지는 플라스틱 탄내가 그곳에서는 나지 않았다. 누군가가 거기에 부서진 안락의자를 끌어다 놓았다. 헝겊 커버는 갈가리 찢어졌고 부슬부슬하고 노란 발포 고무가 밖으로 터져나왔지만 꽤 널찍해서 우리가 어깨를 나란히 대고 앉을 수 있었다. 가끔은 그렇게 바깥을 바라보며 오래전에 우리에게 일어났던 일들을 두서없이 조각조각 꺼내놓고 딱히 어디에 활용할 희망도, 올바른 자리에 되돌려놓을 생각도 없이 한참을 바라보기도 했다. 그런 분위기에 걸맞게, 울타리에는 온통 바람이 몰고 온 플라스틱병과 비닐봉지 따위의 쓰레기가 걸려 있거나 구멍에 박혀 있었는데, 우리가 앉은 곳으로부터 15에서 20피트 떨어진 곳에는 찢어진 커다란 검정 비닐이 바람에 날려 마치 사람의 코트처럼 울타리에 널려 있었다. 코트 주인이 나갈 때 다시 입으려고 아늑한 집 현관에 걸어놓듯 울타리에 고이 걸어둔 것처럼 보이는, 깃이 넓고 하늘하늘 주름진 검정 롱코트. 그 비닐 시트가 워낙 코트와 비슷하게 생겨서 처음에는 어떤 나이든 남자가, 그다음에는 선원 모자를 쓴 다부진 여자가 급히 다가갔다가 충분히 가까워진 후에야 그것이 쓰레깃조각에 불과한 환상이었음을 깨닫는 모습도 보였다.

저 코트—여자가 멋쩍어하며 어깨를 늘어뜨리고 사라진 뒤에 소피가 말했다—저걸 보니 생각난다.

바람이 비닐 끝자락을 펄럭펄럭 들췄다.

그 일은 에즈라와 헤어지기 육 개월쯤 전에 일어났다고 소피는 말했다. 겨울이었고 그녀는 첼시에서 친구와 함께, 아마도 갤러리들을 구경하며 걷고 있었다. 웨스트사이드 하이웨이로 들어서는 모퉁이를 돌았을 때, 허드슨강에서 불어온 싸늘한 칼바람이 그들을 덮쳤다. 소피는 덜덜 떨기 시작했고 외국에 살아서 자주 만나지도 않던 그 친구는 말을 하다 말고 그녀에게 자기 코트를 입겠느냐고 물었다. 당연히 그녀는 아무리 추워도 그의 등에서 코트를 벗겨낼 생각은 없었기 때문에, 아니라고 대답했다. 그러자 대화는 계속되었지만 그건 친구의 혼잣말이나 다름없었다. 소피는 친구가 그런 질문을 했다는 게 놀라워서 그 질문 속에 얼어붙은 채 대화에서 뒤처져 있었다. 누군가가 그런 질문을 그렇게 직관적으로 할 수 있다는 게 놀라웠다. 마치 배려가 본성의 당연한 일부여서 그런 친절, 그런 진심어린 걱정을 담은 질문이 저절로 나올 수 있다는 듯이. 그건 그저 친구의 타고난 성정이자, 교육받았거나 스스로 터득한 삶의 방식이었다. 그런데 그 세심함이 소피의 아픈 데를 건드렸다. 자신이 함께 살고 있는 남자, 여생을 함께 보낼 배우자로 점찍은 남자에게는 그런 세심함이 부족하다는 사실을 근래에 점점 더 강하게 느끼고 있었기 때문이다. 둘이 함께한 오랜 세월 동안 에즈라는 한 번도 스웨터나 재킷을 벗어주려 한 적이 없다는 사실이 떠올랐다. 게다가 난 거의 항상 추웠는데 말이야! 소피가 말했다. 다른 사람들은 다들 따뜻하다고 할 때도 항상 덜덜 떨었단 말이야. 물론 그이는 알아채지 못했을 수도 있지만.

하지만 그게 다가 아니었다고 소피는 말했다. 그녀가 아파서 침대에 누워 있어도 에즈라는 차 한잔 가져다줄 생각을 하지 않았다. 대단히 힘든 일이 아닌데도 그랬다. 언젠가는 그에게 베이글을 구워주려다가 칼이 미끄러져 엄지손가락을 깊이 베인 적이 있었다. 그녀는 피가 흐르는 손가락을 차가운 물에 담갔다. 그때 조리대 앞에 앉아 있던 에즈라가 일어서서 그녀가 있는 쪽으로 돌아들어왔고 그래서 소피는 그가 뒤에서 안아주려 한다고 생각했지만, 그는 칼을 들어 베이글을 마저 자르더니 직접 토스터에 넣었다. 에즈라가 그녀를 사랑하지 않은 건 아니라고 소피는 말했다. 그도 자신이 할 수 있는 만큼은 사랑한다는 걸 그녀는 늘 알았다. 다만 에즈라는 바쁠 뿐이었다. 다른 데 몰두해 있을 뿐이었다. 다른 사람을 보살피는 일에는, 주목과 경청에서 시작되는 그 일에는 소질이 없었다. 하지만 그녀가 춥다는 걸 알아차린 친구가 하던 말을 멈추고 코트를 벗어주겠다고 했을 때, 소피는 자신이 놓치고 살아온 것이 무엇인지 아프게 깨달았다.

그렇게 말하는 동안 바람이 소피의 머리칼을 들썩여 군데군데 머리가 빠져버린 두피를 드러냈다.

누군가에게 설명할 수 있을 만한 깨달음은 아니었다고, 그녀는 내게 말했다. 많은 면에서 소피는 자신과 에즈라가 운이 좋아서 서로를 발견했고, 서로를 통해 그토록 큰 즐거움을 누렸다는 걸 알았다. 운이 좋아서 삶의, 그리고 친밀함의 고요한 리듬을 찾았고 그것이 두 사람을 지탱해왔음을. 누군가에게 그 깨달음에 대해 말했다면 배부른 소리로 들렸을 거라고 소피는 생각했다. 험난한 결별을 겪었거나 상대에게 나쁜 대접을 받았거나 가슴에 상처를 입었거나 혹은 아예 아무도 찾지 못해 혼자인 친구들에게는 불평처럼 들렸을 거라고.

그러던 어느 날 그들은 영화를 보러 갔다. 프랑스 영화였다고 소피는 말했다.* 어떤 면에서 매우 단순한 이야기라고도 할 수 있었다. 은퇴한 음악 교사들이자 오랜 세월 함께 행복하게 살아온 나이든 부부의 내밀한 삶에 관한 이야기. 부부가 같이 콘서트에 갔다온 다음날 아침, 가운 차림으로 부엌에서 아침을 먹다가 아내가 첫번째 뇌졸중을 일으킨다. 그때부터 영화는 하나로 결합된 그들의 내적 삶이 진행되는 실내에만 머물면서, 일생을 함께한 부부 중 한 명이 갑자기 환자가 되었을 때 무슨 일이 일어나는지 묘사하려 한다. 아픈 배우자를 돌보는 법을 터득하고 그 사람이 최소한의 고통과 치욕만을 겪으며 살도록 돕는 일이 다른 한 명에게 맡겨졌을 때 어떤 일이 일어나는지.

소피는 캄캄한 극장에 앉아서 늙은 남편의 얼굴을 바라보았다고 내게 말했다. 엄청난 인내와 다정함과 의리로 아내를 돌보는 그의 표정을 바라보았다고. 아내의 요구로 다시는 그녀를 병원에 보내지 않겠다고 약속한 남편은 아무리 힘들어도 약속을 깨지 않으려

---

* 소설에서 말하는 이 영화는 미하엘 하네케 감독의 2012년 작품 〈아무르〉이며, '아무르(amour)'는 프랑스어로 '사랑'이라는 뜻이다.

한다. 그는 성인聖人이 아니다. 화를 내기도 하고 한 번은 아내를 때리기도 한다. 아내가 먹지도 마시지도 않으려 하자, 혼자서만 그녀를 살리려 애쓰고 있다는 생각에 절망스러워서다. 하지만 노력하지 않거나 마음을 쓰지 않는 때는 단 한 번도 없다. 오십 년 넘게 그가 아내에게 어떤 사람이었고 아내가 그에게 어떤 의미였는지, 그것은 바뀌지 않는다. 물론 그의 행동이 직관적이라고 해서, 본성의 표현이라고 해서 그에게 부담이 되지 않거나 어마어마한 노력이 필요하지 않은 건 아니지만.

영화가 끝나갈 무렵 소피는 자신의 부모에 대해 생각하기 시작했다. 그들은 평생 싸우면서도 언제나 서로를 보살폈다. 그녀의 부모가 마지막까지 서로를 계속 보살필 거라는 점은 의문의 여지가 없었다. 그리고 어느 정도는 자신도 그런 확신의 보호막 속에서, 그리고 그 확신이 부모님뿐만 아니라 사랑에 대해, 사람들 전반에 대해 내포하는 의미의 보호막 속에서 살았었다고 소피는 말했다. 하지만 정작 자신의 선택은 달랐음을 소피는 이제 이해했다. 더 어렸을 때는 다른 것들을 중시했던 탓에 결과적으로 그녀가 택한 남자는—비록 많은 의미가 있는 사람이지만—그녀가 자신을 스스로 돌보지 못하게 되어도 대신 돌봐줄 능력이 없는 사람이었다.

영화가 끝나고 햇빛이 환한 바깥으로 다시 나왔을 때, 소피는 영화보다 훨씬 큰 무언가가 끝나버렸음을 알았다. 그리고 얼마 지나지 않아 에즈라에게 이제 끝이라고, 그와 결혼할 수 없다고 말했다.

이제 소피는 비뚤어진 반쪽 미소를 지으며 가시철망 너머로 어룽거리는 잿빛 바다를 바라보았다. 그러더니 뼈만 앙상한 어깨를 으쓱하고는, 어떤 부조리를 가리키는 것처럼 빈 손바닥을 하늘을 향해 들어올렸다—하지만 어떤 측면의 부조리인지는 알 수 없었다. 우리가 누구를 사랑하고 누구와 결합할지를 이성적으로 결정할 수 있다고 믿는 부조리? 아니면 공정한, 혹은 자연스러운 죽음을 맞을 수 있을 거라고 생각하는 부조리? 아니면 그녀가 의미한 것은 인생을 내일보다 더 먼 미래에, 단순한 생존 이상의 목표에 바칠 수 있다는 한때의 믿음이 지닌 부조리였을까? 아니면 지나고 보니 삶의 시작과 끝이 아무런 관련이 없더라는, 그 단순하고도 오래된 부조리였을까?

소피에게 끝이 왔을 때 나는 거기에 없었다. 나는 어딘가에서 줄을 서고 있었거나, 연줄을 찾고 있었거나, 물을 구하고 있었거나, 그저 기다리고 있었다.

정원에서

이십일 년간 나는 라틴아메리카에서 가장 위대한 조경사의 개인 비서로 일했다. 당신은 거의 틀림없이 그 사람에 대해 듣게 될 것이다. 아직 듣지 못했더라도 그가 설계한 공원 중 한 곳에는 앉아 있게 될 것이다. 물론 당신이 작심하고 공공장소를 피하는 사람이라면 얘기가 달라질 수도 있지만, 설령 그렇다 해도 그가 이 아름다운 우리 도시의 안이나 밖에, 산이나 계곡에, 내륙이나 바닷가에 조성한 수많은 사설 정원 중 어딘가에 앉아 있는 행운은 누렸을지 모른다. 만약 당신이 최고로 운좋은 사람에 속한다면 그가 스리윈즈Three Winds라는 사유지에 자신을 위해 설계한 정원, 학자와 전문가들이 엘노비에로나 컴프턴에이커스 정원과 어깨를 겨루는, 세계에서 가장 흥미로운 정원에 속한다고 평가하는 그 정원에 가봤을 수도 있다. 그렇다면 심지어 우리가 만난 적이 있을지도 모르는데, 스리윈즈에서 일하는 동안 개인 비서의 업무를 수행하며 방문객을 맞이한 사람이 바로 나였기 때문이다. 나는 바깥의 더위가 아무리 극심해도 늘 서늘함을 유지하는 거실로 방문객을 안내했고, 하룻밤 묵어갈 사람이라면 객실로 안내했다. 그곳에서 손님이 여독을 풀고, 옷을 갈아입거나 라탄 의자에서 휴식을 취하도록 잠시 여유를 주었다. 이십 분이 지나면 타철打鐵 구리 쟁반에 레모네이드 한 잔을 담아 객실 문을 두드리고 삼십 분 정각에 중정中庭으로 나오라고 전했다. 그 시각이 되면 라틴아메리카에서 가장 위대한 조경사가 몸소 손님을 이끌고 너른 정원을 안내했는데, 그곳을 가득 채운 식물들은 숲 깊숙이 며칠을 걸어가야 찾을 수 있을 만큼, 어쩌면 그렇게 해도 찾지 못할 만큼 희귀했다.

그가 심은 지 반세기가 훌쩍 넘은 나무들도 있었다. 내가 죽은 뒤에 그 무엇도 치우거나 옮기지 마. 그는 말하곤 했다. 침대 협탁에 놓인 약들도요? 나는 물었다. 알겠어, 하지만 약만 치우는 거야. 그는 대꾸했다. 난 현실주의자이고 흙을 만지는 사람이야! 내가 삐딱하게 쳐다보면 그는 그렇게 소리치곤 했다. 난 이 두 손으로 직접 내 집을 지었어. 그러니 죽고 나서 유리잔들을 내가 놔둔 그대로 남겨달라는 게 그렇게 무리한 부탁은 아니라고 생각해! 그가 그렇게 말한 이유는 스리윈즈가 박물관이 되어, 이곳을 방문한 사람들이 자신이 그랬듯 아름다운 우리 나라의 식생을 사랑하게 되기를 소망했기 때문이다(그가 우연히 발을 들여놓은 역사에 짓밟혀 버린 소망이기는 하지만). 그는 누구나 그렇듯 회한이라는 짐을 졌으나—그의 꿈은 다수가 이루어지지 않았고 나머지는 거듭된 타협을 통해 이루어졌다—적어도 그 땅에서는 모든 것이 그의 설계에 따라 존재했다. 가능한 한도 내에서 그랬다는 것이다. 나머지는 자연의 몫이었으니까.

그런데 자연이란 평화롭지가 않아. 그는 말하곤 했다. 부드러운 산들바람과 산봉우리 위로 솟아오르는 태양 같은, 동화책에서 자연이라고 묘사하는 그런 것들이 아니란 말이야. 작은 분홍색 꽃봉오리나 초록의 랩소디가 아니라고. (이 나라에서 초록으로 통하는 색이 사실은 검정이라는 걸 자네는 알아차렸나? 무한히 펼쳐진 검은 잎들?) 자연은 잔혹하고 간교해. 그는 나와 둘만 있을 때면, 그런 때가 많았지만, 이렇게 말하곤 했다. 공격적이고 놀라울 만큼 치명적이지. 약자는 죽임을 당하고—고통받다 죽임을 당하고— 강자는 그 부식과 부패에서 양분을 취해. 그러니 자연이 평화롭다느니 어쩌니, 나무를 흔드는 바람이니 귀뚜라미 소리니 하는 얘기는 집어치우라고 해. 귀뚜라미는 외로운 거야. 그렇게 날개를 서로 비벼서 오돌토돌한 시맥을 긁어대는 건 동류의 다른 개체를 불러내 짝짓기든 싸움이든 하고 싶어서라고. 사람들이 귀뚜라미 소리에 대해 떠들거나 장미를 노래하는 시를 읊게 놔두지 마. 꽃을 꺾어서 아름다움을 즐기면 안 된다는 말이 아니야. 사람이 꽃을 꺾어 즐기는 건 꽃의 기획이지 그 반대가 아니라는 말이라고.

그가 항상 그런 식으로 말한 건 아니었다. 친구들이 모인 자리에서 좋은 음식을 먹고 나면, 공룡에 대한 지식을 간직한 선사시대 유래 은행나무에 대해, 먼지 몇 톨과 습기 몇 방울만 있어도 생존할 수 있는 브로멜리아드에 대해, 일본의 사이호지 사찰의 이끼 정원과 수면을 뒤덮은 녹조류 사이로 빗물이 부드럽게 떨어져 사라지는 연못에 대해 몇 시간이고 이야기할 수 있었다. 에피쿠로스의 정원*에 대해 철학적으로 논할 수도 있었고, 열대우림을 누볐던 모험

담이나 젊은 시절에 아시아에서 바쇼**의 여정을 따라 하구로산山까지 걸어갔던 여행담으로 사람들을 사로잡을 수도 있었다. 모든 게 기분에 좌우되었으며, 그 기분은 잉크병처럼 엎질러져 삽시간에 검은빛을 쏟아낼 수도 있었다. 말년에는 친구가 얼마 남지 않았다. 하지만 초기에는 세계 곳곳에서 유명 작가와 화가를 비롯해 온갖 명망가들이 찾아와 스리윈즈 안에서 개별 투어를 받고 금술이 달린 방명록에 서명을 했다.

이십일 년간 나는 라틴아메리카에서 가장 위대한 조경사의 개인 비서로 일했다. 당시는 우리 역사의 암흑기였지만, 밖으로 나가면 이곳에서 언제나 그랬고 앞으로도 그럴 것처럼 해가 빛났다. 닫힌 문 뒤편이나, 지하실, 창고, 비밀 조직 본부에서는 해가 빛나지 않았지만 밖에서는 항상 환히 빛났다. 정원의 성패는 해가 결정해. 정원은 빛의 배열이나 다름없어, 그는 말하곤 했다. 정원에 해가 어떻게 놓일지, 어떻게 떠오르고 어느 방향에서 비추고 어떻게 지나갈지 생각해야 해. 햇빛 아래에서 이파리 하나하나가 어떻게 드러나고 감춰질지도 생각하고.

원예학교를 졸업하던 날, 해는 평소처럼 환히 빛났고 나는 자전거를 타고 도시 북쪽에 있는 새로운 공원으로 달려갔다. 공사가 시작된 지는 얼마 안 됐지만 여러 신문에 보도되어 유명해진 곳이었

---

* 고대 그리스의 쾌락주의 철학자 에피쿠로스는 아테네 교외의 정원에 공동체를 건설하고, 평등하고 자유로우며 행복한 삶을 살아야 한다고 주장했다.

** 마쓰오 바쇼. 17세기 일본의 하이쿠 시인으로, 시상을 찾아 일본 각지를 여행하며 수많은 시와 기행문을 남겼다.

다. 나는 공원 사무소로 찾아갔다. 당시 사무소가 임시로 사용하던 건물은 나중에 카페가 되었고, 방문객들은 커피를 주문한 후 밖에 앉아 거대한 플라타너스 그늘에서 쉴 수 있었다. (그때는 플라타너스가 평상형 트레일러에 실려 그곳에 도착하기 전이어서, 그 나무는 아직 자신에게 마련된 계획에 대해 전혀 알지 못한 채 어느 지방의 바람결에 나긋나긋 흔들리고 있었다.) 사무소 안, 서류와 설계도 따위가 가득 쌓인 책상 뒤편에 그가 앉아 있었다. 저명한 식물학자이자 조경사이며 새로 임명된 공공 정원 건설국장인 그는 햇볕과 나이의 영향으로 갈색과 은색을 띠었다. 그는 내 쪽을 보지도 않았다. 여기에 취직하고 싶습니다, 내가 알렸다. 필요한 정원사는 이미 다 구했어요, 그는 이렇게 대답하고 계속 서류를 넘겼다. 내가 무엇에 씌었는지 모르겠지만—자신의 운명과 마주할 때 솟아나는 용기였을까—나는 말했다. 저 같은 사람은 없을 텐데요. 그가 고개를 들었고 웃음 비슷한 것이 그의 얼굴을 스쳤다가 머리 뒤편으로 사라졌다. 그는 먼저 내 바지를, 손톱에 낀 때를, 그러더니 마지막으로 얼굴을 꼼꼼히 살폈다. 그의 시선에 몸이 뻣뻣하게 굳었다. 당신 같은 사람은 어떤 사람인데요? 그렇게 물으며 그가 몸을 뒤로 기대자 의자가 공포에 질린 끼익 소리를 내질렀다. 나는 몇 달 전에 쓰레기 틈에서 발견한 말라빠진 팔레놉시스 벨리니를 집으로 가져가 보살폈더니 어느 날 다시 초록색 싹이 돋아났던 일을 떠올리고는 그에게, 맙소사, 이렇게 말했다. 죽은 것에서 새 생명을 짜낼 수 있는 사람입니다.

공원은 공사중이었다. 오솔길도 아직 안 닦였고 미래의 온실은 모기 유충이 가득한 미적지근한 물웅덩이에 불과했으며, 북쪽 정원의 완만하게 굽이치는 언덕을 조성할 흙도 이제 막 들여오고 있었고 장군들의 흉상도 공식 주물 공장에서 제작되는 중이었다. 하지만 그는 통제를 최소화한 야생성이라는 설계 의도의 핵심을 내가 완벽히 이해하고 있다고 느낀 게 분명했다. 그리고 내가 그 작업에 기꺼이 온 마음을 바쳐 헌신할 준비가 되어 있다는 사실도 감지했을 것이다. 내겐 충심을 바칠 다른 대상이 없었다. 부모도, 자식도, 나뭇잎과 라틴어 학명들 속에서 살아가는 것 말고는 다른 야심도 없었다. 그 첫날에 나는 조경사의 옆에 앉아서 그가 설계도를 넘겨가며 구술하는 내용을 받아 적었는데, 단 한 자도 빠트리지 않았고, 트로코덴드론 아랄리오이데스라든가 크산토로이아 프레이시 같은 학명의 철자를 물어볼 필요도 없었으며, 간혹 그가 어떤 식물을 유사한 종류와 혼동할 때도 실수를 지적하지 않고 자연스럽게 바로잡았다. 네시가 되자 그는 내게 가보라고, 손톱의 때를 지우고 다음날 다시 오라고 말했다. 나는 다음날 여덟시 정각에 다시 그의 옆자리에 앉았다. 그에 대한 더없는 존경심이 우러났다. 그 느낌이 어땠느냐면—어떤 느낌이었을까? 무엇보다도, 내가 선택받았다는 느낌이었다. 나는 따로 언질이 없어도 그를 그림자처럼 따라다녀야 할 때와 모습을 드러내지 않아야 할 때를 알았고, 그가 하려는 말을 알아차리고 알려줘야 할 때와 그의 말을 장맛비처럼 흡수해야 할 때를 구분했다.

내가 무슨 말을 하기를 바라나? 그는 소리치곤 했다. 나는 현실주의자이자 흙을 만지는 사람이고, 둘 다 많은 말을 할 필요가 없어! 나는 지금처럼 되지 않았다면 시인이 되었을지도 몰라. 그들을 굉장히 존경하거든, 시인 말이야, 그는 말하곤 했다. 우리는 각자에게 주어진 것을 가지고 일해야 해. 나는 한때 풍부했지만 지금은 대다수가 멸종 직전에 이른 이 나라의 식생을 다루고, 시인들은 비슷한 운명에 시달리는 우리의 언어를 다뤄야 하지. 내가 어렸을 때는 단어들이 더 많았어, 그는 말했다. 하지만 하나둘 쓰지 않게 되었지. 역사는 언어가 급속히 퇴보하는 시점에 이르렀고 언젠가 우리는 무언의 상태로 돌아가고 말 거야. 그러더니 그는 논점을 증명이라도 하려는지 베란다에 앉아 정원에서 음울한 침묵을 채집했다. 하지만 항상 침묵을 아주 오래 유지하지는 못해서, 얼마 안 가 그의 내부에 아직 남아 있는 말들이 밖으로 터져나오곤 했다.

우리 둘 다 이 나라 사람은 아니었다. 나보다는 그가 이곳 출신에 가까웠는데 어머니가 카르파티아산맥* 인근 지역에서 태어났고 아버지는 라이프치히에서 태어났으며, 그 자신은 이 나라 수도에서 태어났다. 세계 최상급 언어들 사이의 버려진 지대에서 자란 그는 어쩌면 그래서 이제는 죽은 언어이지만 모든 것에 제각각 고유명사를 부여하는 언어에 마음이 끌렸는지도 모른다. 게다가 이 언어는 죽었기 때문에 절대로 변하지 않는다. 호수는 호수이며, 앞으로도 영원히 호수다. 호수가 어느 날 묵인默認이나 무덤이 될 수는 없다.

어느 오후에 우리가 북쪽 정원을 돌며 새로 들어온 양치식물과 난초를 점검하고 있을 때, 임페리얼 야자나무 사잇길로 창문을 검

---

* 동유럽 슬로바키아, 우크라이나, 폴란드, 루마니아에 걸쳐 뻗어 있는 산맥.

게 코팅한 검은 세단 세 대가 줄줄이 먼지구름을 일으키며 달려와 공원의 임시 사무소 앞에 멈췄다. 초록 수풀 속의 검은 족제비 같은 그 차들을 보니 등골이 오싹해졌다. 첫번째 차의 문 네 개가 전부 벌컥 열리더니 군복에 금색 선글라스를 쓴 남자 네 명이 나왔다. 그중 한 명이 공원 사무소의 문을 두들겼고, 안으로 들어갔고, 잠시 후 다시 밖으로 나왔다. 그때 두번째 차의 문 네 개가 모두 열리며 군복 입은 남자 네 명이 더 나오더니, 그중 한 명이 느긋한 손짓으로 우리가 있는 방향을 가리켰다. 세번째 검은 세단의 문은 그대로 닫혀 있었다. 저기 가보셔야 하지 않을까요? 내가 물었다. 그렇지, 하고 그는 대답했지만, 그 자리에 붙박인 듯 서 있었고 그의 손에 놓인 작은 아펠란드라 스쿠아로사가 파르르 떨렸다. 물론 가봐야지, 그가 다시 말했는데, 다른 사람에게라기보다는 그 식물에 대고 하는 말 같았다. 결국 군인들이 와서 그를 데려가 세번째 검은 세단에 태웠다. 차문 하나가 안에서 열린 뒤, 밖에 선 그가 시트커버를 씌운 어두운 차 안을 들여다보던 표정이 기억난다. 심연의 가장자리에 서서 그 안으로 떨어질까봐, 또 한편으로는 스스로 몸을 던질까봐 두려운 듯한 그 표정.

설계도와 스케치를 하나하나 구현하고 굽이굽이 이어지는 화단들을 조성해가며 그는 자연의 목을 비틀었다. 자연은 데이지 꽃목걸이가 아니야. 주머니에 쏙 들어가는 꽃묶음이 아니라고, 그는 늘 말했다. 자연은 먹이를 주는 손을 물어뜯지. 하지만 그는 절대로 자연을 길들이려 하지 않았다. 자연의 발톱이나 독을 제거하지 않았다. 그것이 그의 비밀이자 다른 이들과 차별되는 점이었다. 그는 자연의 목을 비틀 뿐 절대로 꺾지 않았다. 그것이 그의 천재성이면서 몰락의 원인이기도 했다. 그는 자연이 야생성을 유지하게 해주었는데, 자연은 어느 날 갑자기 휙 돌아서서 그를 쓰러뜨렸다. 사실 '어느 날 갑자기'는 아니고 아주 천천히, 은밀하게. 하지만 결과는 똑같았다.

나는 차량 행렬이 왔던 방식 그대로 사라지는 모습을 지켜보고 나서, 충격받은 마음을 추스르며 다시 내 일을 시작했다. 내 일이란 결국, 이 나라 전역에서 먼길을 온 연약하고 지친 식물들을 충실하게 돌보는 일 그 이상도 이하도 아니었다. 이 나라 사람들이 토종 식물의 섬세한 아름다움을 알아볼 수 있도록 가르친 위대한 식물학자이자 조경사가 설계한 이 걸출한 공원에 정착하기 위해 이곳으로 온 식물들을. 그날 밤, 맑고 푸른 봄밤에, 나는 자전거를 타고 집으로 돌아와 목욕을 하면서 흙이 배수구로 빙글빙글 쓸려 내려가는 모습을 바라보았다. 그 끝에서 다른 모든 퇴적물과 만난 흙은 천천히 바다로 돌아가 소리 없이 천리만리 흘러갈 터였다. 어딘가에 전화를 걸어 그날 일어난 일을 이야기하고 싶었지만, 누구에게 전화를 건단 말인가. 그때 나는 그를 다시는 못 볼 수도 있다고 생각했는데, 돌이켜보면 장군들이 일하는 방식을 알기엔 내가 너무 순진했다.

그날 밤, 나는 잠들지 못했다. 다음날 일찍 공원에 도착했을 때 조경사는 벌써 책상 앞에 앉아 있었다. 몰골이 말이 아니었다. 옷을 입은 채로 잤거나 아예 자지 않은 모습이었다. 하지만 어쨌든 나는 안심했다. 물을 끓여 차를 우렸다. 쟁반을 가지고 가자 그는 김이 모락모락 나는 그 액체를 내 몫으로도 한 잔 따르라고 고집했다. 그의 손이 아주 살짝 떨리면서 찻물이 찻잔 받침으로 튀었다.

자네가 알아야 할 것들이 있어, 그가 조용히 말했다. 제가요? 나는 그렇게 묻고 설탕을 소복이 한 숟가락 퍼서 그의 잔에 넣었다. 나는 차를 저었고 우리는 함께 설탕이 녹는 모습을 바라보았다. 지금은 비상한 시기야, 그가 속삭였다. 이런 공원을 지으려면 악마와 동침이라도 해야 해. 나는 손을 포개 허벅지 위에 올려놓고 내 손톱을 살펴보았다. 소박한 정원사의 손이었다. 정원은 빛의 배열이나 다름없다. 해가 어느 방향에서 빛날지, 어떻게 지고 떠오를지, 어떤 이파리가 드러나고 감춰질지 생각해야 한다. 나는 공원 설계도를 펼치고 말없이—그렇다, 손가락으로 더듬으며—이런저런 세부 사항으로 그의 주의를 끌었고 마침내 그는 자신이 품었던 전망을 기억해냈다. 그러자 나는 일어서서 찻잔을 치웠다. 하느님은 선생님의 정원에 사십니다, 나는 그렇게 말하고 문밖으로 나가 아침 업무를 시작했다.

그가 나를 스리윈즈에 초대했다. 많은 의미를 내포할 수도 있는 초대였고, 나는 뱃속이 조여드는 것을 느끼고서야 비로소 내가 그 초대를 기다려왔음을 깨달았다. 해안 평원지대에 자리한 그곳까지는 차로 한 시간이 넘게 걸렸다. 나는 운전기사와 함께 앞자리에 앉고 그는 뒷자리에 앉았는데, 이따금 내 목덜미에 아주 가볍게, 파리처럼 내려앉는 그의 시선이 느껴졌다. 스리윈즈는 내향적인 정원이었다. 그가 직접 재배한 것들, 거침없이 감행한 온갖 무모한 실험의 산물이 거기에 있었다. 그가 내게 정원 곳곳을 안내했을 때, 지붕이 없는 콘크리트 벽들이 미래의 폐허처럼 서 있는 모습을 보고 얼마나 충격을 받았는지 기억난다. 그리고 물기에 번들거리는 오솔길이 덤불 사이로 구불구불 이어지다 흡사 성당처럼 웅장한 가로수길이 되는 곳도 놀랍기는 마찬가지였다. 나중에 그는 나를 묘목장으로, 열대식물관으로, 식물표본실로, 성프란체스코에게 헌정된 작은 베네딕트 수도회 예배실로, 그리고 마지막으로 넝쿨식물에 에워싸인 그의 화실로 데려갔다. 온갖 색이 폭발하듯 어우러진 커다란 캔버스 앞에 서 있는데, 내 어깨에 묵직하게 얹히는 손이 느껴졌다. 그의 숨결은 무겁고 따뜻했으며 그에게서는 백단향과 와인 냄새가 났다. 뭐가 보이나? 그가 내 귓가에 바짝 다가와 말했다. 멋진 그림입니다, 선생님, 하고 나는 말했다. 그가 목구멍에서 걸걸거리는 소리를 냈다. 어쩌면 자네는 내 생각과는 다른 청년인지도 모르겠군, 그가 속삭였다. 앞에 벼랑이 보이고 뒤에는 늑대가 보입니다, 나는 말했다. 그의 손가락이 내 어깨를 꽉 쥐었다. 그래, 그렇지? 그가 말했다. 그렇게 보이지?

그로부터 머지않아 내 물건이 옮겨졌고 부엌 옆에 있는 작은 동향 방이 내 거처로 정해졌다. 침대는 좁지만 편했고 의자에 앉으면 내다보이는 체리나무에서는 하루가 다르게 열매가 익어갔다. 나는 창틀에 내가 태어난 곳에서 만든 조그만 백랍 상자를 놔두었다. 상자에는 헹케르슈테크, 오페라하우스, 브라트부르스트글뢰클라인*의 풍경이 새겨져 있었다. 책장에는 식물학 책들을 꽂아두었다. 나는 신속히 새로운 업무에 착수했다. 편지에 답장을 쓰고 지시 사항이 이행되는지 감독했으며, 일정을 조정하고, 직원을 관리하고, 라

---

* 모두 독일 뉘른베르크의 명소로, 헹케르슈테크는 15세기에 축조된 목조 다리이고 오페라하우스는 극장, 브라트부르스트글뢰클라인은 15세기부터 있었으나 2차대전 중 폭격으로 무너진 유명한 식당이다.

틴아메리카에서 가장 위대한 조경사의 크고 작은 요구를 처리했다. 그의 일은 끝나는 법이 없었지만 때로는 조용히 함께 보내는 시간도 생겼고, 그는 그런 때 가장 행복해 보였다고 말해도 과언은 아니라고 생각한다.

그런 시간은 계속되지 않았다. 만일 우리가 미리 경고를 받는다면, 그뒤에 일어나는 일이 반드시 불가피한 건 아니라고 느끼게 될까? 도시의 장군들이 그 검은 차들을 타고 스리윈즈에 도착했을 때, 나는 진입로가 끝나는 곳에서 그들을 맞이해 안으로 들인 후 레모네이드를 타철 구리 쟁반에 받쳐 대접했다. 우리는 격식을 차렸다. 그들은 정원을 둘러보았다. 성프란체스코의 작은 예배당에서 장군들 중 한 명이 무릎을 꿇고 성호를 그었다. 떠날 시간이 되었을 때 바로 그 장군이 선글라스를 찾지 못했고, 그러자 조경사는 바닥에 엎드려 긴 식탁의 의자 다리 사이를 정신없이 기어다니기 시작했다. 나는 그가 그렇게 개처럼, 혹은 바퀴벌레처럼 구는 모습을 본 적이 없어서 당장 일어나라고 소리치고 싶었지만 그러면서도 나 역시 그와 함께 바닥을 길 수밖에 없음을 알고 있었다. 그 순간 예배당이 떠올랐다. 그곳으로 달려갔더니 아니나다를까 빈 신도석 밑에서 번쩍거리는 선글라스가 보였다. 장군은 선글라스가 온전한지 꼼꼼히 살피더니 나를 보고 웃으며 손수건으로 내 지문을 천천히 닦아냈다.

그뒤로, 거의 즉시, 시내에 짓는 공원의 설계도에서 중심을 차지하고 있던 남쪽 정원들이 반짝이는 호수로 변경되었다. 매우 깊어서 아무도 바닥까지 내려갈 수 없는, 하지만 그 바닥도 결국은 콘크리트인 호수였다. 불도저가 밀고 들어와 땅을 찢어발기고 관목들을 파헤쳤으며, 어두운색 양토를 실어 나가는 트럭들이 임페리얼 야자나무 가로수길을 따라 굉음을 내며 오고갔다. 나흘 만에, 밋밋한 하늘 아래 구덩이가 입을 쩍 벌렸다. 마침내 어느 밤에 그들이 왔다. 호수 바닥에 놓일 것과 볼일이 있는 사람들. 그들은 장군들이 묻고 싶어하는 무언가를 파묻은 다음 콘크리트를 부었다. 총성이나 비명이 울렸는지 아니면 죽은 자들의 침묵만 있었는지 나는 모른다. 우리는 멀리 스리윈즈에 격리되어 있었고, 그곳에서는 라이프치히에서 들여온 대형 괘종시계가 부드럽게 재깍거렸다. 상당한 규모의 인원과 트럭과 투광 조명등이 동원되었는지 아침에 가보니 하루도 거르지 않고 빛나는 햇살 아래에서 콘크리트가 이미 말라 있었다. 몇 주 후 호수에 물이 채워졌고 햇살은 파란 수면 위에서 쉼없이 부서졌으며 국가수반이 직접 보낸 공식 메시지— 패들보트—도 도착했다. 그게 다였다. 호수에 좀개구리밥과 수련을 들여놓자 새들은 알아서 찾아왔다.

내 방에서는 그가 집안 어디에 있든 내게 외치는 소리가 들렸다. 하지만 머지않아 질문이 날아오기 전에 무슨 소리가 나는지 알아차릴 수 있게 되고부터는 그가 묻기도 전에 문가에 서 있었다. 전화가 울리면 받는 사람은 나였다. 그가 바로 통화할 수 있는지 아니면 메시지를 남기라고 해야 하는지 아는 사람도 나였다. 저녁에 무슨 음식을 준비해야 하는지 요리사에게 알리는 사람도, 그가 술을 너무 많이 마셨을 때 침대로 부축하는 사람도, 일본의 팬이 보내준 16세기 그릇에 김이 오르는 아침 첫 차를 담아 가져다주는 사람도 나였다. 그에게 연필을, 모자를, 지팡이를, 모종삽을, 칼을 건네는 사람도 나였고, 그가 칼에 베이면 구급상자를 들고 가는 사람도 나였다. 그는—우리의 위대한 조경사이자 식물학자는—자기 피를 보고도 울렁증을 느꼈기 때문이다.

이 나라에서는, 이런 태양 아래에서는, 모든 것이 잘 자란다. 장군 동상들의 청동 눈이 감시의 눈초리로 지켜보는 가운데 임페리얼 야자나무는 쑥쑥 자랐다. 거대한 수련 이파리는 탁자만큼이나 커졌다. 거대한 대나무가 건물 사오층 높이까지 솟아올라, 대숲 사이로 산들바람이 지나가면 줄기가 덜걱덜걱 맞부딪쳤고 바람에 밀려 기울어질 때는 전차가 브레이크를 밟듯 끼이익 소리가 났다. 그리고 어쩐 일인지 말발굽소리와 당나귀 울음소리, 심지어는 농장 마당에 풀어놓은 온갖 동물소리도 대숲에 담겨 있었다. 속삭임도 들렸고, 뛰노는지 우는지 아니면 그냥 부드럽게 노래하는지 모를 아이들의 소리도 들렸다. 하지만 라틴아메리카에서 가장 위대한 조경사는 그런 소리를 듣지 못했다. 공원이 완공되고 개원 행사가 열린 후로, 그는 공공 정원 건설국장 재임중에 직접 설계한 여러 공원과 정원에 다시 가볼 겨를이 없었기 때문이다—어쨌거나 많은 사람이 그 공원들을 찾아 오솔길을 걷고 벤치에 앉아 쉬며 즐겼다. 그에게는 바쁜 시절이었다. 그리고 대개는—거짓말은 하지 않겠다—좋은 시절이기도 했다. 그는 자기 일을 했다. 그 호수와 같은 기괴한 사건은 다시 일어나지 않았다. 그리고 십오 년 가까이 지나 장군들 일부가 이 나라에서 도망치고 몇몇은 재판을 받고 대부분은 저택의 높은 벽토 담장 뒤로 퇴각해 그들만의 정원에서 평온한 여생을 보내게 되었을 때, 이 나라의 조경사에게 신경을 쓰는 사람은 아무도 없었으므로 그 역시 평온한 삶을 누렸다.

내가 무슨 말을 하기를 바라나? 그는 소리치곤 했다. 내 일은 단순했어. 난 식물을 수집했고 공원과 정원을 설계했어. 그 이상도 이하도 아니란 말이야. 내 손으로 직접 지은 집에서 내가 직접 심고 가꾼 식물과 나무에 둘러싸여 살아. 흔한 식물도, 귀한 식물도 있고 어떤 건 워낙 귀해서 내가 그랬던 것처럼 숲속으로 며칠을 걸어들어가야만 찾을 수 있지. 어떤 나무들은 아주 오래전 내가 젊었을 때 심은 거야, 그는 소리쳤다. 이젠 그것들도 나처럼 늙었지만 나와는 달리 나무들의 설계는 망가지지 않았어. 훼손되어 망가지고, 어둠 속에서 질식하지 않았다고. 언젠가―딱 한 번―나는 그의 눈을 똑바로 보며 조용하고 분명하게 말했다. 어둠 속에서 질식한 사람은 선생님이 아닙니다. 그의 얼굴에 나타난 표정을, 생전 처음 주둥이를 찰싹 얻어맞은 아이와 같은 그 표정을 나는 잊을 수 없을 것이다. 그는 주춤 물러섰다. 아니 주춤 물러서려 했지만, 결국 사람은 자기 자신으로부터 물러설 수는 없는 법이다.

마지막 몇 년간 우리는 여행을 다녔다. 그의 기분을 잠시나마 풀어줄 수 있는 유일한 방법이었다. 우리는 알람브라궁전에 갔다. 코모호수에서는 빌라 데스테 호텔에 머물며 빌라 카를로타와 빌라 치프레시의 정원을 거닐었다. 우리는 아레초에 가서 피에로 델라 프란체스카의 그림을 보았고, 피렌체에서는 프라 안젤리코의 그림을 보았다. 나는 이탈리아 여행이 처음이었는데, 그는 내게 두오모 성당 꼭대기까지 올라가서 이중 구조의 돔을 돌아보고 오라고 고집하면서 그동안 자신은 아래에 앉아 커피를 마시고 있겠다고 했다. 미리 약속된 시간에 나는 꼭대기에 있는 작은 테라스 전망대에 나가 그에게 손을 흔들기로 했고, 그도 나에게 손을 흔들어 답하기로 했다. 올라가는 길은 힘들었다. 계단이 가파르고 통로는 매우 좁아서 폐소공포증의 숨막히는 느낌을 여러 번 물리쳐야 했다. 약속된 시간에 손을 흔들기 위해 마지막 계단 몇 벌을 달려 올라가느라 꼭대기에 도착해서는 숨을 헉헉거렸다. 알고 보니 폐소공포증은 현기증에 비하면 아무것도 아니었다. 나는 난간 벽을 꽉 붙잡고 다리를 후들후들 떨면서 테라스 너머를 내려다보았다. 저멀리, 작은 흰 점으로 보이는 광장의 카페 테이블 사이에서 손을 흔드는 사람의 모습이 보였다. 나도 손을 마주 흔들었다. 그가 다시 손을 흔들었고 나도 한번 더 흔들었다. 그는 마치 관성으로 움직이듯 계속 손을 흔들었다. 얼마나 오래 이러고 있어야 하지? 나는 의아했다. 그러다 내가 그를 떠날 생각을 하고 있음을 깨달았다. 그 모든 귀신과 악령들 사이에 그를 홀로 남겨두고 다른 곳에서 삶을 다시 시작할 생각을. 내겐 아직 모든 것이 가능했고 문이 열려 있었다. 저 아래에서 그는 계속 손을 흔들었다. 그때 그가 무슨 말인가 하려 한다는 느낌이 들었다. 내가 어떻게 알았는지는 묻지 말기 바란다. 그렇게 높은 곳에서 그의 얼굴을 알아보기는 당연히 불가능했으니까. 어쩐지 그냥 알 수 있었다. 그가 내게 입 모양으로 무언가를 말하고 있음을, 혹은 어쩌면 소리치고 있음을. 물론 둘 다 부질없기는 마찬가지였지만. 순간 뭔가 잘못되었다는 생각이 들면서, 나는 얼른 몸을 돌려 그 좁은 계단을 허둥지둥 돌아 내려갔다. 가도 가도 바닥은 나오지 않는데, 사실 바닥 근처에도 도착하지 않았는데, 혹시 그동안 그가 광장에서 심장마비라도 일으키면 어쩐단 말인가. 하지만 마침내 대낮의 환한 빛으로 나가 땀을 뻘뻘 흘리며 카페로 달려갔을 때 그는 신문에 몰두하고 있었다. 제게 무슨 말씀을 하시려던 거예요? 나는 물었다. 자네에게 말을 해? 그가 말했다. 그게 무슨 소리야? 햇빛 때문에 아무것도 보이지 않았어. 자네가 그 위에 있는지 없는지도 모르겠던데.

나는 기독교인이 아니다. 그런데도 자꾸만 스리윈즈에 있는 예배당을 찾아가 비둘기를 손에 든 성프란체스코를 그린 작은 그림을 들여다보곤 했다. 끔찍한 범죄를 저지른 이들이 있다. 그리고 묵종한 이들이 있다. 그런데 묵종하는 이에게 묵종하는 것은 어떤가, 나는 그걸 알 수가 없었다. 가끔 그곳에 오래 서 있기도 했는데, 스테인드글라스를 통해 들어오는 색색의 햇발이 처음과는 다른 벽으로 옮겨가 있을 정도로 오래일 때도 있었다. 아니, 단지 굴복하는 정도가 아니라 나름의 방식으로 긍정하는 것, 그건 어떤가?

우리의 마지막 여행지는 미국이었다. 그곳은 겨울이어서 나는 창고에서 그의 아버지의 모피 코트를 꺼냈다. 그가 라이프치히에서 가져온 러시아 흑담비 모피였다. 삼나무 트렁크 냄새가 났지만 여전히 아름다웠다. 옷자락이 바닥에 닿을락 말락 하는 모피에 몸을 감싼 그의 모습은 기묘하게 인상적이었고, 사람들은 그가 지나가면 뒤를 돌아보았다. 그는 코트가 자기 목소리까지 덮어버린다고 느끼는지 평소보다 더 큰 소리로 말했고, 그래서 더욱 이목을 끌었다. 그는 실내에서조차 그 옷을 벗지 않으려 해서 호텔의 웅장한 식당에서 아침식사를 하다가 음식 조각이 털 사이로 떨어져 박히기도 했고, 그러면 나는 그가 보지 못할 때나 종일 걸어다니다 택시 뒷자리에서 곯아떨어졌을 때, 그 음식 조각을 떨어내곤 했다. 그 시기에 나는 급속히 늙어가는 그를 보면서 공포에 휩싸였다. 내가 어떻게 모든 것을 적절한 자리에 붙들어놓을 수 있단 말인가? 구두는 침대 아래에. 유리잔은 식탁 위에. 비둘기는 손에. 의자는 문 옆에. 모종삽은 바로 쓸 수 있는 곳에. 요리사는 부엌에. 해는 하늘에. 나뭇잎은 땅바닥에. 햇빛은 호수 위에. 너무 버거웠다. 매번 뒤를 돌아볼 때마다 그새 등뒤에서 무언가가 다른 곳으로 옮겨져 있는 그런 꿈속에서처럼. 하지만 그는 언제나 잠에서 깨어났고, 여전히 그 거대한 모피에 몸을 파묻은 채 다시 말을 하기 시작했으며(자신에게인지 나에게인지는 늘 확실하지 않았다), 나는 언제나처럼 다시 귀를 기울였다. 가끔 고개를 끄덕이며 별말은 없이, 사실 거의 아무 말도 없이. 그리고 우리 사이의 모든 것은 그때까지와 똑같았고, 앞으로도 그럴 것이었다.

남편

1

몹시 춥고 우중충한 겨울의 게토[*]와 같은 3월의 어느 날, 그녀의 어머니가 전화를 걸어 실종된 '남편'이 찾아왔다고 말한다. 물론 다짜고짜 그 말부터 하지는 않는다. 처음에는 많은 이야기들, 일상생활이 갑작스럽게 침범당하는 이야기들이 흔히 그렇듯 아주 일상적으로 시작한다. 요전날에 말이야, 올 사람도 없는데 초인종이 울리는 거야.

타마는 웨스트 78번가에 있는 자신의 진료실에서 점심을 먹고 있지만 텔아비브는 이미 초저녁이다. 어머니는 타마와 남동생이

---

[*] 과거 유럽 도시에서 강제로 격리당한 유대인들이 모여 살던 지역. 현대에는 대도시의 빈민가를 칭하는 말로도 쓰인다.

나고 자란 아파트에서 지금도 계속 살고 있다. 메이어공원 뒤편의 체르니호브스키 스트리트에 있는 그 아파트에서는 크고 더러운 유리창 너머로 공원의 나무들이 보인다.

누구세요? 그녀의 어머니가 인터컴에 대고 외쳤다. 하지만 상대편 소리를 들으려고 버튼을 눌렀을 때 거기에는 아무도 없었다.

타마는 파인애플 한 조각을 포크로 찍어 들고 이야기를 들으려고 자세를 잡는다. 지난 세월 동안 어머니의 무수한 이야기를 들을 때마다 늘 그래왔다. 때로는 길고, 대개는 우습거나 터무니없으며 가끔은 갈피를 잡을 수 없는 그 이야기들의 유일한 의미는 타마가 멀리 있는 가족의 삶에 계속 애착을 느끼게 한다는 것이었다. 타마는 아침 내내 이 도시에 질펀한 눈을 뿌려댄 하늘 한 조각을 내다보면서도, 갈색 합판 아래쪽 가장자리가 갈라져 들뜬 고향집 아파트의 낡은 현관문과, 신문 잉크가 묻은 손이 남긴 거무스름한 지문으로 뒤덮인 플라스틱 인터컴을 눈앞에 떠올리며 기분좋은 온기를 느낀다.

난 누가 초인종을 잘못 눌렀다고 생각했지, 어머니가 말한다. 항상 있는 일이거든. 윗집에 아기가 태어났을 때도 다들 우리집 초인종을 붐비는 버스 터미널에 딱 하나 있는 화장실의 물 내림 버튼처럼 눌러댔지 뭐니. 하지만 얼마 후에는 모두 갔고 그뒤로는 아기가 빽빽 울어대는 소리만 빼면 조용해. 아기 부모가 애를 쓰고 있지, 어머니가 말한다. 하지만 가끔 서로 악을 써대. 예전엔 그렇게 행복하고 다정하더니, 아기가 태어난 뒤로는 모든 게 안 맞나봐.

익숙한 얘기네, 타마는 말한다. 그녀와 아이들 아버지 역시 까다로운 첫아이가 태어난 후 맞지 않게 되었기 때문인데, 그래도 그들은 구 년인가 십 년을 더 살고 나서야 마침내 헤어졌다. 그뒤로 타마도, 그보다 일 년 전에 심장마비로 남편을 여읜 어머니도 내내 독신으로 살았다. 원래 가족은 네 명—어머니, 아버지, 남동생, 타마—이었는데, 오래도록 그중 세 명은 기혼자이고 남동생만 독신이었다. 그러다 아버지가 돌아가셨고, 타마는 이혼했으며, 남동생 슐로미가 남자친구와 결혼하면서 가족 중에 유일하게 남편이 있는 사람이 되었다.

어머니는 인터컴에 대고 거기 누구냐고 물었지만 다시 버튼을 누르고 귀를 기울였을 때는 지나가는 차 소리와 바닷가 도시에 눅눅하게 내려앉은 밤의 소리밖에 들리지 않았다. 부엌으로 돌아가 주전자에 물을 채워 레인지에 올리고 나자 일 분쯤 후에 다시 초인종이 울렸다. 이번에는 답하지 않았고 그랬더니 또다시 좀더 조급한 초인종소리가 울리기 시작했다. 두세 번 짧게 삑삑 울린 후 분에 겨워 길게 누르는 소리. 알았어요, 알았어, 어머니가 외쳤다. 누구세요? 그러고는 다시 버튼을 누르고 귀를 기울였다.

특별복지과special services에서 나왔습니다, 한 남자가 말했다.

그렇군, 요즘엔 이런 식으로 쳐들어와 늙은 여자를 강간하는구나, 어머니는 생각했다.

아니, 됐어요, 그녀는 인터컴에 대고 말했다. 특별복지는 필요 없어요.

사회복지과social services라고요, 남자가 외쳤다.

고맙긴 한데 됐다고요, 그녀는 말했다. 사실, 무슨 차이가 있겠나?

미시즈 파즈 되시죠? 일라나 파즈? 저는 사회복지과에서 나온 론 아즈라크입니다. 저희가 들어갈 수 있게 문 좀 열어주시겠어요?

원하는 게 뭐예요? 어머니는 그렇게 물었지만, 깜빡하고 송화 버튼을 안 누른 채 말한 뒤 바깥 소리에만 귀를 기울이고 있었던 것 같다. 남자의 부드러운 말소리가 들렸다. 어르신이 직접 말씀하시겠어요?

그녀는 다시 송화 버튼을 꾹 눌렀다. 누구랑 같이 있는 거죠?

그게 바로 말씀드리고 싶은 부분입니다, 남자가 말했다.

친절한 목소리였어, 어머니가 타마에게 설명한다. 살인자나 강간범의 목소리는 아니었지.

무슨 얘기인데요? 어머니가 따져 물었다.

미시즈 파즈, 저희가 올라가서 직접 말씀드리면 정말로 모두가 더 편할 텐데……

간략하게라도 말해봐요, 어머니가 끼어들었다.

특별복지과 남자는 민감한 문제라면서 그냥 문을 좀 열어주면 기꺼이 명함을 보여주겠다고 대답했다. 타마의 어머니는 그에게 돌아가라고 말할까도 생각했지만 호기심에 못 이겨 수락했다. 하지만 버튼을 눌러 문을 열기 전에 레인지의 불을 먼저 *끄고*(타마는 어머니가 레인지에 불을 켜놓고는 아주 잠깐이라도 다른 곳에 가지 않는다는 사실, 어머니가 어릴 때 알던 사람이 그러다 불에 타죽었다는 사실을 안다), 계단을 올라가 아기가 있는 부부의 집 문을 두드렸다. 남편이 아기를 트림시킬 때 받치는 얼룩진 헝겊을 어깨에 두른 채 문을 열었다. 그 사람 몰골이 말이 아니야, 어머니가 타마에게 말한다. 아기가 태어난 후로 원래 앓던 습진이 갑자기 심해졌거든.

귀찮게 해서 미안해요, 타마의 어머니는 그에게 말했다. 누가 밖에 와서 자기가 특별복지과 사람이라고 주장하고 있거든요. 내가 문을 열어줬는데 혹시 폭력배나 부랑자일지도 모르니까 여기 문을 열어놓고 우리집에서 나는 소리를 좀 들어봐줄래요? 그야말로 폭력배나 다름없는 우리 건물 관리인이 방범 카메라를 설치한다면 이러고 있을 필요가 없겠지만 지옥이 녹아내리기 전에는 그럴 리가 없죠. 귀찮게 해서 다시 한번 미안하네요. 아기도 돌봐야 할 텐데. 귀엽기도 해라, 가정이 이렇게 번창하는 모습이 참 보기 좋네요. 네, 그럼, 고맙고요. 정말로 괜찮으시면 이제 문을 열어주러 가볼게요. 아니, 나랑 같이 내려갈 필요는 없고, 그냥 거기 그대로 있으면 돼요. 문만 그렇게 열어두세요. 내가 비명을 지르면 들리도록 말이에요.

집안으로 돌아온 어머니는 건물 입구에 있는 사람들에게 외쳤다.

좋아요, 지금 문을 열게요. 첫번째 문으로 들어와서 뒤쪽 문이 완전히 닫힐 때까지 기다려요. 그러면 내가 안쪽 문이 열리게 다시 한번 버튼을 누를게요.

루미은행 금고에라도 들어가는 기분이네요, 남자가 말했다.

하지만 안에 돈은 없어요. 어머니가 그런 생각은 싹부터 잘라내려고 그렇게 대답했다.

그녀가 기다리며 문구멍으로 내다보니 두 사람의 모습이 어른어른 나타났다. 서류가방을 든 키 큰 남자와 모자를 쓴 자그마한 늙은 남자. 키 큰 남자가 손수건을 꺼냈다.

타마는 그들을 상상한다. 자그마한 남자는 갈색 펠트 모자를 썼고 키 큰 남자의 이마는 땀으로 번들거리기 시작했다. 이마 선이 상당히 뒤로 물러난 넓은 이마라서 내년쯤 대머리가 되려나 싶지만 곱슬거리는 검은 턱수염을 멋지게 길렀고 세련된 안경을 썼다. 타마는 어머니가 방범 체인의 고리를 풀지 않은 채로 문을 살짝 여는 모습을 눈앞에 그려본다. 타마는 사오 년 전 뉴욕으로 돌아오기 직전에 그 방범 체인을 어머니 집에 설치해주었고, 자신 역시 홀로 독립하게 된 터라 집에 경보 시스템을 설치했다.

사회복지과 사람이 열린 문틈으로 명함을 밀어넣었다.

감사합니다. 폐를 끼쳐 죄송합니다. 론 아즈라크입니다. 들어가도 될까요?

아즈라크라는 이름도 있나요?

그가 미소를 지었다. 멋진 얼굴이었어, 어머니가 타마에게 말한다. 눈빛이 아주 따뜻했지.

터키계입니다. 제 할아버지가 이스탄불 태생이세요.

정말요? 난 늘 터키에 가보고 싶었어요.

아직 시간이 있어요, 사회복지과 남자가 눈을 반짝이며 말했다. 나이든 여자의 기분을 맞춰주려면 무슨 말을 해야 하는지 잘 아는 사람이었다. 어딘가에서 어떤 어머니는 그런 아들을 키운 걸 자랑스러워하고 있겠지. 굉장히 정중하고 배려 깊고, 그러니 이름 뒤에 PhD가 없으면 어떠니, 그녀의 어머니가 말한다. 마음에서 우러난 친절과 동족에 대한 의무감 때문에 그 사람은 특별복지과에서 일하기로 한 거야. 생색도 나지 않는 직업이잖니, 뭐 생색나는 직업이 따로 있는 건 아니지만.

사회복지과겠죠, 타마는 말하면서 남은 점심을 쓰레기통에 던져넣고 시계를 흘깃 쳐다본다. 다음 환자 예약 시간까지는 아직 이십분이 남았다.

맞아, 어머니가 말한다.

보스포루스해협! 아마도 어머니는 사회복지과 사람에게 말했을 것이다. 심야 텔레비전 방송에 수많은 시간을 쏟아부으며 흡수한 지식을 과시하면서. 세상에 그보다 더 좋은 이름을 가진 강이 있을지 모르겠네요. 게다가 두 대륙의 경계를 이룬다니! 그녀는 말했을 것이다. 타마의 어머니는 원한다면 매력을 발산할 줄 아는 사람이니까.

제가 왜 여기에 왔는지 말씀드리고 싶어요, 일라나, 사회복지과 남자가 말했다. 어디에 좀 앉으셔야 할 것 같은데, 약간 충격을 받으실 수도 있어서요.

그는 어머니를 소파로 데려갔다. 엄밀히 말해 남자에게 들어오라고 한 건 아니었다고, 어머니는 말한다. 살짝 틈만 보이면 그렇게 훅 밀고 들어오는 거지.

저분을 곧바로 알아보시리라고는 기대하지 않았습니다, 오랜 세월이 흘렀으니까요. 사회복지과 남자가 문가를 흘낏 돌아보았고, 다시 어머니의 눈에 모자와 어두운색 양복 차림으로 말없이 현관에 서 있는 노인이 보였다. 저희도 저분을 바로 며칠 전에 찾아서요, 아직 좀 기운이 없으신 것 같아요, 사회복지과 남자가 말했다. 저분 알아보시겠어요?

난 저 사람이 댁의 조수인가 했어요, 어머니는 그렇게 말하고 소파 위에서 불편하게 뒤척이며 혹시 자신이 누군가에게 돈을 빌리고 안 갚은 적이 있는지 기억을 더듬었다. 사회복지과 남자가 터키인의 피가 흐르는 커다란 치아를 드러내며 웃음을 터트렸다.

그런데요, 남자가 갑자기 진지하게 말했다. 아까 제 가족에 대해 물으셨으니 제가 하는 이야기를 잠시 들어주시겠어요?

어머니는 시계를 쳐다보고는 아직 여덟시 반도 채 되지 않았다는 사실에 크게 실망했다. 몇 년간 자정 이전에 잠든 적이 없었다. 하지만 난 속으로 생각했지, 텔레비전은 나중에 봐도 돼, 어머니가 타마에게 말한다. 내가 뭐라고 그렇게 정중한 셰에라자드를 돌려보내겠니?

좋아요, 어머니는 대답하며 누군가가 현관문 앞에 물웅덩이처럼 흘려놓은 노인을 무시하려 애썼다.

사회복지과 사람이 손수건을 꺼내 다시 한번 이마를 훔쳤다.

창문을 열어 환기를 좀 할까요? 어머니가 물었다.

그러게요, 왜 닫아두셨어요?

누군가가 칼을 들고 창문으로 쳐들어올지도 모르니까요.

네?

바람을 좀 쐬고 살면 얼마나 좋겠어요. 하지만 난 혼자 살아요, 미스터 아즈라크. 딸은 뉴욕에서 살고, 아들은 이야기하자면 길죠.

론이라고 부르세요.

난 혼자 살아요, 론. 그리고 보다시피 이젠 젊지도 않으니 조심해야죠.

타마는 그 장면을 상상한다. 훈훈한 공기가 흘러들면서 그와 함께 스쿠터 소리, 커플이 언쟁하며 아래쪽 거리를 지나가는 소리가 들려오고, 사회복지과 남자는 여태 문가에 서 있던 노인을 손짓으로 불러들인다. 모자를 벗지 않고 집안으로 들어선 노인은 천천히 어머니 앞으로 다가가 몇 발짝 거리에서 멈춘 뒤 고요하고 알 수 없는 표정으로 어머니를 찬찬히 뜯어본다. 구릿빛으로 염색한 머리칼, 넓적한 얼굴의 양볼에 박힌 주근깨와 여전히 놀랍도록 매끈한 피부결, 예리한 갈색 눈, '믿어도 돼요, 전 의사예요'라고 쓰인 티셔츠. 타마는 더 좋은 인상을 줄 만한 옷을 입었으면 좋았을 걸 하고 갑작스럽게 바라는 어머니를 상상한다. 누군가가 어머니를 그렇게 세심히 바라본 건 아주 오랜만이었을 테니까. 어머니는 목덜미가 찌릿한 느낌을 애써 무시하며 손짓으로 의자를 가리키고, 모자를 벗어 가슴 앞에 붙들고 열린 창가의 의자로 간 노인은 비행기가 이륙하기를 기다리느라 감히 의자를 젖히지 못하는 사람처럼 꼿꼿하게 앉아 있다. 어머니가 주전자를 다시 레인지에 올리고 돌아오자, 이제 사회복지과 남자까지 호기심을 품고 은테 안경 너머로 어머니를 빤히 바라본다. 그녀는 도대체 언제부터 그렇게 모든 사람의 흥미를 자극하는 사람이 되었을까?

그러더니, 어머니가 이야기를 계속한다. 사회복지과 남자가 자기 조부모 이야기를 시작하는 거야. 터키 태생 조부모 말고, 다른 쪽, 살로니카*에서 온 어머니의 부모님 말이야.

국제적인 가족이네, 타마는 말한다.

하지만 다들 이 세계의 그만그만한 변두리에서 왔지. 그 남자 아버지가 어머니를 만났을 때, 자기가 좋아하는 음식들을 이미 다 요리할 줄 안다는 얘길 듣고 굉장히 기뻐했대.

어머니는 아버지가 돌아가신 뒤에야 누군가를 위해 요리해야 하는 의무에서 벗어났기에, 타마는 그뒤에 뭔가 비아냥거리는 말이

---

* 그리스에서 아테네 다음으로 큰 도시로 테살로니키, 테살로니카 등의 이름으로도 불린다.

이어지기를 기다리지만, 어머니는 그러지 않고 곧바로 사회복지과 남자가 한 얘기를 전한다. 그의 조부모는 십대 시절에 서로를 살로니카에서 만났지만 할머니가 할아버지를 사랑하기까지는 오랜 설득의 시간이 필요했다. 1939년에 두 사람은 마침내 결혼했고 옛도성 밖에 있는 작은 아파트로 이사했으며 할아버지는 할머니 가족이 이백 년간 꾸려온 포목점에서 일하기 시작했다. 남자가 그 이야기를 하는 동안 타마의 어머니는 오래된 항구에 철썩대는 에게해의 바닷물냄새가 느껴지는 듯했고, 부부가 살던 조용한 거리에서 구구거리는 비둘기 소리가 들리는 듯했다. 어머니의 뒤에 앉은 어두운색 물웅덩이 역시 이야기에 귀를 기울였고 무솔리니의 폭탄이 살로니카에 떨어지는 대목에서는 아파트 안이, 심지어 체르니호브스키 스트리트까지도 조용해졌다. 하지만 어머니는 목덜미에 얹힌 시선이 느껴져 긴장을 풀 수가 없었다.

제 조부모님은 전쟁통에 헤어지고 말았습니다, 사회복지과 남자가 말했다. 결국 두 분 다 이스라엘로 오셨는데, 상대가 죽었다는 이야기를 들었고 살로니카로 돌아가는 건 있을 수 없는 일이었죠. 오만 오천 명이 그곳에서 강제 추방된데다 살아남은 이들이 거의 없었으니까요. 그러던 어느 날, 할머니가 역시 전쟁중에 홀아비가 된 나이 지긋한 남자와 재혼할 날을 두 주쯤 앞둔 때였는데요, 앨런비 스트리트에서 할아버지가 눈앞을 지나가는 버스 창가에 앉은 할머니를 보신 거예요.

일순 방안에 정적이 내렸다. 놀라워라, 타마의 어머니가 마침내 말했다. 굉장한 이야기네요! 하지만 이제 정말로 여기엔 무슨 용무로 오셨는지 물어야겠어요. 사회복지과가 나이든 여자들의 집에 이야기꾼을 파견할 만큼 한가하진 않겠죠.

네, 물론입니다. 남자가 부드럽게 웃으며 말했다. 제가 이 이야기를 한 건 이런 일이 생각보다 자주 일어나기 때문이에요. 잃어버린 사람을 되찾고, 부부와 형제자매가 재회하고, 음, 이제 아시겠지만…… 솔직히 이미 짐작하시지 않았나요? 물론 이런 반응을 보이시는 것도 지극히 자연스러운 일입니다. 편하신 대로 천천히 받아들일 시간을 가지셔도 됩니다.

뭘 받아들여요? 어머니가 따져 물었다. 이젠 슬슬 짜증이 나기 시작하더라고 그녀는 타마에게 말한다. 댁이 무슨 말을 하는지 모르겠어요, 여기에 온 이유가 정확히 뭔지 설명 좀 해줄래요?

그 순간 론 아즈라크가 일어서서 카키색 바지의 주름을 매만지고 목청을 가다듬은 뒤 어머니 옆으로 다가오더니 상냥하게 웃으며 그녀의 팔에 손을 얹었다.

보세요, 그가 창가에 앉은 쭈글쭈글한 노인을 가리키며 말했다. 저희가 마침내 찾아냈어요.

누굴요? 어머니가 팔을 빼내고 머리 위에 얹어둔 돋보기안경을 찾아 더듬거리며 물었다.

분명 희망을 버리셨겠죠.

희망? 무슨 희망이요? 그녀는 점점 부아가 치미는 걸 굳이 숨기지 않고 따져 물었다.

남편분 말이에요. 남자가 속삭이면서 마치 한 대 얻어맞을까봐 겁먹은 사람처럼 눈꺼풀을 파닥거렸다.

내 남편? 어머니는 고함을 지를 뻔했다. 남편이 어쨌다는 거예요? 사회복지과 남자는 자신이 속한 기관의 활동 방식이나 수단이 상대에게 불러일으키는 낭패감에 익숙한 듯 대답했다.

바로 여기 계십니다.

어머니가 그 말을 전할 때 타마의 입에서 웃음이 터져나온다. 자신도 그렇게 웃었다고, 어머니가 타마에게 말한다. 너무 요란하게 웃어서 비명처럼 들렸는지 갑자기 그 남편—창가에 앉아 있던 남편 말고, 오 년 전에 죽은 남편 말고, 윗집 남편—이 벌겋고 찡그린 얼굴을 한 아기를 품에 안은 채 문을 박차고 들어왔다.

여기 무슨 일 있습니까? 그가 곱슬머리 터키인과 노인과 어머니를 번갈아 쳐다보며 소리쳤다. 그녀는 상황을 설명하려 했지만 입만 벌리면 다시 속수무책으로 웃음이 터져나왔다. 아기가 움켜쥔 주먹으로 허공을 찔러대며 빽빽 울었다. 윗집 남편은 아기를 살살 흔들어도 소용이 없자 양쪽 발을 번갈아 굴러가며 얼렀고, 그러면서도 어머니에게 자신의 도움이 필요한지 살피며 기다렸다.

괜찮아요, 마침내 겨우 말할 수 있게 된 어머니가 주머니에서 구겨진 화장지를 꺼내 눈가를 두드렸다. 오해가 있었어요, 그뿐이에요! 이 사람이 나를 다른 사람과 착각한 거예요.

사회복지과 남자는 이 말을 듣고도 아랑곳하지 않고 또다시 침착하고 상냥한 공무원의 미소를 지었다.

단언컨대 저는 부인을 누구와도 착각하지 않았습니다.

아, 착각하셨잖아요, 미스터 아즈라크, 어머니가 말했다.

론이라 부르세요, 그가 고집했다.

제게 시간을 낭비하신 건 유감이네요, 어머니가 말했다. 하지만 내 남편은 실종되지 않았어요. 지금 정확히 어디에 있는지 알거든요. 야르콘 묘지에서 자기 어머니 옆에 묻혀 있다고요.

윗집 남편이 눈이 휘둥그레져서 어머니를 보다가 다시 사회복지과 남자를 바라보았고, 남자는 바지에 손바닥을 닦더니 서류가방의 황동 자물쇠를 찰칵 열고 두꺼운 서류를 꺼냈다. 그 모든 일이 벌어지는 동안 노인은 모자를 쓴 채 말없이 계속 앉아서, 세계 어디서나 돈을 상징하는 어떤 손짓과 비슷한 동작으로 엄지와 검지를 비볐다. 타마의 어머니가 보기에 노인은 그곳에 있던 잠깐 사이에 아주 조금 더 쪼그라든 것 같았다.

이때 부엌에서 주전자가 날카로운 호루라기 소리를 냈다. 사회복지과 남자가 뭔가를 기대하는 눈빛으로 윗집 남편을 돌아보았고, 윗집 남편은 나요? 하듯이 눈썹을 치키더니 불쌍한 아기를 내려놓을 곳을 찾아 긴급히 주위를 둘러보았다. 그 순간 창가에 있던 노인이 아기를 받으려는 듯이 양팔을 넓게 벌렸고, 남편은 그 손짓에, 그리고 사실상 그 상황 전체에 너무 놀라서 아기를 건네준 뒤 비명을 지르는 주전자를 처리하려고 허둥지둥 달려갔다. 노인이 아기를 무릎 위에 놓고 살살 어르자 아기는 곧바로 조용해지면서 놀란 눈을 크게 떴다. 노인의 입술이 움직이기 시작했고, 잠시 후 주전자 소리마저 갑자기 잠잠해지면서 그 '남편'의 입에서 처음 나온 소리만이 아파트 안에 남았을 때, 가사 없는 노래가 라일라 라이, 라일라 라이 라 라 라 라이, 하고 이어졌다.

어머니의 이야기는 거기까지만 진행된다. 이번에는 타마의 진료실 초인종이 울렸기 때문인데, 그녀는 어머니를 잠깐 기다리게 하고 수화기를 들어 누구인지 확인한 뒤 환자가 로비로 들어올 수 있도록 버튼을 누른다. 그렇게 휴대전화 헤드셋과 진료실 출입문 초인종에 연결된 구식 수화기 사이에서 오락가락하는 동안 맹세컨대

타마는 어머니가 아주 조용히 이렇게 말하는 소리를 듣는다. 이십
분만 있으면 닭 요리가 다 될 거예요.

뭐라고? 타마가 말한다.

아무것도 아니야, 어머니가 대답한다.

타마는 어머니에게 다시 전화하겠다고 말한다.

2

하지만 그날 온종일 어머니와 다시 대화하지 못한다. 타마가 리
버데일로 돌아가는 기차 안에서 전화를 걸어도 어머니가 받지 않
기 때문이다. 어머니는 늘 어김없이 전화를 받았기 때문에 이는 놀
라운 일로 다가온다. 텔아비브는 벌써 자정이지만 어머니는 그보
다 일찍 잠드는 법이 없고, 그래서 지금까지 둘 사이의 시차가 긴
밀하게 연락을 주고받으며 지내는 데 큰 장애가 되지는 않았다. 뉴
욕에서 살아온 지난 십구 년 동안, 타마는 일주일에 서너 번씩 늦
은 오후와 심야를 오가며 이루어지는 대화에 익숙해졌다. 통화를
할 때 어머니는 팔십오 퍼센트 정도는 대화에 집중했지만 나머지
관심은 옆에 틀어놓은 텔레비전에 두고서, 놀라운 사건이나 재판
에 관한 내용이 나오면 놓치지 않았다. 때로 대화를 중간에 끊고
타마에게 뱅골호랑이나 알람브라궁전의 근사한 특징을 얘기하기
도 했고, 베이루트 빈민가 아이들의 고달픈 삶이나 주민들의 수명
이 세계에서 가장 길다는 그리스의 어느 섬에 대해 알려주기도 했
다. 이런 대화가 타마에게 위안이 되었다면, 어느 정도는 그것이

유년기부터 계속되어왔다는 점 때문이었다. 남동생이 낮잠을 자는 동안 어머니의 관심을—어머니가 무릎 위에 쌓아놓고 빨간 펜으로 채점을 하던 초등학교 시험지에 아주 조금 빼앗기긴 했지만—타마가 독차지하는 특권을 누렸던 그 시절부터.

어머니가 전화를 받지 않자 타마는 슐로미에게 전화를 건다. 진심으로 걱정이 되어서는 아니지만, 그녀의 가족에게 걱정은 언제나 사랑의 의미로 통용되었으므로 누구도 걱정을 표현할 기회를 놓치는 일은 거의 없다. 가족 네 명 중에, 네 명이 다 있었을 때 얘기지만, 슐로미만이 그 습관에서 상대적으로 자유로웠는데, 아마도 너무 오랫동안 아들 걱정을 해온 부모 때문에 걱정에 대한 알레르기 반응이 생겼는지도 모른다.

어머니와 마찬가지로 슐로미도 야행성이지만 심야에 집에서 연락을 받게 된 것은 단을 만나고 나서부터다. 그전까지 이십여 년간은 밤 아홉시에서 새벽 두세시까지 밖에서 활동했는데, DJ로 일하며 세계를 떠돌았기 때문에 그 시간을 정확히 파악하기는 거의 불가능했다. 하지만 이제는 정착하고 결혼까지 해서 출장이 훨씬 줄었고, 네팔에서 출산을 앞둔 대리모가 아기를 낳으면 곧 출장을 완전히 중단할 것이다. 하지만 십대 시절에 고착된, 혹은 그보다 훨씬 전에 모유를 통해 이어받았을지도 모르는 슐로미의 생체리듬은 고쳐지지 않아서, 그는 전화가 두 번만 울리면 즉각 받고, 어린 시절부터 쓰던 예명을 부르며 대답한다. 웬일이야, 타시?

타마는 곧바로 어머니 이야기를 꺼내지만 슐로미는 그녀의 말을 중간에 끊고 자기도 다 안다고, 그 '남편'이라는 사람은 꽤 인자하고 굉장히 품위 있을 뿐만 아니라 아이들을 다루는 솜씨도 훌륭하다고 말한다.

바로 그때 타마는 처음으로 찌릿한 당혹감을 느낀다. 짜증과 뒤섞인 당혹감. 무슨 소리야, 네가 그 사람에 대해 다 안다고? 그녀는 묻는다. 그 사람이 눌러앉은 거니? 그 '남편'이라고? 사회복지과가 어느 시궁창 밑바닥에서 건져 왔는지 모를 낯선 사람을 너는 그렇게 부르는 거야?

사실 네타니아에서 오셨어, 슐로미가 말하지만 타마는 무시하고 계속 따진다.

그 '남편'? 그리고 엄만 뭐야! 나랑 전화로 삼십 분 동안이나 얘기했으면서 생판 모르는 사람이 엄마 남편이라고 집에 데려온 남자를 그냥 받아줬다는 말은 입에 올리지도 않은 거야? 엄마는 그 모든 게 말도 안 되는 상황이라고 생각하는 것처럼 말했단 말이야.

이에 남동생이 대답한다. 엄마는 누나에게 진실을 말하기가 불편했나보지.

마치 뺨을 찰싹 얻어맞은 느낌이다. 그 말에 악의는 없다, 그건 슐로미답지 않으니까. 하지만 슐로미는 걱정에서 자유로운 터라 솔직하게 말하는 재능 또한 뛰어나다.

엄마가 불편할 이유가 뭐야? 타마는 여전히 쓰라림을 느끼며 묻는다.

전화기 저편에서 남동생이 어깨를 으쓱하는 모습이 보이는 것만 같다.

누나가 이렇게 반응할 걸 알았으니까.

이렇게라니?

발끈하고. 의심하고. 게다가 약간은 방어적이고.

방어적! 내가 방어적일 이유가 뭔데? 엄마에게 아빠 말고 남편이란 없었다는 걸 모두 아는 판국에 낯선 사람이 엄마의 실종된 남편이라면서 나타났는데, 우리 중에 제정신으로 반응하는 사람은 어째 나뿐인 것 같네. 엄마는 뭐에 씌었길래 그 남자를, 완벽한 타인을 그냥 그렇게 받아준 거야?

바로 그래서가 아닐까?

바로 뭐?

완벽한 것 같아서.

우린 그 사람을 전혀 몰라, 슐로미! 사이코패스일지도 모르잖아. 아무리 못해도 사기꾼이거나.

엄마도 알 건 다 알겠지.

일테면, 그 사람 히브리어는 할 줄 안다니?

그렇게 말해놓고 나니 타마는 그가 아주 먼 오지에서, 심지어는 바다 위에서 발견된 것처럼 느껴진다. 갈색 모자를 쓴 노인이 부서진 널빤지를 붙잡고 파도 위에서 오르락내리락하는 모습이 머릿속에 떠오른다. 잠시 남자가 불쌍하다는 생각이 들려 하지만, 그건 잠시일 뿐이다. 아니, 그러니까, 대체 이 사람은 자기가 뭐라고 생각하는 거지? 사회복지과의 정신 나간 생각에 장단을 맞추며, 아니 어쩌면 직접 사연을 꾸며내서는, 마치 순수함 그 자체인 척 말쑥한 양복 차림으로 어머니 집 의자에 앉아 아기들을 팔 벌려 안아준다고?

그 사람은 시인처럼 말을 해, 슐로미가 말한다. 알터만*의 시에

---

* 나탄 알터만. 폴란드 태생의 이스라엘 시인으로, 현재 이스라엘의 이백 셰켈짜리 지폐에 그의 초상화가 실려 있다.

서 바로 걸어나온 것 같아. 우리 어렸을 때 엄마가 읽어주던 그런 시 말이야.

이젠 알터만의 시에서 걸어나오기까지!

그리고 약간 천재 수학자 같기도 해, 슐로미가 덧붙인다. 에르되시와 공동 연구를 했대. 그분의 에르되시 수數*는 1이야.

빌어먹을 에르되시가 대체 누군데? 타마가 묻는다.

하지만 슐로미는 전화를 끊어야 한다고 말한다. 이럴 수가, 단이 마침내 네팔과 전화 연결에 성공했대.

3

그날 밤 타마는 잠을 이루지 못한다. 금요일이고, 딸 이리스는 친구들과 외출해서 늦게 들어올 예정이고, 그런 밤이면 열 살배기 아들 레미는 엄마 침대에서 자고 싶어한다. 그녀는 이리스가 무사히 집에 돌아오기 전에는 잠들 수가 없는데, 옆에 사랑스러운 레미가 있는 게 좋기는 하지만 아이는 입으로 숨을 쉬는데다 뜨겁고 가느다란 다리가 이불 밑에서 계속 뒤척인다. 하지만 이리스가 술도 담배도 대마초 냄새도 풍기지 않고 돌아와 천장의 빛나는 스티커 별 아래에서 잠자리에 들고, 레미가 마침내 잠의 고요한 우물 속으

---

* 에르되시 팔은 헝가리의 수학자로 수많은 공동 연구자들과 협업해 방대한 저술을 남겼다. 에르되시 수는 학계 네트워크에서 몇 단계를 거쳐 에르되시와 연결되는지를 나타내는 수치이다. 에르되시와 직접 공동 연구를 진행한 학자에게는 '1'이 부여된다.

로 떨어진 뒤에도 타마는 잠들지 못하고 그 '남편'에 대해 생각한다. 마음이 이토록 불편한 것은 어머니가 이용당하고 있다는 생각 때문이라고 그녀는 결론을 내린다. 어머니가 굳세고 대담하기는 해도 일흔세 살의 독거노인이라는 사실은 엄연하다. 아파트에 유지 보수 문제가 발생할 때마다 아들을 불러야 하고 은행 입출금 내역을 정리하기 위해서는 딸이 필요한 사람이다. 다행히 건강은 양호하고 정신도 아직 또렷하지만 건망증이 점점 심해지고 있다. 어머니는 일주일에 두 번씩 수단에서 이민 온 사람들에게 히브리어를 계속 가르치고 있지만, 지난달에는 두 번이나 전화기를 잃어버렸다. 매번 슐로미와 함께 하루의 동선을 되짚어갔고 다행히 두 번 다 찾을 수는 있었다. 한 번은 슈퍼팜 약국 계산대에서, 다른 한 번은 어머니가 매주 두 번씩 가고 안전요원들과도 안면이 있는 고든 수영장에서. 그런 뒤로 타마는 어머니의 다른 실수들을 주목하기 시작했다. 신경과학자인 친구 케이티는 전화로 의논하는 그녀에게 걱정하지 말라고, 알츠하이머 초기 증상이라고 볼 만한 근거는 없다고, 어머니의 전두엽이 해마로 보내는 화학적 전령이 약간 느려지고, 약간 피로해진 것뿐이라고 말했다. 기억력 자체가 나빠진 건 아니고 아직은 대부분 그대로일 테지만, 뇌가 나이들면 기억을 불러오기 위해 보내는 전령이 약해지고 게을러지며 때로 길을 잃기도 한다고 했다.

달리 말해, 어머니는 늙어가고 있다. 타마가 그런 사실을 인지하지 못하고 있었던 건 아니다. 아버지가 슈퍼마켓에서 갑자기 가슴을 짓누르는 통증을 느끼고 쓰러진 뒤 한 시간도 못 되어, 타마나 슐로미가 도착하기도 전에 병원에서 사망했을 때 그녀는 부모의 생명이 얼마나 취약한지 갑자기 깨닫게 되었다. 그들이 언제라도 죽음이 닥칠 수 있는 단계에 들어섰음을 알게 된 것이다. 어머니는 바보가 아니고 허약하지도 않지만 늙어가는 중이고, 노인들을 등쳐먹는 일이 얼마나 쉬운지 모르는 사람은 없다. 어머니가 이용당하지 않도록 단속하는 것이 그들의, 그녀와 슐로미의 책임이 아니던가? 낯선 남자 하나가, 아니 사실은 낯선 남자 둘이 어머니 집에 예고도 없이 나타나 잃은 적도 없는 '남편'을 찾았다고 주장한다! 어머니에게 속한 적 없는 누군가가 사실은 가장 내밀한 방식으로 어머니에게 속한다고, 그리고 그것이 내포하는 모든 책임을, 경제적 책임은 말할 것도 없고 정서적 책임까지도 어머니가 져야 한다고 주장한다. 이스라엘이 그토록 망가지고 부패했단 말인가, 타마는 자문한다. 이스라엘이 그토록 어처구니없게 뻔뻔해진 나머지 건국을 통해 피난처를 제공해주려 했던 바로 그 대상—길을 잃고 재산을 빼앗긴 사람들—을 보살필 자원을 따로 확보하지 못한 채 모든 자원을 국방에 쏟아붓고 총리의 시가와 핑크 샴페인과 보석에 대한 취미에 쏟아붓더니, 급기야 행정부의 어느 별종, '공중 보건부의 어릿광대 두목'은 보살핌을 받지 못한 이 불쌍한 노인들을 무고한 사람의 집으로 데려가, 노인이 그 집에 속한 사람이므로 이제 그들의 책임이라고 주장하는 비뚤어진 음모를 꾸민 것인가?

끝은 없는 건가, 누워 있던 그녀는 배를 깔고 엎드리며 생각한다. 옆에서는 레미가 숨을 깊게 쉬고 있다. 홀로코스트를 활용하고 악용하는 다양한 방법에는 정말로 끝이 없는 건가? 여기, 어머니 세대가 어릴 때 들은 감동적인 이야기들을 거듭 연주하며 이 나라 역사의 저 깊은 심금을 울리는 이들이 있다. 매우 드물게 일어난 일인데도 너무 자주 회자되는 그 이야기들. 전쟁통에 잃어버린 뒤 죽었다고 생각했던 아버지를, 남편을, 아내와 자매를 적십자가 기적적으로 찾아내 사랑하는 이들과 재회하게 해준다는 이야기. 어느 지옥 같은 난민 수용소의 실종자들과 사망자들 틈에서 구조된 이들이 하이파로 가는 배에 실린 뒤, 불가능이 가능이 되고 비현실이 현실이 되는 의식, 곧 탄생할 나라의 특징이자 전문 분야가 될 그 감동적인 의식을 거쳐 그들을 잃은 사람, 아마 다시는 그들의 존재를 당연시하지 않을 사람의 품으로 돌아간다는 이야기. 그리고 칠십 년이 지난 오늘날까지도 잃어버린 사랑을 모조리 찾아준다고 주장하며 볼품없는 모자를 쓴 작은 노인의 형상을 발굴해내는 사회복지과인지 특별복지과인지 하는 기관이 있었다. 게다가 위선의 기회라면 절대로 놓치지 않겠다는 것인지, 이들은 공무원들을 내보내 임자 없는 이 늙은 유대인들을 다른 이들의 집과 손에 떠맡기려는 계획을 실행하면서, 동시에 경찰을 내보내 플로렌틴* 에 있는 수단 사람들을 검거해 추방하고, 이스라엘에서 태어나 모국어가 히브리어이며 〈하티크바〉**를 부르면서 자란 필리핀 아이들을 집에서 끌어내 교도소에 보낸 뒤 결국 그들이 나고 자란 나라에서 영원히 추방하고 있었다. 이들은 자기가 상대하는 사람들이 바보라고 생각하는 걸까?

타마는 침대에서 뛰쳐나가 가운을 입고—몇 년 전에 아이들이 생일 선물로 사준 북슬북슬한 셔닐 가운으로 예쁘진 않아도 편안

---

* 텔아비브 남부 해안에 있는 지역 이름.
** 이스라엘의 국가(國歌)로 '희망'을 의미한다.

하다—전화기를 플러그에서 뽑아 부엌으로 힘차게 걸어간다. 슐로미가 이 문제를 어떻게 해볼 마음이 없다면, 어머니가 이 인물에게, 그의 뻔뻔함을 옹호하고 나서는 이 기관에게 사기를 당하는 모습을 가만히 앉아 지켜보고만 있을 작정이라면, 그녀가 나서서 어떻게든 조처를 취할 수밖에 없다.

타마는 어머니에게 전화를 건다. 이스라엘은 이미 아침 여덟시 반이니, 어머니는 수영장에 가려고 채비하거나 수업 준비를 하고 있을 것이다. 하지만 신호음이 네다섯 번 울리고 어머니가 전화를 받았을 때, 파도가 우르릉거리는 소리와 아이들의 함성이 들리고 잠시 뒤에는 경계선 밧줄 뒤로 넘어가면 이안류가 흐르니 조심하라고 경고하는 우렁찬 목소리가 들린다.

잠깐만, 잘 안 들려! 어머니가 외친다.

어디야? 타마가 묻는다. 들리는 소리가 바닷가 같은데, 어머니는 바닷가를 싫어하고 바다가 더럽다고 늘 불평하며 바닷가에 즐비한 카페들은 날강도나 다름없다고 비난하는 사람이다. 타마가 기억하기로, 어렸을 때 어머니는 타마와 슐로미를 바다에 몇 번 데려가지도 않았는데, 그중 언젠가 슐로미가 해파리에 쏘이고 나서는 바다를 더욱 못마땅해했다. 어머니는 일주일에 두세 번 수영장에 오가는 길에 산책로에서 편안히 바다를 바라보며 흡족해하지만, 그 밖에는 대체로 바다를 외면하고 살아온 이 도시의 몇 안 되는 시민 가운데 하나다.

잘 안 들려, 어머니가 반복해 말한다. 지금 바닷가야.

거기서 뭐하는데?

우리 지금 커피 마시고 있어.

우리라니, 엄마랑 그 남자?

누구?

그 '남편' 말이야.

어머니는 아무 말도 하지 않는다.

슐로미와 통화했어, 엄마. 내가 전화로 엄마 얘기를 들으면서 깔깔댈 때, 엄마는 미적거리면서 농담의 핵심만 쏙 빼놓은 거네.

무슨 농담?

그 남자가 거기 남았다는 거! 어떤 사람이 엄마의 실종된 남편이라고 주장하는 조그만 노인네를 엄마 아파트로 들였다는 거. 게다가…… 여기에서 타마는 말을 멈춘다. 어머니가 그 남자를 불러들여 창가 의자에만 앉힌 게 아니라 더 나아갔을 수도 있다는, 침대로까지 들였을 수도 있다는 생각이 처음으로 떠올랐기 때문이다.

어머니가 웃음을 터트린다.

뭐가 그리 우스워? 타마는 따진다.

이 사람 그렇게 조그맣진 않아, 어머니가 말한다. 이어서 어머니가 그에게 말하는 소리가 들린다. 타마예요, 내 딸, 타마.

우리 얘기 좀 해, 엄마. 엄마가 왜 이런 일에 동조하는지 이해가 안 돼. 걱정스럽다고.

뭐가? 난 바닷가에서 커피를 마시고 있어, 그뿐이야. 엄마가 나중에 전화할게. 그나저나 넌 왜 오밤중에 깨어 있니? 이리스가 또 늦게까지 안 들어와? 너도 그애 나이 때 허구한 날 늦게 들어오더니 마침내 대가를 치르는구나. 하지만 애한테는 그게 좋아, 즐기게 돼. 결국 너도 이렇게나 진지한 사람이 되었잖니.

어머니는 이런 새롭고 경쾌한 분위기로 전화를 끊고, 우르릉거리는 파도 소리가 끊기고, 타마는 이리스가 세 살이었을 때부터 십이 년간 살아온 교외 주택 부엌의 정적 속으로 되돌아온다.

그렇게 조그맣진 않아! 그녀는 어머니의 말을 되뇐다. 하지만 돌아오는 건 영하로 떨어진 차가운 대기의 윙윙거림, 사람이 외로울 때만 들리는 그 소리뿐이다.

그뒤 며칠간, 타마는 슐로미에게서 '남편'이 아직 어머니 집으로 이사하진 않았지만 함께 지내는 때가 아주 많다는 사실을 알아낸다. 그는 헝가리 출신이고, 알고 보니 히브리어가 알터만처럼 유창하지는 못하며, 다만 알터만의 시 한두 수를 외우고 있어서 히브리어가 잘 나오지 않을 때면 그 시들을 낭송한다. 하지만 어머니는 이민자들의 부정확한 히브리어에 익숙할뿐더러 훌륭한 선생이어서 벌써 '남편'의 히브리어는 많이 교정되었다. 그가 왜 그리 오래 실종자로 처리되어 있었고 왜 이리 늦게 발견되었는지는 아직도 확실하지 않다. 슐로미도 어머니도 이 점에 대해서는 명확히 설명하지 못한다. 그는 몇 년 전에―이삼 년 전, 혹은 오 년 전일 수도 있다―헝가리에서 이송되었거나 스스로 이주했고, 지금껏 네타니아의 헝가리인 클럽에서 카드를 치며 소일하다가, 최근에 누군가가 그를 실종된 '남편'이라고 지목했거나 자신이 스스로 그렇다고 밝혔다.

슐로미나 어머니에게는 그의 얘기가 산술적으로 말이 안 된다는 사실이, 다시 말해, 전쟁중에 그는 어린아이에 불과했으므로 누구와도 결혼할 수 없었다는 사실이 중요하지 않은 듯하다. 게다가 어머니가 헝가리와는 전혀 인연이 없으며 헝가리에 발을 들인 적조

차 없다는 사실도 마찬가지다. '남편'이 철의 장막 뒤에 처박혀 있는 동안 어머니는 예루살렘에 살면서 소녀에서 여인으로 자랐고, 히브루대학교에 다녔고, 아버지를 만나 결혼했고, 텔아비브로 이주한 다음 타마를 임신했고, 그로부터 사 년 뒤에는 슐로미를 가졌다. 타마는 묻는다. 철의 장막이 마침내 열리고 민주주의의 빛이 잠시 비쳐들었을 때, '남편'은 왜 실종자인 자신의 존재를 드러내려는 시도를 전혀 하지 않았을까? 왜 근래에 들어서야, 그러니까, 헝가리 정부가 점점 극우 성향을 띠면서 외국인 혐오를 공공연히 지원하고 나치 부역자들을 미화하는데다 잠시 비쳐든 민주주의의 빛이 스러지며 전제정치가 부상하는 시국이 되어서야, 주변에 가족이라곤 아무도 없는 처지에 거주하던 작은 마을의 이웃들조차 점점 뻔뻔스럽게 반유대주의를 드러내는 최근에 와서야 백기를 들고 실종자로 인정받고 싶다고 나선 것일까? 실종자임을 주장할 수 있는 법적 시효는 없는 걸까? 게다가 어머니는 이런 일과 도대체 무슨 관련이 있단 말인가?

아주 잠깐, 타마는 혹시 어머니에게 나머지 가족은 모르는 비밀이 있는 건 아닌가 하는 생각까지 한다. 어머니는 언제나 가족 곁에 있었고 타마와 슐로미와 아버지에게 충분히 전념했기 때문에 모두가 어머니의 관심을 타고난 선물처럼 누리고 있다고 느꼈다. 타마는 이리스가 태어나 온 정신을 빼앗았을 때, 어머니는 이 일을 어떻게 해냈는지 궁금했다. 어머니의 눈과 귀와 관심과 사랑을 자식들이 온통 붙들고 있다는 느낌을 주면서도, 동시에 자신의 일부를 조금이나마 떼어내 다른 곳에 할애하는 묘기가 어떻게 가능했는지. 타마 자신은 그게 어떻게 가능한지 알지 못한다. 그녀는 너무 많이 주거나 너무 적게 주고, 중압감에 시달리거나 자신이 이기적이라고 느낀다. 이리스를 낳기 전에도 공부를 마치고 병원을 개업할 때까지 임신을 미뤘다. 데이비드는 처음부터 아이를 원했지만 타마는 시간이 필요하다고 우겼다. 마침내 아기를 갖기로 하고 이리스가 태어났을 때, 아이는 신생아 배앓이가 심해서 잠시도 쉬지 않고 울어댔다. 타마는 아기를 달래느라 탈진할 지경이어서, 엄마 노릇을 하기 위해서는 자신을 통째로 바치는 길 말고는 다른 대안이 없었다. 혹은 없는 것 같았다. 아기 띠를 맨 채 부엌의 아일랜드 식탁 주변을 뛰어다니며 아이를 정신없이 튕기고, 노래나 어르는 소리를 흥얼거리고, 옆으로 앞으로 위로 흔들었으며, 새끼손가락을 물려주면서 이리스가 손가락에서, 타마의 인생에서, 피를 쪽쪽 빨아들이게 했다. 엄마가 관심을 몽땅 쏟아붓지 않으면 달랠 길이 없는 이리스 때문에 친구들을 만나는 일도 포기했다. 열두 달 가까이 이어진 배앓이가 끝난 뒤로도 아이는 모든 것에 예민했다. 어린 이리스에게 세상은 제아무리 신기해도 근본적으로 위협적인 곳이었고, 이 위험을 덜기 위해서는 언제나 엄마가 필요했다. 타마가 뭔가를 잘못한 걸까? 그녀의 암울하고 불안한 인생관이 아이에게 어떻게든 전달된 걸까? 아마 그랬을 것이다. 그렇지만 어릴 적 타마는 그런 아이가 아니었다. 어머니는 늘 그녀가 수월한 아이였다고 말했다. 하지만 돌이켜 생각해보니 그 말은 타마 자신보다는 어머니에 대해 더 많은 걸 말해주는 것 같았다. 타마에게 이리스를 키우는 일은 장기간 자신을 피폐하게 하고 소진하는 숙제였기에 다시 레미를 갖기까지는 오 년 가까이 걸렸다. 그러면서도 단지 이리스를 위해, 딸이 외로울까봐 둘째를 가질 뿐이라고 생각했다. 그

힘든 시기에 그녀는—거울에 언뜻 비치는 제 모습을 보면서, 도대체 난 어디로 가고 있을까, 언젠가 내 일부나마 되찾을 수 있을까, 나를 근본적으로 나로 만드는 무언가를 아기와 맞바꿔 영원히 잃어버린 건 아닐까 궁리하며—어머니의 비결은 무엇이었는지 알고 싶었다. 어머니는 무엇을 알거나 지녔기에 자신을 완전히 바치지 않고 딱 충분한 만큼만 내줄 수 있었는지. 어쩌면 어머니에게는 자신만의 무언가가 있었는지도 모른다는 생각이 이제야 타마의 머리에 떠오른다. 어머니에게 필요했고 그래서 간직한 무언가가, 혹은 누군가가 있어서 그렇게 자신을 내줄 수 있었는지 모른다고. 하지만 어머니에게 비밀스러운 삶이 있었다 해도, 내어준 사랑을 숨겨진 통로를 통해 조금이나마 되돌려 받는 나름의 방법이 있었다 해도, 그것을 가능하게 한 사람이 그 남자, 실종되었던 '남편'이었을 리는 없었다. 그건 어머니가 나이로비나 상하이에서 온 남자를 만난다는 것만큼이나 말도 안 되는 일 같았다. 도무지 논리가 서지 않았다.

그래, 좀 황당하더라도 어쩌겠어? 슐로미가 통화중에 마침내 인정한다. 어머니와 '남편'이 헤르츨리아 근처 바닷가로 나들이를 다녀오고 나서 이틀 밤이 지난 뒤다. 아무도 다치지 않는다면 문제될 게 뭐가 있어? 걱정할 거 하나도 없어, 슐로미가 가족 중 유일하게 걱정 없는 성격을 고수하며 주장한다. '남편'은 완전히 무해하다. 어머니의 돈이나 아파트를 어찌해보겠다는 계략 같은 건 없다. 매력적인 분이고 어머니도 즐거워하신다. 아버지가 돌아가신 뒤로 계속 혼자 사신 분이다. 왜 굳이 사실관계를 꼬치꼬치 따져서 친구 좀 사귀고 재미있게 지내시는 걸 막아야 하느냐.

타마는 자신도 이혼 후 내내 혼자 살았다고, 그렇다고 자기가 아무 남자나 막 들이고 그러더냐고 따질 참이다. 환자들이 진료실에서 쏟아내는 모든 말을 단 하나의 애처로운 진실로 축약할 수 있다면 바로 이런 것이다. 사람은 결국 누구나 혼자이고 그 점을 빨리 받아들인다면, 심지어 즐긴다면 그만큼 빨리 괴로움과 불안의 긴 그림자를 벗어나 살 수 있다는 것. 그녀는 주장하고 싶다. 여자가 혼자 산다는 것이 남자를 응급 공수空輸 받아야 하는 상태는 아니며, 오히려 반대로……

하지만 그런 말을 입 밖에 내기 직전에 타마는 동생이 옳을 수도 있음을 깨닫는다. 어쩌면 그녀가 정말 방어적으로 굴고 있는지도 모른다. 전화를 걸면 늘 바로 받던 어머니가 이제는 다른 데 열중하는 게 조금 속상한지도 모른다. 타마와 어머니에게는 공통점이 있지 않았는가. 남편 없이도 혼자서 잘 살아가는 독립적인 두 여자―당연한 얘기지만! 어떤 면에서 두 사람의 유대는 그 때문에 더 강해졌다. 둘 다 남편 없이도 크게 괴롭지 않았다. 물론 서로 상황은 달랐다. 부모님은 죽음이 둘을 갈라놓을 때까지 사십칠 년을 함께했지만, 타마와 데이비드는 단 십 년 만에 결혼생활을 끝내기로 했다. 타마는 또다른 남편에는 관심 없다고, 가끔 친구들에게 쓰는 표현대로 "남편 농사는 끝났다"고 주장하지만 어머니에게 또다른 남편이라는 주제는 미해결 논점이다―이었다, 최근까지는. 하지만 어머니는 끝까지 남편 곁에 남았고 타마는 남편을 떠나긴 했어도, 어머니 역시 남편이 없는 상태, 오래도록 맞춰주려고 애써온 고난도의 요구가 줄어든 이 상태가 주는 상대적 평온과 고요함에 대해 암묵적으로 타마와 비슷한 감정을 공유하는 것 같았다. 타마는 어머니가 이혼한 딸을 둔 다른 어머니들처럼 아직 외모가 봐 줄 만할 때 새로운 사람을 만나라고 잔소리하지 않아서 다행스럽 다. 그리고 언젠가 타마가 결합하고 싶은 남자―다시 말해, 한동 안 잠자리를 함께했지만 그녀가 그의 빨래를 하는 게 지겨워져서 인지 그가 페루로 떠나서인지 결국 애매하게 끝나버린 서른두 살 의 전자음악 연주자나. 개성은 대단히 강했으나 알고 보니 마음은 좁아터졌던 법정변호사가 아닌 다른 남자―를 우연히 만난다면 어머니는 분명히 기뻐할 것이다. 지금 어머니가 그런 경우라면 타 마는 기뻐할 수 있을까?

케이티에게 전화를 건다.

혹시 내가 버림받았다고 느끼는 걸까? 타마는 묻는다. 메트로노 스 철도의 기차가 유니버시티하이츠를 벗어나 도심을 향하고 있다.

그냥 좀 질투가 났을 수도 있고, 케이티가 말한다.

질투? 그 작은 헝가리 노인 때문에? 그 노인네가 오디잼을 만든 대. 그리고 둘이서 체스를 둔다더라.

다시 사랑을 찾은 어머니 때문에, 케이티가 말한다.

자리에 앉아 전화기를 귀에 댄 타마는 할렘을 향해 덜컹덜컹 나 아가는 기차 옆으로 휙휙 지나가는 철책과 전신주를 바라본다. 사 랑. 그것일 수도 있다는 생각은 미처 못했다. 사실 그럴 가능성이 얼마나 되나? 어느 이스라엘판 큐피드가 잘 알려지지도 않은 특별 복지과라는 국가 기관의 기록물을 열심히 뒤적이며 홀로된 여자와 남자들을 틴더보다 더 큰 성공률로 엮어주고 있다고?

어휴, 그녀가 말한다. 그럴 리가. 그 노인네를 만난 지 얼마나 됐 다고! 일주일 안에 끝날지도 몰라. 날 믿어, 타마가 장담한다. 케이티는 이 상황의 이해 당사자가 아닌데도.

하지만 다음 토요일에 타마는 막 샤워를 끝내고 부엌으로 들어갔다가, 토요일 아침마다 어머니와 페이스타임으로 통화하는 레미에게 '남편'이 카드 속임수를 가르쳐주는 모습을 본다. 그녀는 목소리를 먼저 듣는다. 묵직한 테너 음성에 세련되고 유식하고 세상사에 밝으면서도 피로감이 느껴지는, 중부 유럽어에 푹 젖은 말투, 1945년 이후 단종된 구세계의 말투다. 그녀는 카메라의 시야 안으로 들어가지 않도록 유의하며 앞으로 다가간다. 화면에 그의 얼굴이 보이고 왼쪽 위 모퉁이에는 손에 쥔 카드 뒤에서 눈을 빛내는 레미가 보인다. 그때까지 '남편'은 완전한 현실이 아니었다. 지극히 말도 안 되는 짓을 벌이고 있는 모자 쓴 노인에 불과했다. 하지만 지금 여기, 그녀의 아들에게 말하고 있는 그가 있다. 어머니와 슐로미를 매혹했듯이 그녀의 아이도 매혹하면서. 타마는 레미의 밝은 얼굴 아래로 그림자를 드리우며 카메라의 시야 안으로 들어선다.

저는 타마예요, 그녀는 냉랭하게 말한다. 딸이요.

'남편'은 아무 말도 하지 않지만, 두꺼운 눈꺼풀 밑의 총기 넘치는 눈이 그녀를 살핀다. 그는 상상했던 모습과는 전혀 다르다. 더 지혜롭고 젊고 활발해 보인다. 눈은 파랗고, 예상치 않았던 흰 턱수염을 길렀는데 깔끔히 다듬어져 있어서, 아이의 얼굴에 옮겨놓아도 어색하지 않을 법한 도톰한 입술이 잘 드러난다. 둘 다 뒷덜미의 털을 빳빳이 세운 채 서로를 바라보고 있지만, 그래도 우리 중에 죽은 고기를 뜯어먹는 약탈자는 하나뿐이지, 하고 생각하며 타마는 흡족해한다.

그래서 어떻게 하실 계획인가요? 그녀가 따져 묻고 레미는 화면 속 두 사람의 얼굴을 다 쳐다본다.

무슨 계획? '남편'이 놀라서 묻는다. 그의 등뒤로 어머니의 거실 창문이 보이고, 그의 머리 바로 오른쪽 벽에는 타마와 슐로미가 이리스와 레미 나이일 때 찍은 사진이 있다. 사진 속 그녀는 머리를 정수리까지 끌어올려 스크런치 밴드로 묶었고 슐로미는 가라테 키드를 흉내내고 있다.

네타니아에서는 일거리가 끊겼거나, 뭐 그런 건가요? 그곳에서 계속 사실 수 있나요? 아니면 텔아비브로 이사하실 계획이세요?

타마는 "우리 어머니 아파트로 이사하실 계획"이냐고 말할 생각이었지만 어쩐지 사슴 같은 그의 눈빛 때문에 마지막 순간에 방향을 튼다.

네타니아는 끝이에요, 그는 간단히 말하고 더 설명하지 않는다.

대화를 알아듣지 못하는 레미가 엄마를 흘끗 올려다본다.

우린 속임수를 부리는 중이었단 말이야, 아이가 항변한다.

그러셨군요, 타마는 말한다. '남편'이 요점을 알아들을 수 있도록 한쪽 눈썹을 치키면서. 그러셨군요. 그러고는 휙 돌아서서 요란한 발걸음으로 커피를 끓이러 간다.

4

3월이 사자처럼 왔다가 양처럼 물러가며 실종된 '남편'을 길 위에 부려놓았고, 5월 중순에는 슐로미의 아기가 네팔에서 태어난다. 이스라엘에서는 게이 남자들을 위한 대리모 출산이 아직 불법이기 때문이다. 두 주 후에 슐로미와 단이 아기를 데리고 텔아비브로 돌아오고, 6월 셋째 주에 이리스와 레미의 학기가 끝난 다음날, 타마는 평소처럼 여행 가방을 꾸리고 빈집 관리 도우미와 식물에 물 주는 일정을 점검한다. 몇 년째 그 일을 맡아온 컬럼비아의 대학원생은 작년에는 여자였지만 올해는 남자다. 타마는 데이비드와 이혼한 뒤 매년 7월에는 아이들과 함께 텔아비브에서 지냈고, 8월에 데이비드가 선택한 휴가지로 아이들을 보낸 뒤에도 계속 거기에 남아 있는 때가 많았다. 컬럼비아 대학원생은 지난 세 번의 여름에는 제시카였는데 지금은 케빈이다. 타마는 그 변신을 옆에서 지켜보지 않아서인지, 어리석고 터무니없는 생각이겠지만, 그 과정이 여태 제시카가 했던 모든 일처럼 간단하고 별 소란 없이 이루어졌을 거라는 인상을 받는다. 지난 세 번의 여름을 거치며 그들은 완벽할 정도로 깔끔하게 일 처리를 해왔다. 사실은 완벽이라는 말로도 부족한 것이, 타마가 8월 말에 돌아와보면 집이 떠날 때보다 훨씬 더 말끔하게 정돈되고 정비되어 있었다. 한 해 동안 누적된 사소한 고장 문제는 모두 해결되었고 불이 나간 전구도 전부 교체되었다. 그런 집을 보면 처음에는 기뻤지만 이내 자신이 어쩐지 군더더기 같다는 느낌이 마음에 남았다. 뉴욕에서 일군 타마의 삶에 정작 자신은 없어도 되는 존재 같다고, 마찬가지로 이젠 별로 남은 것도 없는 텔아비브의 삶에서도 자신은 불필요한 존재 같다고 느꼈다. 이런 생각이 과연 옳은지 따져볼 수도 있겠지만—환자들, 아이들, 어머니, 친구들, 요컨대 그녀를 필요로 하는 사람들이 있으니까—타당하든 아니든, 그것은 두 장소에 뿌리를 내려서 양쪽 어디에도 깊이 안착할 수 없는 사람이 갖게 되는 생각이다. 타마는 이스라엘에 돌아가는 비행기에 탈 때마다 마침내 집에 간다고 들 떴다가도 착륙하고 나면 애초에 그곳을 왜 떠났는지 상기한다.

이리스와 레미에게는 그만큼 복잡한 문제가 아니다. 아이들은 할머니와 만날 수 있어서 좋고, 저녁마다 엄마와 함께 바닷가에 갈 수 있어서 좋고, 맛있는 음식, 늦은 취침 시간, 뉴욕의 기후와는 너무나 다른, 따뜻하고 느긋한 상승 기류 같은 자유를 누려서 좋다. 게다가 아기를 만날 생각에 하늘을 날 듯 들떠 있다. 둘 다 막 태어난 사촌을 페이스타임으로 이미 만났고, 레미는 바퀴 달린 제 작은 가방에 이제 안 쓰는 장난감과 책을 싸서 가겠다고 우겼다. 태어난 지 오 주밖에 안 된 이름도 없는 아기에게 그걸 물려주겠다는 것이다. 아기에게 이름이 없는 이유는 슐로미와 단이 아직 "아기를 알아가는" 중이라서다. 아이들은 아기를 어서 안아보고 싶다고, 뉴어크에서 이스라엘로 가는 유나이티드 항공 특별 탑승구에서 몸수색을 받으며 말한다. 현재 열다섯 살로, 전 세계와 시대를 아울러 여러 지역사회에서 용인되는 가임 연령에 이른 이리스는 "아이를 먹어치우겠다"고 하고, 레미는 자기가 아기를 처음으로 웃게 해볼 작정이다. 레미의 바퀴 달린 가방 주머니에는 지난 몇 주간 교묘한 손 기술을 연습하거나 보여주기 위해 어디든 가지고 다니던 카드 한 벌도 들어 있다. 하지만 레미도 이리스도 '남편'을 만난다는 얘기는 전혀 꺼내지 않는데, 그에 대한 엄마의 견해가 어떤지를 표정이나 어조나 퉁명스러운 말을 통해 얼마간 알아차렸기 때문이다. 타마는 며칠 전에 레미가 이리스의 방에서 '남편'이 에르되시와 공동작업을 했으며 그래서 그의 에르되시 수는 1이라고 말하는 걸

엿들었다. 에르되시와 공동작업을 한 누군가와 공동작업을 한 사람의 에르되시 수는 2가 되고, 에르되시와 공동작업을 한 누군가와 공동작업을 한 누군가와 공동작업을 한 사람의 에르되시 수는 3이다. 에르되시와 전혀 공동작업을 한 적이 없는 사람의 에르되시 수는 무한대다. 그런데 그의 에르되시 수는 1이다! 그리고 그는 마카비텔아비브 팀의 축구 경기에 레미를 데려가겠다고 했다.

에르되시가 누군데? 이리스가 물었다.

세상 어떤 사람보다도 수학 논문을 많이 썼고 세계에서 가장 어려운 문제들을 풀었고 집 없이 떠돌아다니며 산 천재야, 레미가 자랑스러워하는 투로 누나에게 알려주었다.

하지만 '남편'은 이제 집 없이 떠돌아다니지 않는다. 그 점에서는 에르되시를 능가했군, 위키피디아에서 이미 에르되시를 검색해본 타마는 생각한다. 여자는 남자를 사로잡아 결혼의 노예로 만든다는 에르되시의 이론을 반박하고 자신을 실종된 남편으로 내세운 덕분에, 그는 지하 창고에 자기 여행 가방을 놓을 자리를 얻어냈으며 그 내용물을 모두 꺼내 원래 아버지의 것이었던 서랍에 채워넣기까지 했다.

출발을 한 주 앞두었을 때, 타마는 그들이 어디에 머무를지에 대해 어머니가 말을 꺼내기를 기다렸다. 원래는 아이들과 이스라엘에 가면 항상 어머니와 함께 지냈다. 타마는 예전에 쓰던 방에서 자고 이리스와 레미는 슐로미가 쓰던 방에서 함께 잤으며, 수압이라고는 도무지 느껴지지 않는 샤워기가 달린 화장실을 모두가 돌아가며 사용했다. '남편'도 거기 있다면 어머니는 어떻게 그런 생활이 가능하리라 생각하는 걸까? 그 아파트는 늘 겨우 네 사람이 지낼 만했는데 다섯이 된다면, 게다가 한 명이 낯선 사람이라면 생활하기 불편할 것이다. 아마도 어머니는 타마가 자진해서 야파에 있는 슐로미와 단의 집으로 가겠다고 말하기를 기다리는지도 모른다. 그곳은 건설 당시의 목적대로 계속 불어나는 아랍인 대가족을 충분히 수용할 만큼 넓으니까. 하지만 타마는 그러겠다고 하지 않았고 어머니도 요구하지 않았으므로, 이제 그들은 택시를 타고 체르니호브스키 스트리트로 향한다.

일라나는 집 앞에서 그들을 기다리고 있고, 타마는 아이들이 달려가 할머니의 품에 안기는 틈을 타 어머니의 외모에서 미묘하게 달라진 점들을 포착한다. 머리카락은 몇 단계 더 밝아져서 금빛이 도는 구릿빛이고, 표범 무늬 레깅스는 안 그래도 별스러웠던 어머니의 패션 취향을 더욱 극단적으로 밀어붙인 느낌을 주며, 허리에는 가짜 샤넬 로고가 박힌 누비 가죽 허리 가방을 두르고 있다. 열쇠를 찾아 가방 안을 뒤지면서 어머니는 그 가방을 사용한 이래로 뭐 하나 잃어버린 적이 없다고, 아침에 일어나는 순간부터 잠자리에 드는 순간까지 계속 가방을 두르고 있으니 물건을 어디 두었는지 자꾸만 잊어버리는 문제가 해결되었다고, 그 가방에서 꺼낸 건 뭐든지 곧바로 거기로 집어넣는다고 명랑하게 이야기한다. 그 불룩한 주머니를 아기 엉덩이처럼 정답게 토닥이며 말하는 어머니의 달뜬 목소리를 듣고 타마는 그것이 '남편'의 아이디어일 거라고 추측한다. 어머니는 그런 해법이 생겨서 기쁜 만큼 그의 기발함에 대해서나 그 특별한 지능을 자신의 사소한 문제에 활용해주었다는 사실에 대해서도 기쁨을 느끼고 있을 거라고 추측한다. 레미가 그들의 짐을 실은 비좁은 엘리베이터를 타고 올라가는 동안, 타마는 겹쳐진 두 개의 금색 C 로고와 함께 눈앞에서 흔들거리는 허리 가방을 뒤따라 계단을 오르며 곧 있게 될 만남에 대비해 마음을 단단히 먹는다. 하지만 어머니가 현관문을 연 뒤 아이들이 여행 가방을 가지고 우당탕 들어갈 때, 아파트 안에는 아무도 없다. 타마는 집과 유년기의 익숙한 냄새를 들이마신다. 어머니의 요리와 낡은 건물과 이스라엘산 세탁 세제의 강한 첫 향기가 잦아들고 나자, 그녀는 그 아래에 묻혀 있던 남성용 화장수의 사향냄새를 감지한다.

그 사람은 어디 있어? 타마는 여전히 코를 킁킁거리며 묻는다.

누구? 어머니는 되묻지만 눈꺼풀이 역력히 씰룩거리는 걸 보니, 그들이 집안으로 들어오는 순간 에르되시와 공동작업을 한 적이 있다는 그 쪼글쪼글한 '남편'이 모자를 낚아채 창문 밖으로 기어나가기라도 한 것 같다. 묘비명으로 "드디어 더이상 멍청해지지 않겠구나"라는 문장을 골랐다는 에르되시 말이다.

할머니! 레미가 카드 한 벌을 들고 부엌으로 달려와 난처한 타마의 어머니를 때맞춰 구해낸다. 내가 카드 속임수 보여줄까?

하지만 '남편'이 어디선가 연기처럼 나타났다고 해서 어머니가 그를 아무때나 편리하게 다시 어딘가로 연기처럼 돌려보낼 수 있다는 뜻은 아니다. 화장실에서 타마는 솔이 벌어진 칫솔 하나가 어머니의 칫솔과 나란히 컵에 꽂힌 것을 본다.

그날 밤 그들은 다 함께 택시를 타고 새로 태어난 아기를 보러 야파로 간다. 아기는 머리칼이 검을 뿐 나머지는 타마와 슐로미의 아버지를 쏙 빼닮았다. 단이 이미 전문가급 솜씨로 여며놓은 청록색 싸개 안에서 아기는 지극히 평온하게 밖을 내다본다. 마치 저

너머의 세상을 이미 보고 돌아와, 형편없이 망가진 속물이 되어 있는 그들을 한없는 동정을 느끼며 관찰하는 듯하다. 마침내 아기 띠에서 풀려난 아기를 돌아가며 안아볼 수 있게 되었을 때, 타마의 허벅지 위에서 아기는 그녀에게 몽롱하고 행복한 눈빛을 보낸다. 다들 아기가 엘리를 빼다박았다고 되뇌는데—턱이 살짝 파인 것까지 엘리와 똑같아! 하지만 짖지 않는 엘리, 발톱을 세우지 않은 엘리!—타마는 어머니와 남동생이 말하려는 진짜 요점, 그다지 미묘하진 않은 속뜻을 읽지 않을 수 없다. 즉, 아버지가 이 모든 것을 내려다보고 있다는 것, 슐로미의 결혼, 타마의 이혼, 그를 대신할 심산인 '남편'의 등장을 드넓고 유연하게, 삶의 이쪽 편에 있을 때는 갖춘 적 없는 관용의 태도로 받아들이고 있다는 것이다. 슐로미가 아버지가 돌아가시고 난 후에야 단과 결혼한 건 우연이 아니다. 타마가 결혼생활을 최대한 유지하다가 아버지가 세상을 떠난 지 일 년도 안 되어 정리한 것도 우연이 아니다. 엘리는 자기주장이 확고했고 그것을 광범위하고 완강하게 표현했기 때문에 그의 강압에 정면으로 맞서기보다는 우회하는 편이 훨씬 쉬웠다. 그들은 어려서부터 어머니에게서 그런 태도를 배웠다. 어머니는 아버지가 큰소리치고 화를 터트리게 놔두었다가 나중에 그가 잠들었거나 출근했거나 보지 않을 때 자식들이 원하는 것을 들어주기도 했고, 스스로 알아서 얻는 법을 조용히 보여주기도 했다.

아기가 꿈틀하며 타마의 손가락을 잡는다. 정말로 기묘하구나, 타마는 생각한다. 이름도 없는 이 아이가 슐로미의 정자와 단의 여동생의 난자, 네팔 여인의 자궁과 땀, 그리고 요정의 마술 가루 한 줌의 결합으로 태어나 아버지를 판에 박은 모습으로 존재하다니.

어떻게 이런 일이 일어난 걸까?

하지만 그래도 타마는 받아들일 수 없다. 그녀의 성미 고약한 아버지가 그간의 태도를 바꿔 네팔에서 그들에게 자비로운 메시지를 보냈을 리가 없다. 엘리는 이 모든 일에 대해 할말이 많았겠지만 그게 좋은 말은 아니었을 것이다. 후줄근한 이스라엘 남자 중에서도 원로급에 속한 엘리, 헐렁한 카고 바지에 똑같은 셔츠를 단추가 떨어질 때까지 입고 수학의 우아함에 아무런 감흥도 느끼지 못하는 엘리는 '남편'의 갈색 모자를 한 손으로 우그러뜨린 뒤 그에게 오디잼과 에르되시 따위는 집어치우라고 일러주었을 것이다.

타마가 그녀의 손가락을 쥔 아기의 손아귀를 풀고 이리스에게 넘겨주자, 이리스는 자신도 아기였던 적이 있어서 어떻게 다뤄야 하는지 정확히 안다는 듯 아기를 가슴에 안는다. 타마는 판유리를 끼운 창문으로 다가가 바다를 내다본다. 이스라엘에서 계속 살았다면 아침에 일어나 저멀리 수평선까지 펼쳐진 이런 풍경을 날마다 보았을 것이다. 하지만 그녀는 박사학위를 따려고 뉴욕에 갔고 데이비드와 결혼했으며 그 길 어딘가에서 확장성이라는 감각을 잃고 말았다. 그렇게 된 건 그녀의 잘못이 아니듯이 데이비드의 잘못도 아니다. 고려해보지 못한 다른 대안적 가능성이 여럿 있었음을 깨우쳐주는 대화에 그녀가 너무 늦게 합류했을 뿐이다. 이십대나 삼십대 환자들 얘기를 들어보면, 일부일처제는 해변으로 쓸려온 거대한 고래와 같고 그 불어터져 썩은 사체는 지옥까지 닿을 만큼 악취를 풍기므로 거기에서 빨리 벗어날수록 이로울 듯했다. 모두가 폴리아모리의 파도에 올라타려고 노력하지만 그들이 정말로 그걸 타고 나아갈 수 있을지, 아니면 질투와 불안정에 대한 공포로 결국 매번 물속에 가라앉아버릴지, 타마는 알 수 없었다. 슐로미를 보라. 자유로운 사랑의 물마루를 타며 미코노스섬과 이비자섬의 모든 사람을 사랑하고 사랑받은 슐로미도 결국에는 미혹에서 벗어난 사람이라면 누구나 원하는 것을 원했다. 그 시에서 뭐라고 했더라? 박애가 아니라 독점하는 사랑을.[*]

창문에서 막 돌아섰을 때 이리스가 사촌을 위로 들어올려 엉덩이 냄새를 맡는 모습이 보인다. 타마는 이리스에게 꼭 결혼할 필요는 없다는 믿음, 정착을 위해 결혼생활의 안정이 반드시 필요하진 않다는 믿음을 심어주려고 노력해왔다. 하지만 지금 딸이 아기 엉덩이에 코를 대고 있는 모습을 보니, 다브카[**], 이리스는 스물다섯살이 되기 전에 결혼한 다음, 손주들에게 둘러싸인 채 죽어가는 남편의 침대맡에서 그의 차가운 발을 문지르는 순간까지 계속 유부녀로 살 것 같다. 타마는 다시 창문으로 돌아서서 파란 파도가 멀리서 우르르 몰려오는 광경을 바라본다. 스스로 확장하지 않는다면 확장성이 무슨 소용인가? 그 많은 가능성이란 또 무슨 소용인가? 그것을 해질녘에 차를 몰고 시골길을 달리는 동안 가슴이 탁 트이는 느낌이라든가, 아이들이 전남편 집에 가 있는 동안 방안에 가만히 서 있다가 문득 목덜미의 털이 곤두설 정도로 순수한 정적을 자각하는 느낌 정도로만 인식한다면.

생각났다! 이리스가 소리친다. 모두가 고개를 돌린다. 라파엘은 어때요? 이애는 완벽한 라파엘이야! 이리스가 큰 소리로 외치며

---

[*] W. H. 오든의 시 「1939년 9월 1일」 중 일부.
[**] 히브리어의 부사어로 의미 범위가 아주 넓어서 맥락에 따라 뜻이 달라지는데, 주로 '하필이면' '바로 그렇게' '심지어' '일부러' 등의 의미로 쓰인다.

모두가 아기를 새로운 시각으로 볼 수 있게 위로 들어올린다. 삼촌
들이 서로에게 생각에 잠긴 눈길을 보낸다. 슐로미는 아직도 미카
가 좋겠다고 생각하지만 단은 성경에 나오는 이름과 그 함의는 피
하고 싶어한다.* 단은 옆구리에 손을 올리고 서서 아기를 바라보는
데, 이십 년 전에 기관총을 메고 있었을 그의 어깨에 지금은 빈 아
기 띠가 늘어져 있다.

톰은 어때요? 단이 묻는다. 저번에 샨도르가 생각해낸 이름인데
난 그 이름이 입에 딱 붙어요.

누군가의 입에서 '남편'의 이름이 나오는 걸 타마는 처음 듣는
다. 사실 이스라엘에 도착한 후 누군가가 그를 언급한 일 자체가
처음이다. 그녀는 칫솔을 보고 남자 화장수 냄새를 맡으면서도 그
가 정교한 계략으로 만들어진 허구의 인물이 아닐까 반쯤은 의심
하고 있었다.

톰이란 이름이 어울리게 생기지 않았어요? 단이 묻는다.

엘리처럼 생겼다는 게 정답이지, 어머니가 주장한다.

난 톰이 좋은데요, 레미가 제 의견을 말한다.

이리스는 아기를 다시 제 앞으로 돌려 다시 한번 이목구비를 꼼
꼼히 살핀다.

사실, 나도 그런 것 같아요, 이리스가 동의한다.

슐로미는 반대하지 않는 듯한 표정을 짓고, 그러자 모두가 기대
에 찬 눈길로 타마를 본다. 하지만 타마는 자신이 무슨 질문을 받
고 있는지, 무엇에 동의하게 되는지 정확히 알 수가 없다. 그래서

---

* 미카는 구약시대 유대왕국의 예언자로, '미가서'의 저자이다.

그저 한숨을 쉬며 다시 바다를 바라본다. 마치 거기에 무언가가 있어서, 멀리에서 무언가가 다가오고 있어서, 그녀가 그 자리에 서서 맞이해야 하는 것처럼.

5

다음날 아기에게 이상이 생긴다. 모두가 단이 손바닥에 짜주는 손 세정제를 사용했는데도 아침에 일어난 아기는 코가 막히더니 곧 열이 오른다. 걱정을 싫어하는 슐로미는 그냥 감기일 뿐이라고 우긴다. 하지만 열이 계속 오르면서 여태 평온하던 아기가 악을 쓰기 시작하고 분유를 먹을 때도 숨을 제대로 쉬지 못하자 단이 의사를 부른다. 그사이 새벽 세시가 되었지만 그의 오랜 친구인 소아과 의사 율리는 차를 몰고 달려온다. 아기가 힘겹게 숨쉬는 것을 보고 가슴에서 가래 소리를 들은 율리는 기관지에 염증이 있다며 기어이 차로 병원에 데려다준다. 병원에서 아기는 흉부 엑스레이를 찍은 후 소아 중환자실에 입원해, 산소텐트 아래 금속 요람에 누워 수액 줄과 심장 모니터 줄을 달고 손가락에는 의사들이 혈중 산소 농도를 추적할 수 있도록 피부 속으로 빛을 쏘는 작은 집게를 장착한다. 아기는 성인들에게는 흔하지만 태어난 지 오 주 된 신생아에게는 치명적일 수 있는 호흡기 바이러스에 감염되었다. 타마와 일라나와 아이들이 이힐로브에 있는 어린이 병원에 도착할 무렵 슐로미는 두려움에 휩싸여 있다. 그는 모니터에서 오르락내리락하는 아기의 활력징후를 노려보거나 요람 옆에 구부정하게 앉아 있거나 비닐 텐트 아래로 손을 밀어넣어 제 아들을 쓰다듬는다. 간호사가 와서 기다란 관을 아기의 목 깊숙이 찔러넣어 가래를 뽑아내는 동안, 슐로미는 공포에 질린 채 그 모습을 바라보며 팔짱을 끼었다 풀었다 반복한다. 아기는 다음 며칠간 몇 시간에 한 번씩 같은 처치를 계속 받아야 한다. 이제 힘이 빠져서 소리도 지르지 못하는 아기의 잿빛 눈가에서 눈물이 주르르 흐른다. 레미가 흐느끼기 시작하자 타마는 동생과 단에게 커피를 사다 준다는 핑계로 아이를 데리고 나와 아래층으로 내려간다.

톰이 괜찮을까? 레미가 물으며 엄마의 배에 이마를 묻는다.

그럼, 타마는 그렇게 단언할 권위 같은 건 없지만 그래도 대답한다. 톰은 괜찮을 거야.

하지만 그 순간부터 아기에게 이름이 생긴다. 아기를 삶에 붙박는 이름이자 병실 문 바로 밖에서 어른거리는 연기 같은 어딘가와는 대척점에 있는 이름. 둘째 날 코드 레드 경보가 울리고 응급 의료진이 병실로 뛰어들어와, 아기가 더이상 자발 호흡을 할 수 없게 만들 기도 삽관을 하려 할 때 아기의 아버지들이 외쳐 부를 수 있는 이름. 그러다 모니터의 숫자들이 천천히 다시 상승해 당분간은 응급 상황에서 벗어나고 아기의 약한 생명이 유지되고 있을 때 요람 주변에 모인 응급 의료진이 차트에서 확인할 수 있는 이름.

셋째 날이 되어서야 '남편'이 병원에 나타난다. 그는 직접 만들어 알루미늄포일에 싼 샌드위치를 카스트로 옷가게의 비닐봉지에서 꺼내 모두에게 나눠주고, 달콤한 차를 담은 커다란 보온병도 함께 꺼낸다. 갈색 펠트 모자 대신 쓰고 온 여름용 밀짚모자는 문 뒷면의 고리에 건다. 먼 곳에 갔다가 최대한 빨리 돌아왔다고 그가 해명한다. 먼 곳이 어딘지는 말하지 않는다. 어쩌면 다른 사람들은 알고 있거나, 그들에겐 그게 어딘지 상관이 없고 그가 지금 함께 있다는 사실만이 중요한지도 모른다. 레미와 이리스가 그에게 미소를 지으며 엄마를 슬쩍 쳐다보는데 엄마가 부적절한 말이나 행동을 하지 않기를 바라는 듯하다. 타마는 그가 어머니의 손을 잡는 모습을 본다. 그는 자신을 내세우며 가족 내 역학관계에 끼어들지 않지만 그러면서도 친절과 감사를 받으며 있는 그대로 받아들여지고 있는 듯하다. 그를 바라보던 타마는 케이티가 가끔 하던 말을 떠올린다. 남자가 아무리 까다로워도 세상 어딘가에는 그를 간절히 돌봐주고 싶어하는 여자가 있기 마련이라는 말. 타마가 여자로 사는 일에 질린 나머지 마침내 백기를 들기로 결심한다면—그런 일이 극단적인 고난이나 어떤 형태의 고통 없이도 가능하다면—그녀도 그런 사람들에게 의탁하게 될까? 그녀를 데리고 계단을 올라가, 아무것도 묻지 않고 그저 두 팔 벌려 맞이해줄 여자가 기다리는, 어쩌면 온 가족이 기다리는 낯선 이의 집안으로 들이밀어줄 사람들 말이다.

일라나는 모두가 좀 쉬어야 한다며, 잠시 밖에 나가 놀이터 나무 아래에 앉아 있자고 주장한다. 슐로미와 단은 병원에 온 이래로 한 번도 밖에 나가지 않았으니 햇빛과 신선한 공기가 도움이 될 것이다. 타마는 모두와 함께 아래층으로 내려가지만 밖에 나오고 나서야 선글라스가 든 핸드백을 두고 나왔음을 깨닫는다. 위층에 돌아가 톰의 병실 문가에서 걸음을 멈추고 안을 들여다보니 '남편'이 창문에서 들어오는 빛줄기를 받으며 요람 옆에 앉아, 알 수 없는 자신의 모국어로 아기에게 조용히 말을 건네고 있다. 그 순간에는 아무런 논리도 없다. 그 순간은 이성 바깥에 존재하며 진실되지 않은 것은 전혀 담고 있지 않다. 그 순간에 대해 그 누구보다, 그 무엇보다 더 큰 권리를 주장할 수 있는 존재는 미지의 장소에서 오는 모든 아기가 그렇듯 외부자인 그 신생아와 이제 막 아기에게 부드럽게 노래하기 시작한 외부자 노인뿐이다.

다섯째 날 톰은 마침내 고비를 넘긴다. 아기는 무사하고, 그날 저녁에 산소텐트도 제거된다. 레미가 손 기술을 연습하던 카드를 내려놓고 다가가 열린 요람 안을 들여다보자 톰이 위를 쳐다보며 환히 웃는다. 여섯째 날 아침에 의료진은 마지막 흉부 엑스레이를 찍고 나면 집에 갈 수 있을 거라고 장담하지만 결국 하룻밤을 더 붙잡아두고, 톰은 일곱째 날에야 마침내 퇴원한다. 아기는 가족들에게 처음 왔을 때와 같은 방식으로 돌아오지만 이번에는 어떤 깨달음을 가져다준다. 어딘가에서 연기처럼 우리에게 나타나는 사람들은 오직 선물이라는 것. 몰라서 요구하지 않았는데 받은 선물이자, 삶이 얼마나 아낌없이 주는지 경이로움을 느끼며 받는 선물.

남자가 된다는 것

아버지

내 아들들이 잔교 가장자리에 서 있다. 뛰어내릴 수도, 뛰어내리지 않을 수도 있다. 내가 어릴 때 살던 섬 위로 하늘이 거대한 종처럼 얹힌 6월의 이른 여름이다. 파도가 아주 멀리서 밀려들고 있어서 그 격동이 언제 어디에서 시작되었는지는 아무도 알 수 없다. 단지 어떤 에너지가 전파되다가 이곳에서 부서져 해변으로 스며든다는 사실만을 알 뿐. 나는 모래밭에 앉아서 그들을, 내 두 아들을 바라본다. 오늘따라 유난히 조용한 아버지도 모자로 햇빛을 가린 채 아이들을 바라본다. 아버지는 아직 늙지 않았지만, 지금 이 순간 나는 아버지의 정확한 나이가 기억나지 않는다. 그의 일생이 길게 느껴지는 건, 아버지가 내가 아는 어떤 사람보다 많이 변했기 때문이다. 어느 날 아버지는 긴 세월에 걸쳐—달리 표현할 방법이 없다─엄청난 분노를 모조리 바다에 쏟아버리고 돛을 축 늘어뜨린 채 분노 없이 귀향했다. 요동치던 격노가 있던 자리에 고요함과 인내를 채워 귀향했다.

때로 나는 내 나이도 잊는다. 사람들이 내 아이들의 나이를 물으면 끝에 붙은 개월 수를 반올림해서 헤아리며 아이들이 곧 도달할 그 나이에 적응할 시간을 번다. 이제 아버지에게는 그리 많은 시간이 남지 않았고 내게는 시간이 약간 남았으며, 내 아들들에겐 아직 세상의 모든 시간이 남아 있다. 둘째가 잔교 위에서 귀여운 춤을 춘다. 첫째는 머리를 뒤로 젖히고 양팔을 펼치며 하늘을 향해 뭐라고 소리친다.

나는 아이들을 바라보면서 말하고 아버지는 듣는다. 인생은, 나는 말한다, 아니 말하려 한다. 늘 아주 다양한 층위에서 동시다발적으로 일어나네요.

부러진 갈비뼈

1

그해 여름, 아들들이 자기 아버지와 함께 휴가를 떠난 사이 그녀는 베를린에 애인을 만나러 간다.

"있지." 그가 그녀 쪽으로 몸을 숙이고 지나가는 사람들이 듣지 못하게 목소리를 낮춰 말한다. "당신이 나에 대해 한 가지 모르는 점은 내가 봉사하기를 즐긴다는 거야."

키가 2미터에 달하고 헤비급 운동선수처럼 보이는 남자의 입에서 나왔다기엔 놀라운 말이다. 실제로 그는 아마추어 권투선수다. 아니, 예전에 오랫동안 그랬다고 말하는 게 더 정확하겠다. 한 달전에 슈빈들—현기증—때문에 잠시 병원에 입원했다가 뇌에 생긴 상처를 발견하고 권투를 그만두었으니까. 그래서 이제 그는 링에 발을 들이지 않겠다고 선언하고 명망 높은 일간지의 편집인으로 일하는데도, 그녀는 여전히 친구에게 말할 때나 혼자 생각할 때는 그를 '독일 권투선수'라고 부른다. 그게 그의 이름보다 더 부르기 쉽다. 그의 이름이 '신들의 작은 선물'이라는 의미이기 때문이기도 하고, 그를 독일 권투선수라고 부르면 두 사람 사이의 차이가 강조되고 역설적인 거리감이 유지되어 그녀가 최근에 발견한 새로운 땅에 정착하는 데 도움이 되기 때문이다. 그녀가 크리스토퍼 콜럼버스의 정신으로 발견한 그곳은 바로, 애착 없는 자유로움의 땅이다.

그들은 슐라흐텐제—그루너발트 숲 가장자리에 있는 길고 가느다란 호수—주변을 걸으며, 팔십 년 전이라면 그가 과연 나치가 되었을지 토론하고 있다. 독일 권투선수는 자기 세대 대부분이 그러듯 자신은 절대로 나치가 되지 않았을 거라고 주장하는 것은 도덕적 과시라고 생각한다. 하지만 지금 그는 자신도 역사적 힘에 좌우되어 불가피하게 나치에 가담했을 거라는 평소 주장에서 한발더 나아가 자기 성격상의 특별한 약점에 대해 털어놓고 있다.

"그들은 정확히 나 같은 사람을 나폴라에 입학시켰을 거야." 나치가 강하고 순종적이고 상대적으로 총명한 독일 유소년을 선발해 SS* 친위대의 지도자로 키우기 위해 설립했던 엘리트 소년 사관학교를 언급하며 그는 말한다. "난 항상 멘토들을 지나치게 우상화했고 그들의 지시를 철저히 실행하려고 무진 애를 썼거든. 기대에 부응하지 못한다고 생각하면 두려움을 느꼈지. 내 키나 체격과 더불어 그런 성격 때문에 그들은 딱 나 같은 부류를 원했을 거야. 그리고 난 누군가가 나를 원한다는 걸 명예로 받아들였을 테고. 게다가 알잖아, 명예와 찬사에 약한 내 성향, 그게 날 SS의 고위직으로 직행시켰을 거야."

"게다가 당신은 제복을 사랑했을 테고." 그녀는 그렇게 덧붙이면서 환한 햇빛이 비치는 그의 침실 옷장에 일렬로 걸린, 런던에서 온 맞춤 셔츠들을 생각한다. 아울러 그의 치수뿐만 아니라 엄밀한 취향(실크가 아니어야 하고, 안감이 전혀 없어야 하고, 촉감이 까슬까슬한 직물이어야 하고)에 맞춘 나폴리 양복들, 섬세한 바느질을 망가뜨릴까봐 주머니에 손도 넣지 못하는 겨울 모직 코트, 아울러 그의 가는 손가락과 손목에 딱 맞춰 일본의 위닝사에서 수작업으로 만든 흰 가죽 권투 장갑을 생각한다. 이런 증거를 달갑게 떠올리는 건 아니다. 그녀는 잠자리를 함께하는 남자가 어떠한 상황에서도 나치는 될 수 없었을 사람이라고 믿고 싶다. 하지만 그를 충분히 잘 알게 된 지금은 그의 말에 진심으로 반대하기가 힘들다.

호숫가에 나온 연인들은 햇빛 아래에서나 오리나무 그늘에서 서로 껴안고 누워 있거나 키스하거나 서로의 반쯤 벌거벗은 몸을 쓰다듬고 있고, 독일 권투선수는 매력적인 커플 옆을 지날 때마다 그들을 언급하며 감탄한다, 아니 어쩌면 부러워하는지도 모른다. 그

---

* 2차대전 당시 나치의 친위 군사 조직이었던 슈츠슈타펠의 약칭.

는 십 년 가까이 행복한, 그의 표현대로라면 맹렬하게 행복한 결혼 생활을 했지만 배우인 그의 아내가 폴크스뷔네극장에서 기네비어를 연기하다 상대역 랜슬롯을 맡은 배우에게 빠져 그를 떠났다. 그때부터 그는 자기가 어떤 일에도 끄떡없는 축복받은 사람이라는, 평생 느껴온 자신감을 잃었다. 가까운 사람들은 이를 긍정적인 변화로 여긴다고 그는 솔직히 인정한다. 이혼에 무너지기 전까지 그는 종종 밉살스러울 때가 있었다고들 한다는 것이다. 하지만 그는 이혼을 겪으며 심하게 망가져서, 지금 어떤 사람이 되었든 차라리 그냥 계속 행복하고 밉살스러운 사람으로 살 수 있었으면 좋았겠다고 생각한다.

　호수 동쪽 끝에서 노천 맥줏집을 발견하자 그들은 술을 마시려고 산책을 멈춘다. 빨간색과 흰색 체크무늬 헝겊을 씌운 테이블들이 일요일을 맞아 자연을 즐기는 독일 사람들로 붐빈다. 물가에서 아이들이 즐겁게 소리치는 소리가 올라온다. 독일 권투선수는 사진에서 본 그녀의 큰아들이 호리호리하고 팔이 길어서 권투를 하면 훌륭한 선수가 될 거라 말하고 있다. 그녀는 아들이 절대로 권투를 하지 않을 것이고, 권투를 한다는 것은 독일인이 되는 것만큼이나 그 아이와 거리가 먼 얘기라는 말을 또다시 할 필요는 없겠다고 판단한다. 그 화제가 진전되지 못하자 대화는 다시 옥토버페스트*로 옮겨가면서, 그가 디른들**이 무엇인지 그녀에게 설명한다.

　"그래도 설마 당신이 사람을 죽이기야 했을까?" 그녀는 불쑥 그

---

* 독일 뮌헨에서 9월 말에서 10월 초까지 열리는 맥주 축제.
** 독일어권 알프스 지방의 여성용 전통의상으로 옥토버페스트에서 여성 종업원들이 입는다.

렇게 묻지만 그다지 확신은 없다. 그가 낯선 사람을 주먹질 한 번으로 때려눕힐 때도 있고 오르가슴에 이르면 억제하기 힘든 파괴 욕망을 느껴 그녀의 침대 머리판에 달린 목제 가로대를 부러뜨릴 뻔한 사람이 아니라면 이 정도로 확신이 없지는 않았을 것이다.

"당연히 죽였겠지." 그가 말한다. "옳은 일을 한다고 믿으면서—믿도록 조종당해서—죽였겠지."

"나라면 절대로 사람을 죽일 수 없을 거야." 그녀가 주장한다.

독일 권투선수가 정중한 회의를 띤 눈빛으로 맥주잔 너머의 그녀를 응시한다. 사실은 그녀도 그런 주장을 하자마자 자기도 모르게 머릿속으로 여러 가지 예외를 떠올리기 시작한다.

며칠 뒤에 그녀가 그와 문자를 주고받으며, 만약 지금이 1941년이었다면 그가 가죽장화를 신고 그녀의 집 문 앞에 나타나는 상황도 가능했겠다고 말하자, 그는 자신이 할 수 없었을 일 한 가지는 무고한 사람을 죽이는 거라고 대답한다. 그건 호숫가에서 은은한 햇살을 받으며 걷는 동안 솔직히 인정한 말과는 모순되는 것 같아서, 그럼 그때는 어떤 사람들을 죽일 수 있다고 그렇게 확신한 거였냐고 그녀가 다시 묻자 거기에는 답이 없고, 회색 체크 표시가 된 문자는 왓츠앱의 중간지대에 어정쩡하게 걸려 있다.* 독일 권투선수는 볼일을 마쳤다고 생각하면 전화기를 꺼놓고 싶어하기 때문이다. 그는 나중에 미테에 있는 채식 식당에서 함께 저녁을 먹으면서, 당연히 자신은 사람들의 집에 쳐들어가 그들을 추방하거나 처

---

* 왓츠앱 메신저의 회색 체크 표시는 수신자의 전화기가 꺼져 있거나 인터넷 접속이 안 되어 문자가 전송되지 않은 상태를 의미하고 회색 이중 체크는 전달되었으나 읽지 않은 상태, 파란색 이중 체크는 상대가 문자를 읽은 상태를 의미한다.

형하는 일은 할 수 없었을 거라고 말한다. 도대체 자기를 어떤 사람이라고 생각하느냐고, 사람을 죽일 수 있다고 했던 건 전투중에 그랬을 거라는 의미였다고. 자신이 무장친위대에 배치되어 전방에 보내질 거라고 확신했기 때문에 그렇게 말한 거라고 따진다. 그녀가 그 자리에서 차마 하지 못한 질문은, 그가 게슈타포나, 나치의 인종 정책을 집행하는 일반친위대나, 그도 아니면 강제수용소와 절멸수용소를 감독하는 죽음의 부대에 배치되지 않았을 거라고 어떻게 그렇게 확신하는지다.

그들은 만두가 나오기를 기다리며 말없이 앉아 있다. 한참 후 독일 권투선수는 자기가 틀렸을지도 모른다고 말한다. 생각해보면 그의 할아버지는 자기 땅에 집시가 사는 것을 허락해준 탓에 나치와 계속 충돌했고 증조할아버지는 악티온 T4* 정책에 의해 살해되었으며 아버지는 누구도 따르기를 거부하는 사람이었다고 그는 말한다. 아니, 어쩌면 그는 나치가 되지 않았을지도 모른다. 그 정도만이라도 기대하기로 하자, 라고 그는 말한다. 그녀는 고개를 끄덕인다. 사실 그들은 불가능한 대화를 하고 있다는 것을 인정한다. 지금 그가 어떤 사람이든 당시에 다른 힘에 좌우되어 형성되었을 그 사람과는 다른 존재라고, 그렇다면 그가 어떤 사람이었으리라고 상상하든 그런 사람은 존재하지 않는다는 것을 감안해야 한다고.

그래놓고도 당연히 그녀는 계속 그 생각을 하게 된다.

---

* 우생학에 기초한 나치의 안락사 프로그램으로 불치병 환자나 심신장애인, 노인 등을 강제로 안락사시켰다.

2

그들은 두 사람이 모두 아는 어느 친구의 소개로 뉴욕에서 처음 만났다. 만나기 전에 그들은 이메일을 주고받으며 다음날 밤에 저녁을 같이 먹기로 했다. 그는 오후에 권투를 할 거라면서 저녁 느지막이 만나면 안 되겠느냐고 물었다. 권투는 어디에서 하는지? 그녀가 물었다. 그가 권투를 하는 모습이 궁금해서 보고 싶었다. 사실은 잔인한 장면이나 피를 보면 속이 울렁거려서 누군가가 권투를 하는 모습은 텔레비전에서도 본 적이 없었다. 그는 자기가 스파링하는 모습을 보고 나면 만나고 싶지 않을 거라고, 게다가 그곳은 샤워도 하지 않는 사람들이 모이는 체육관이라고, 하지만 내일 만난 뒤에 그녀가 맘에 들면 체육관에 데려가겠으니 그때 한판 붙어보자고, 그때까지 그곳은 비밀의 체육관으로 남겨두자고 답장을 보내왔다. "그곳 사람들은 내가 누군지, 무슨 일을 하고 무슨 생각을 하고 무엇을 원하는지 몰라요." 그는 썼다. 이메일을 세 번 거듭 읽은 그녀는 조심하라고, 자신은 치명적인 사람이라고 답장했다. 왜 그렇게 썼는지는 정확히 알 수 없었다. 아마도 그의 오만한 표현과 간접적인 도발 때문에 그랬을 것이다―정확한 표현은 만나고 나서도 당신이 맘에 들면, 이었다. 그는 외국어로 글을 쓰고 있으니 독일어만큼 말의 뉘앙스에 익숙지 않으리라는 점을 알면서도 그 말에 자존심의 고삐가 풀려서, 그리고 자신이 남자들에게 특정한 힘을 발휘하는―항상 발휘해온―사람임을 그에게 알리고 싶어서 그랬을 것이다. 아니면 그의 안에 있는 모종의 폭발성이 자신 안에도 있으며 그 점에서 둘은 좋은 맞수가 될지도 모른다고, 아니

어쩌면 맞수를 넘어, 강인함의 한 형태인 그 폭발성의 저울추가 그녀 쪽으로 기울 수도 있다고 넌지시 말하고 싶었을 것이다. 그것은 과시였을 수도, 아니었을 수도 있다.

"난 갈비뼈가 잘 부러져요." 그가 답장했다. "날 때려눕힐 땐 부디 조심해줘요." 달리 말해, 그는 그녀를 어떻게 대해야 할지 정확히 알았다. 그녀를 붙들고 돌려세워 끌어당겼다. 그녀를 다루는 법을 알았고, 강함과 약함이 적절히 섞인 남자가 특정 유형의 여자에게 어떤 힘을 발휘하는지를 알았다. 그리고 그녀는 바로 그런 유형인 듯했다. 그리하여 이 짧은 대화를 나눈 뒤, 그녀는 이 남자를 집으로, 침대로 데려오게 되리라는 것을 알았다.

식당에 도착하니 그는 미리 와 있었다. 독일 기차들이 늘 미리 와서 기다리고 있듯이. 그는 체구 또한 남달랐다. 주위 사람들 위로 머리 한 개나 두 개만큼 훌쩍 솟아 있는 그를 주목하지 않기란 불가능했다. 그 순간 누군가가—예컨대, 쟁반을 높이 쳐들고 지나가던 웨이터가—남자 옆에 있을 때 신체적으로 작게 느껴지는 게 좋은지 물었다면 그녀는 그렇다고 답할 수밖에 없었을 것이다. 좋다, 하지만 조건이 있다! 그녀가 신체적으로는 작지만 정신적으로는 강력한 느낌이어야 한다. 다시 말해, 그가 양의 탈을 쓴 늑대이길 바라지만 그녀가 허락할 때에만 늑대로 변할 수 있으며, 일단 변화하면 그녀의 침대 위에서 섹스하는 동안만큼은 양의 흔적이라고는 찾아볼 수 없는 순수한 늑대여야 하고 그런 뒤에는 다시 양으로 돌아가, 자신이 뭔가를 원한다고 해서 그녀의 목을 움켜쥐려는 생각은 백만 년이 지나도 할 수 없어야 한다. 그게 무슨 문제가 되나? 그리고 한 가지 더. 그녀의 집을 날려버릴 작정이더라도, 가끔은 아주 느리고 부드럽게 시작해야 한다.

그는 작은 연자주색 꽃들이 달린 꽃가지 하나를 건넸다. 그녀는 오는 길에 꺾은 꽃일 거라고 생각했지만 알고 보니 그는 완전한 꽃다발을 샀다가 꽃가지 하나를 제외한 나머지는 지하철에서 만난 임신부에게 주었다. 꽃다발을 감탄하며 쳐다보던 여자가 누구에게 줄 꽃이냐고 물었을 때, 문득 모르는 사람을 위해 꽃다발을 산 건 지나친 행동일 수도 있겠다는 생각이 들었기 때문이다. 그들은 테이블로 안내받았다. 식당은 어두침침하고 따뜻했으며, 예전에 약국으로 쓰일 때 설치된 낡은 유리장들이 벽을 채우고 있었다. 약국이 폐업한 뒤 수십 년간 폐쇄되었다가 이탈리안 레스토랑으로 재개장한 곳이었다. 웨이터나 웨이트리스가 테이블로 다가와 음식을 내려놓을 때마다 독일 권투선수는 하던 말을 멈추고 미소를 지으며 고맙다고 인사했다.

대화는 가볍고 빠르게 흘러갔다. 그는 코는 잘 부러지지 않는데 갈비뼈만 잘 부러진다고 말했다. 그리고 입술이 두툼해서 권투를 할 때 터지고 피가 나는 경우가 많다고 했다. 그는 그녀에게 팔이 긴지 묻고는, 미처 대답하기도 전에 그녀의 손을 잡아 테이블 위로 당기더니 자신의 툭 튀어나온 왼쪽 맨 아래 갈비뼈를 만지게 했다. 완전히 부러졌던 갈비뼈 하나가 몸속에서 따로 떨어져나와 있다고 했다.

웨이터가 와서 와인을 따라주었다. 웨이터가 간 뒤 그녀는 독일 권투선수의 손을 잡아끌어 자기 몸속의 같은 갈비뼈 위에 갖다 댔다. 똑같은 각도로 튀어나온 그 뼈는 그녀가 기억하는 동안 내내 그런 모양이었다. "어떻게 그럴 수가 있죠?" 그가 놀라서 물었다.

"당신도 부러졌었군요." 하지만 그녀가 아는 한 갈비뼈가 부러진 적은 없었다. 그녀는 그 갈비뼈들이 시원까지 완전히 거슬러올라가 무언가에 대해 말해주려 하는 것 같았다. 세대마다 혼란을 일으키는 그 개념, 남자가 된다는 것, 여자가 된다는 것이 무엇이고, 그런 것들이 동등하다거나, 다르지만 동등하다거나, 전혀 동등하지 않다고 말할 수 있는지에 대해서.

3

퀸 사이즈인 그녀의 침대는 독일 권투선수에게는 너무 작아서 그는 어린아이처럼 웅크리고 누워야 했다. 히말라야 소금으로 만든 램프가 그의 상체에 따뜻한 분홍색 불빛을 드리웠다. 그들은 이런저런 이야기를 나눴다. 북해 근처의 농장에서 보낸 그의 유년기, 그의 가족이 다른 집에 저녁을 먹으러 갈 때마다 들판에서 꽃을 꺾어 가는 바람에 그는 모든 꽃이 훔친 물건 같다고 느끼게 되었다는 이야기, 각자가 좋아하는 책들, 독일 남자가 홀로코스트 생존자 조부모를 둔 유대인 여자와 한 침대에 누워 있다는 게 이상하지 않은지에 대해, 그녀의 자매, 그의 형제, 그녀는 이제 다시 결혼할 마음이 없다는 사실, 요즘은 그녀처럼 아이가 있는 여자들이 자기 아이들을 자식삼으려 하는 훨씬 어린 남자들을 만나는 경우가 많다는 사실, 일부일처제의 문제점, 일부일처제가 없을 때의 문제점, 권투는 폭력이 아니라 수련이라는, 신체적 수련이자 두려움을 직면하는 수련이라는 그의 믿음.

그러다 새벽 네시가 되자 그는 돌아가야 한다고 말했다. 그녀는 여기서 자도 된다고 말했다. 하지만 그는 그럴 수 없다고, 일어나 앉아 바지를 당겨 입으며 말했다. 침대에 다른 사람이 있으면 잠을 자지 못한다고. 그녀가 놀라워하자 그의 얼굴이 어두워졌다. "다들 그 점을 싫어해요." 그가 말했다. 마치 국민투표가 열렸고 결과는 뒤집을 수 없다는 듯이. 그의 아내도 다른 남자에게로 가면서 그 남자는 잠들 때 안아주기 때문에 떠난다고 말했다. 물론 그녀가 불만족한 이유는 더 있었다. 그녀는 다른 남자를 사랑하게 되었다고 마침내 인정하면서 독일 권투선수를 떠나겠다는 결심을 전화로 알렸고, 그는 아내의 말을 하나도 잊지 않기 위해 메모를 하며 통화했다. 그는 한 여성 저널리스트가 이십 년간 전쟁 지역에서 종군기자로 활동한 경험을 회고하는 책 『대낮의 유령Ghosts by Daylight』의 면지에 아내의 말을 받아썼다. 그 목록 맨 위에 적고 밑줄을 두 번 그은 말은 그가 밤새 아내를 안아주지 못했다는 것이었다.

다른 사람 옆에서 잠들 수 있기를 원치 않는 건 아니라고, 그는 그녀에게 말했다. 다만 그렇게는 평온을 느낄 수 없을 뿐이라고. 누가 옆에 있으면 정신이 말똥말똥하고 신경이 곤두서서 잠들기까지 몇 시간이 걸릴 때도 있는데, 그는 잠을 충분히 자지 못하면 편두통이 올 때가 많아서 문제가 더 심각했다. 그는 열세 살 때부터 편두통을 앓았다. 편두통은 시야 일부분이 까맣게 변하는 느낌과 함께 찾아왔고 일단 시작되면 지나갈 때까지 태아처럼 몸을 웅크리고 있는 것 말고는 다른 방법이 없었다. 원인이 무엇인지 정확히 알 수는 없었지만 수면 부족이 한 요인이라는 점은 확실해서 잠이 무엇보다 중요해졌다. 그는 혼자 있을 때만 평온함을 느꼈고 그럴 때는 베개에 머리를 붙이자마자 잠이 들었다. 항상 그런 식이었다고 그는 그녀에게 말했다. 누군가가 옆에 있는데도 잘 잤던 마지막 기억은 다섯 살 때 어머니에게 침대 옆에서 손을 잡아달라고 했을 때였다. 아직도 그는 그때의 평온함, 좋은 느낌을 기억했다. 하지만 자신의 무능으로 인해 아내와 그뒤의 다른 여자들이 느낀 불행에 대해 말할 때 독일 권투선수는 늘 불만스럽고 분개하는 말투였다. 침대를 함께 쓰면 그에게 나쁘다는 걸, 그가 고통받게 된다는 걸 그들은 왜 이해하지 못할까?

두 사람이 한 침대에서 잔 유일한 밤에—숲 한가운데에 있어서 그에게 선택의 여지가 없었다—그는 주기도문을 외워도 괜찮겠느냐고 물었다. 바로 전까지 그녀의 몸을 뒤집어 한쪽 팔을 등뒤로 꺾은 채 90킬로그램에 달하는 몸으로 그녀를 내리눌렀던 그는 이제 그녀를 뒤에서 긴 팔로 감싸안은 자세로 평온하게 누워 있었다. "파터 운저 임 히멜, 게아일릭트 베르데 다인 나메," 그가 속삭였다. "다인 라이히 코메, 다인 빌레 게셰 비 임 히멜 조 아우프 에르덴."*

---

* '하늘에 계신 우리 아버지, 온 세상이 아버지를 하느님으로 받들게 하시며 / 아버지의 나라가 오게 하시며, 아버지의 뜻이 하늘에서와 같이 땅에서도 이루어지게 하소서'라는 뜻의 독일어.

자유

1

그해 여름―아들들이 각각 열세 살, 열 살이고 그녀가 독일 권투선수와 자면서도 함께 자지는 않았던 그 여름―에 그녀는 친구 라피와 함께 라피가 성장기를 보낸 텔아비브 외곽의 모샤브*에 갔다가 차로 돌아오고 있었다. 그 모샤브의 이름은 '자유'였는데, 히브리어로 말할 때가 듣기에도 더 좋고 덜 거창했지만 어쨌거나 라피가 나고 자란 곳이 거기였다. 오렌지나무 들판 사이로 구불구불 나 있는 흙길을 따라 그곳에 가는 동안, 두 사람의 아이들이 뒷자리에서 시끄럽게 놀고 있는 가운데 라피가 그녀에게 마흔둘에 마침내 심리치료사와 상담을 시작한 이야기를 했다. 그런 사람들 옆에 있을 때는 답이 없는 질문도 소리 내어 해보기 마련이므로, 그는 상담중에 흡사 혼잣말처럼 크게 자문했다. "난 뭘 원하는 걸까? 내가 정말로 원하는 건 뭘까?" 그러자 심리치료사가 대답했다. "항상 원해왔던 그거죠. 자유."

토요일이었고 그들은 그날 아침 일찍 텔아비브에서 출발했다. 그녀가 아침에 일어났을 때 라피가 문자를 보내 아이들과 뭘 할 거냐고 묻더니 모두 함께 어딜 가자고 제안했다. 어디? 하고 그녀가 답장을 보냈다. 내 유년기의 들판으로, 그가 대답했다. 둘 다 아이들이 모두 아들이고 서로 친해서, 다들 함께 돌아다니며 공을 차거

---

* 이스라엘의 농업 협동 공동체.

나 여기저기 오르내리는 동안 그녀와 라피는 둘이서만 이야기를 나눌 수 있었다. 라피는 무용수였다. 세 살 때 어머니의 무용 교습소에서 추기 시작한 춤이 평생을 이어졌다. 그에게는 모든 것의 시작과 끝이 몸이었던 반면 그녀는 오랜 세월을 정신 속에서 살다가 (혹은 그랬다고 느끼다가) 두 번에 걸쳐 아이를 낳고 나서야, 그러니까 자신에게 부과된 생물적 요구를 이행하고 나서야 완전히 몸으로 복귀했다. 그런 과정을 거쳐 마침내 진정으로 육체 안에 정주하게 되었고 서른다섯 살에 춤을 추기 시작했다. 때로 그들은 이런 이야기를 했고, 또 어떤 때는 각자의 인간관계나 인생에서 여전히 바라는 것들에 대해 이야기했다. 라피가 동정을 잃었던 장소인 놀이터 주변을 사내아이들이 정신없이 뛰어다녔다. 그 근처 온갖 곳에서 섹스를 했다고 라피는 그녀에게 말했다—예전엔 버려져 있었던 저 건물에서, 저 헛간 뒤에서, 마른 풀이 덮인 저 언덕 위에서.

나중에 그들은 라피가 어린 시절에 살던 집으로 다 함께 갔고, 아이들은 나무에서 빨간 리치를 따서 주머니를 두둑이 채우고 풀밭에서 독한 개미들에게 물렸으며, 그런 다음 차로 인근의 아랍인 마을에 가서 점심을 먹었다. 후무스 식당 주인은 사람이 쓰는 대접으로 개에게 물을 먹였다고 그들을 타박했다. 곧이어 플라스틱 포장 음식 상자에 물이 담겨 나왔지만 개는 물을 더 마실 생각이 없었다.

이제 그들은 집으로 가는 고속도로를 달리는 중이었고, 그녀는 일주일 내내 사람들로부터 엄청나게 놀라운 얘기를 들었다고 라피에게 말하고 있었다. 그녀가 인생의 그런 내밀하고 충격적인 이야기들을 해달라고 요구한 기억은 없지만, 또 한편 어떤 식으로든 요

구했는지도 모르는 일이었다. 광대하면서도 순간적인 것, 전면적
으로가 아니라 단편적인 일화들을 통해서만 접근할 수 있는 어떤
것을 이해하려 애쓰는 사람의 표정을 하고 있었는지도.

조수석 옆을 스치는 바다는 터키석 색깔이었다. 아이들은 웃음
을 터트리거나 불만을 터트렸다.

"내가 레바논에서 차 밑에 닭이 들어갔던 일에 대해 얘기한 적
있지?" 라피가 물었다. 아니, 한 적 없다고 그녀는 말했다. 그런 얘
기를 들었다면 기억하고 있었을 거라고.

라피가 무용수이긴 했어도 열여덟 살부터 스물세 살까지는 사
예레트 골라니에서 복무했는데, 그곳은 부대원들에게 육체적 극한
을 요구하는 것으로 유명한 최정예 특수부대였다. 그의 나라에서
남자가 된다는 것은 군인이 되는 것을 의미했다. 군인이 되는 것은
좋든 싫든 남자가 되기 위해 꼭 거쳐야 하는 통과의례였다. 하지만
그 과정의 어느 지점에서 소년기가 끝나는지는 아무도 정확히 말
할 수 없었다. 움직이는 목표물에 처음으로 총을 쏘았을 때? 처음
으로 적이 동물로 보였을 때? 아니면 처음으로 적을 동물처럼 취급
했을 때?

다른 열여덟 살 남자들과 마찬가지로 라피도 입대 외에는 다른
선택지가 없었다. 하지만 굳이 특수부대에 지원해 엄혹한 선발 과
정을 거친 뒤 일 년간의 피학적인 훈련을 받을 필요는 없었다. 마
찬가지로 삼 년의 병역을 마친 뒤 다시 장교로 이 년간 더 복무하
겠다고 지원할 필요도 없었다. 하지만 라피가 늘 품어온 생각은 자
신을 육체적, 정신적 능력의 마지막 한계까지 밀어붙일 특수부대
에서 복무하겠다는 것이었다. 사예레트 골라니의 상징이자, 특수

부대원들이 입대 의식에서 받는 작은 금속 핀에 새겨진 날개 달린 호랑이처럼 동물이 되겠다는 것이었다. 본능만으로 움직이는 순수한 동물.

"가시밭이 있어." 라피가 그녀에게 말했다. "그리고 그걸 건너가야 해. 그러기 위해서는 정신이 고통을 아예 생각하지 않고 버텨야 해. 건너간다는 생각만 남기고 고통은 철저히 무시하는 거야." 또한 '기아 주간'이라는 것도 있어서 신병들은 이 기간에 이레 동안 먹지도 자지도 못했다. 매일 저녁에 장교들은 굶주린 신병들 옆에서 바비큐 요리를 했다. 스테이크를 구워 성찬을 차려놓고 신병들에게 이렇게 말하는 것이었다. "이리 와, 우리랑 같이 좀 먹지?" 누군가가 굶주림에 굴복해 음식을 먹으면 그걸로 끝이었다. 그 자리에서 실격되어 당일에 일반 보병대로 귀환했다. 한번은 장교들이 초콜릿 볼을 나눠주었다. "작은 선물이야." 그들이 말했다. "우리 다 함께 먹자고." 그러고는 셋을 센 다음 병사들은 그것을 입에 넣고 씹었는데 알고 보니 염소 똥을 뭉친 것이었다.

물론 나라를 위해 죽을 각오는 되어 있었다고 라피는 그녀에게 말했다. 나라를 위해 기꺼이 죽을 수 있다는 신념은 선발 과정에 들어갈 때부터 요구되는 최소한의 조건이었지만, 많은 소년과 남자들이 자신이 죽음이나 고통에 대한 두려움을 이겨낼 수 없다는 사실을 도중에 깨달았다. 해소하지 못한 두려움은 피부의 모공을 통해 악취처럼 배어났고 그것이 감지되는 순간 그들은 즉시 실격되었다. 라피는 훗날 제대하고 사랑하는 사람을 만난 뒤에야 나라를 위해 죽는다는 것, 죽을 뿐만 아니라 살인도 기꺼이 저지른다는 것이 얼마나 기괴하고 부조리한지 깨달았다.

뒷좌석의 사내아이들이 조용해졌다. 유일하게 전화기를 가진 가장 큰 아이가 전화기를 꺼냈고 다른 아이들이 그걸 보겠다고 모여들었다.

2

그 일은 라피가 장교였을 때, 이스라엘이 레바논 남부를 점령했던 몇 년 사이에 일어났다. 그의 부대는 그 지역의 헤즈볼라 지도자를 살해하라는 임무를 받았다. 정보부에서는 헤즈볼라의 우두머리가 매일 아침 여섯시 삼십분 정각에 집에서 나와 차에 탄다는 사실을 파악하고 부대원들에게 자동차 엔진에 폭탄을 설치하라고 지시했다. 라피의 부대원 열다섯 명은 헬리콥터를 타고 국경을 넘어 산중 은신처에 낙하했다. 밤 열시에 그들은 포복 자세로 산을 내려가 들판을 가로질렀다. 네 시간 동안 배를 깔고 기어가 마침내 마을에 도착했다. 마을에는 유엔 평화유지군의 수송대가 와 있었는데 그들은 술을 마시며 웃고 즐기느라 깨어 있었다. 유엔 사람들에게는 이런 상황이 그저 기나긴 파티에 불과하기 때문에 그들은 늘 그렇게 유쾌하다고 라피는 말했다. 부대원들은 포복 자세로 유엔 막사를 지나 헤즈볼라 지도자의 집을 포위했다. 라피는 장교로서 앞문과 가까운 곳에 자리를 잡았다. 폭파 요원이 차량 밑으로 사라진 사이에 총으로 앞문을 겨눈 채 엎드려 있던 그때, 아이들 신발 몇 켤레가 눈에 띄었다. 입구에 나란히 놓인 서너 켤레의 신발은 라피와 형제들이 모샤브에서 살던 시절 거의 항상 맨발로 다니다가 가끔 신었던 고무 샌들과 똑같은 모양이었다. 아무도 그곳에 아이들이 있다고 말해주지 않았다. 하기야 왜 말해주겠는가? 원래 군사작전이나 전쟁에서는 아이들을 계산에 포함시키지 않았다. 그리고 오 년에 가까운 군생활 중에 그에게 알아야 하는 것 이상을 말해준 사람은 아무도 없었고, 그 역시 묻지 않았다. 민간인과 관련해 의미 있는 질문은 단 하나였다. 작전 수행중에 민간인을 만나면 어떻게 할 것인가? 그 질문의 선택지는 딱 세 가지—납치한다, 죽인다, 보내준다—였으며 그중에 옳거나 선한 답은 없었다. 그런데도 라피는 아이들에 대해 미리 알지 못했다는 사실, 엎드린 곳에서 십 미터 떨어진 곳에 그 아이들의 샌들이 있다는 사실이 마음에 걸렸다. 그 순간 누가 어깨를 툭 치는 느낌에 총의 십자선에서 눈을 떼고 고개를 드니 자신과 마찬가지로 얼굴을 진녹색으로 칠한 폭파 요원의 모습이 보였다. 그가 라피에게 엄지를 들어 보였다. 헤즈볼라 지도자가 가속페달에 발을 대는 순간 터지도록 폭탄이 설치되었다는 의미였다. 라피는 부대원들에게 철수 신호를 보냈고, 그들은 네 시간 동안 포복하여 산중 은신처로 돌아간 뒤 녹초가 되어 쓰러졌다.

그즈음, 헤즈볼라 우두머리가 매일 집에서 나와 차에 타는 시간이 임박했다. 무인정찰기가 상공을 날며 지상에서 벌어지는 상황을 거친 비디오 화면으로 보여주었고, 부대원들은 여섯시 이십분에 모니터 주변에 모여 기다렸다. 그들이 네 시간 전, 어둡고 고요할 때 떠나온 집이 화면에 보였다. 처음에 여섯시 이십팔분이었다가, 여섯시 삼십분이 되었다가, 여섯시 삼십오분이 되었는데 아무 일도 일어나지 않았다. 여섯시 사십오분, 일곱시, 일곱시 십오분이 되어도 여전히 고요한 긴장감만 흐를 뿐이었다. "젠장할, 뭐야?" 누군가 한두 번, 아마도 여러 번 그렇게 말했다. 정보부는 헤즈볼라 우두머리가 날마다 예외 없이 여섯시 삼십분 정각에 집에서 나와 차에 탄다는 사실을 확인했다. 그런데 이게 어떻게 된 일일까? 일곱시 삼십분이 되었지만 아무 일도 일어나지 않았다. 라피는 북부 사령부의 장군에게 무전을 쳤다. "북쪽 살쾡이, 여기는 권투선수, 이상. 무슨 일인가? 권투선수, 여기는 북쪽 살쾡이"—권투선수는 라피가 담당한 대테러부대의 장교 보직에 고정적으로 주어지는 무전명이었다—"권투선수, 여기는 북쪽 살쾡이, 대기하라, 이상." 그러다가 여덟시가 막 지났을 때 현관문이 열리고 온 가족이 밖으로 나왔다.

모니터를 들고 있던 라피는 온몸이 싸늘해지는 것을 느꼈다. 거친 화질의 영상 속에서 아버지와 어머니, 그리고 세 아이가 차로 다가가 문을 열고 차 안으로 사라졌다. 폭탄은 시동 장치에 열쇠를 꽂아 엔진을 가동하면 활성화되고, 가속페달이 단 몇 밀리미터만 움직여도 폭발하도록 설치되어 있었다. 그 몇 밀리미터의 움직임에 자동차와 승객 모두가 산산조각이 나는 것이었다. 자동차의 문이 전부 닫혔고, 열쇠를 돌려 엔진을 구동시키기까지 잠시 정적의 순간이 지나갔다. "시동 완료." 확인 무전이 들려왔다.

"그다음 몇 초는, 지금 돌이켜보면, 내 인생에서 가장 긴 몇 초였어." 라피가 말했다. "나는 완전히, 철저히 공포에 휩싸인 채 모니터를 바라보며 기다렸지. 일 초, 이 초, 오 초. 그러다 십 초가 지났는데 운전석 문이 열리고 헤즈볼라 우두머리가 밖으로 나와 허리를 숙여 차 밑을 보더니 닭 한 마리를 끌어냈어."

가족이 기르던, 많이 사랑받는 닭이었을 테고 그래서 차 안의 누군가가 출발하기 전에 닭이 어디 있는지 물었을 것이다. 아무개는—이름이 무엇이든—어디 있지? 봐, 다른 닭들 사이에 없잖아! 혹은, 방금 아무개가 차 밑으로 달려가는 걸 봤어, 우리가 나가면 싫어서 늘 그러잖아. 혹은 뒷자리에 우르르 올라탄 아이들 가운데 하나가 무슨 말이든 했을 것이다. 아버지가 차량 연료에 압력을 가해 그들 모두를 한순간에 날려버리기 직전에.

"닭이 차 아래에서 나왔지." 라피가 말했다. "그리고 그 남자가 다시 고개를 숙여 차 밑을 두번째로 들여다보고 일어서더니 모두 차에서 내리게 한 거야. 차 문이 전부 활짝 열리면서 아이들이 엄마와 함께 허겁지겁 밖으로 나왔고 모두 집안으로 들어갔어. 주변에 있던 우리 부대원들 대다수가 길길이 뛰었지. 모든 게 다 헛고생이 되었으니까. 작전은 실패였고 우리 상관들은 노발대발 난리가 났어."

그러면 그는 어땠는지? 그녀가 물었다. 어떤 기분이었는지?

"그게 말이야," 그가 말했다. "기억이 안 나. 시간이 지날수록 꼭 알아야 한다는 느낌이 드는데 결코 알 수 없을 것 같아. 내가 안도했는지, 그 닭이 내 인생까지 구원했다는 사실을 그 순간에 이해했었는지, 그때 난 동물조차도 아닌 기계가 되어 있었던 건 아닌지."

3

이제 늦은 오후가 되었고, 그들은 '자유'에서 멀어져 달리고 있었으며, 라피도 그녀도 그 사실에 주목하지 않을 수 없었다. 그녀는 결혼하기 전에 남자친구를 연달아 사귀었고 십 년의 결혼생활 끝에 이혼하고 나서는 연하의 남자와 오래 만나다가 이제야 드디어, 이십 년 만에 처음으로, 어느 남자에게도 매이지 않게 되었다. 그 결핍이 처음 그녀의 내면에 일으킨 공포감은 아주 먼 과거에서 비롯된 것이라서 유래를 찾을 수 없었다. 악몽과도 같았던 그 시기가 막 시작된 무렵에 함께 점심을 먹은 친구가 말했다. "아무리 넘치는 사랑을 받아도 여자들은 다들 버림받을까봐 두려워해." 그녀는 오래도록 그 말이 무슨 의미인지 이해하려 애썼다. 그 친구는 나이가 많은 사람이라서, 여자는 자족과 독립으로 가는 큰길에 접근하기가 어렵거나 불가능했던 시기에 형성된 사고방식을 가진 탓에 그렇게 믿은 걸까? 그런데 생각해보니, 이제 남자가 줄 수 있는 것 중 그녀에게 정말로 필요한 건 섹스 말고는 거의 남지 않았는데, 그마저도 상대를 찾기는 어렵지 않았다. 육 개월에 걸친 공황 발작과 지독한 불면, 우울, 남자라는 생명줄 없이 혼자가 된다는 두려움 따위가 마침내 지나가자 고요한 희열이 찾아왔다.

라피의 경우, 일 년 전에 그와 그의 아내는 이십삼 년간 지켜온 독점적 관계를 개방하기로 했다. 다정하고 화목한 결혼생활을 해왔고 감정의 열기 또한 아직 남아 있었는데도 그들이 함께 그런 결정을 내린 것은 성장과 새로운 발견에 대한 열망 때문이었다. 처음에 라피는 다른 여자를 원하는 마음이 생길지 확신이 없었다. 평생 어머니를 삶의 주요 동력으로 삼고 끝까지 온 마음으로 헌신한 아버지처럼, 자신도 그렇게 될지 모른다고 생각했다. 그런데 라피는 해외 연수 프로그램에 참여했다가 나이가 훨씬 어린 한국인 무용수와 잤고 그녀를 사랑한다고 생각했는데, 얼마 후에 다시 태국인 무용수에게 홀딱 빠지고 말았다. 집으로 돌아왔을 때 그 여자는 방콕에서 결별 의사를 전했고, 그는 몇 주간 고통 속에서 살다가 다시 아주 젊은 프랑스 여자를 만났으며 그뒤로도 이스라엘 여자 두셋과 사귀었다. 그동안 그의 아내는 아이들을 데리고 해변에 갔다가 아이들이 개와 함께 물가에서 노는 동안 열다섯 살이나 어린 남자를 만나 사랑에 빠졌다.

라피와 그의 아내는 처음에 어떤 규칙도 정하지 않았다. 자유에 관한 규칙을 정한다는 게 이율배반 같았다. 게다가 그런 규칙을 수립하기 위해 필요한 삭막하고 외교적인 논의 과정을 견디기 힘들기도 했다. 하지만 규칙이 없으면 어마어마한 고통이 생긴다는 사실이 금세 분명해졌다. 사랑은 상호적이고 나눌 수도 있지만, 고통은 철저히 혼자인 곳에서 생겨난다.

뒤이은 혼란기에 라피와 그의 아내 다나는 그녀에게 자주 전화를 걸었다. 그녀는 양쪽의 이야기, 혹은 두 개의 다른 이야기를 들었는데 시간이 지날수록 두 이야기는 점점 더 달라졌다. 그녀는 다나가 털어놓은 말을 라피에게 전하거나 라피가 털어놓은 말을 다나에게 전하지 않으려고 조심했는데, 그들의 이야기가 갈수록 어긋나고 양쪽의 고통과 분노가 커질수록 그러기가 더욱 어렵고 피곤해졌다.

다나는 그 젊은 남자와 오 개월을 사귀었다. 다나가 그와 사랑을 나누고 아파트로 돌아오거나 끊임없이 휴대전화를 들여다보며 그에게서 오는 문자를 확인하는 낮과 밤들을 라피는 견딜 수 없었다. 라피는 테라스에 나가 이스라엘의 눈부신 태양빛에 갈색으로 말라

비틀어진 화분들 사이에 앉아 대마초를 피웠고, 가끔 바다의 소리에 귀를 기울였으며, 또 가끔은 자기도 모르게 큰 소리로 혼잣말을 하다가 정신을 차리곤 했다. 그 젊은 애인은 그가 주지 못한 무엇을 아내에게 주는 걸까? 평생 무용수로 살아온 라피는 늘 모든 것이 몸에서 시작하고 몸에서 끝난다고 느꼈지만, 배우이자 극작가인 다나는 언어 속에서, 마치 삼차원공간을 누비듯, 유려하고 재빠르게 움직였다. 그가 언어의 영역에 있는 그녀에게 가닿을 수 없을 때도 있었다. 그 애인은 그게 가능한 걸까? 라피는 새로운 몸에서 큰 쾌락을 경험했기에 그게 얼마나 짜릿한지 알았으므로, 그에 대해서는 상상할 필요가 없었다. 하지만 당연히 그 모든 장면이 머릿속에 떠올랐다. 그런 상상을 하면 미칠 것 같았고, 더는 고통을 견딜 수 없어 무너져버린 어느 날 다나에게 애인과 헤어지라고 요구했다가 이틀 후에 다시 마음을 바꿨다. 라피가 요구해서 아내가 관계를 끝낸다면 그들의 실험도 끝나게 되겠지만, 이제 그는 자신이 실험이 시작되기 전과 같은 사람이 아니라는 사실을 인정했기 때문이다. 다시 말해, 그는 자신이 오로지 아내만을 삶의 주요 동력으로 삼는 남자인지 아닌지 더이상 자문하지 않았다. 그는 자신을 알아가고 있었고 자기 정체감이 확장되고 있었으며, 그래서 새로 얻은 자유를 잃고 싶지 않았다. 자기 몫의 자유를 즐기는 아내 옆에서 사는 일이 아무리 고통스럽더라도.

하지만 너무 늦어버렸다. 그사이 다나는 라피의 고통에 마음이 쓰이고 결혼도 가족도 지키고 싶어서 애인에게 그만 끝내야겠다고 말했다. 애인도 동의했다. 그 상황은 그에게도 너무 힘들었기 때문이다. 그는 다나를 사랑했지만 아이를 원했기에, 자신과 함께 삶을 꾸릴 수 있는 여자, 다른 사람과 이미 결혼하지 않은 자기 또래의 여자를 찾고 싶었다. 다나는 그것만으로도 가슴이 아팠지만, 설상 가상으로 얼마 뒤 그 남자가 어느 요가 선생과 사귀기 시작했다는 사실을 알고 가슴앓이는 더 심해졌다. 그녀는 왓츠앱에서 남자의 온라인 활동을 밀착 감시했기에 그가 평소의 일정을 벗어나 무언 가를 하면 바로 알 수 있었다. 그에게 문자를 보내고 기다리며 파 란색 이중 체크 표시가 나타날 때까지 얼마나 걸리는지 확인했고 체크 표시가 계속 회색으로 남아 있으면 비참한 기분이 들었다. 체 크 표시가 파란색이 되면 그가 답을 하지 않아도 어쨌거나 자신을 생각한다는 걸 알았다. 다나는 그의 모든 것이 그리웠지만, 무엇보 다도 그와 해온 섹스에 집착하게 되었다.

그 시기에 다나는 그녀에게 애인의 신체 국부의 크기를 너무 자 주 거론했고, 그래서 몇 주가 가고 몇 달이 지난 후 그녀는 도저히 더이상은 못 들어주겠다고 말할 수밖에 없었다. 그것이 다나가 원 하거나 필요로 하는 다른 많은 것의 대체물 같은 의미가 되었다는 점은 이해했지만 그래도 다나의 집착에 공감하기는 힘들었다. 경 험에 의하면 거대한 성기는 몸에 넣기에 그다지 편안한 종류는 아 니기 때문이었다. 특히나 썩 괜찮은 성기가 이미 집에 있고, 이십 삼 년간 그걸 즐기며 그 주인과 고락을 함께한데다 그 사람을 아직 도 사랑한다면 더더욱. 그 말에 다나는 원래 행복처럼 보였던 것이 새로운 경험에 비추어 보니 사실은 행복이 아니더라고, 잘 알지 못 해서 행복이겠거니 했을 뿐이더라고 대답했다. 하지만 우리가 무 언가에 대해 더 잘 알게 되는 경우는 거의 없어, 그녀는 다나의 말 에 반박했다. 그저 다른 방식으로 이해하게 될 뿐이야. 과거에 대한 기억을 계속 조정해야만 자기 이야기의 일관성을 유지할 수 있으니까. 다나는 그 주장에 동의했으나 현실에 적용하지는 못했다.

성기에 대한 언급을 금지당했을 무렵에 다나는 라피와 자주 지독하게 싸우다가 한번은 자기도 모르게 그 얘기를 입에 올리고 말았다. 말을 해버렸고 일단 말하고 나니 주워 담을 방법이 없었다. 다나의 말로는 그후로 싸움은 더 난폭해졌고 긴 세월을 이어온 그들의 관계에서 평등이라는 환상이 무너지기 시작했다. 라피는 벌고 다나는 벌지 못하는 돈이 단순히 생활을 가능하게 해주는 도구에서 권력의 원천으로 바뀌었고, 이제 라피는 자신이 다나를 부양하고 있다는 사실을 환기할 기회를 절대로 놓치지 않았다. 자기는 종일 돈벌이를 위해 일하는데 다나는 희곡을 쓴답시고 집에만 있다는 것이었다. 머지않아 다나는 관계를 개방하려는 실험이 고통과 혼란만 일으켰으며 그 과정에서 그들이 어떤 성장을 이루었든 남은 것은 비참함뿐이라고 느끼게 되었다.

반면 그 기간에 라피는 그녀와 자주 대화를 나누면서도 신체 국부나 난폭함이나 돈 문제에 대해서는 전혀 언급하지 않았다. 단지 그는 다나와의 관계에서 자신은 항상 더 많이 주는 사람, 매우 흔쾌하고 쉽게 주는 사람이었던 기억밖에 없으며 이젠 진력이 났다고 말했다. 이젠 둘 사이의 교환이 더 동등해졌으면 좋겠다고. 하지만 주고받기의 동등함을 원한다고 말하면서도 그는 자유를 원한다는 말 역시 멈추지 않았다. 동등함은 타협과 제한이 따르는 관계의 체계 안에서 한 사람이 다른 사람에게 어떻게 대우받고 가치를 인정받는지를 의미하고, 자유는 그 체계를 파괴하거나 초월하는 일이며 체계 너머의 황무지에서 완전히 무방비로 서 있는 일, 어떤 약속도 하거나 받지 않은 채로 지평선 끝까지 한없이 펼쳐진 환하고 명료한 풍경을 마주하는 일인데도 말이다.

유년기

내 아들들은 더위와 종일 쬔 햇볕에 녹초가 되어 뒷좌석에서 머리를 뒤로 젖힌 채 차창을 스치는 바다를 멍한 눈으로 바라보고 있다. 자유로부터 멀어지고 있거나 자유를 향해 가고 있을 것이다. 내가 혼란을 겪던 힘든 시간—아이들이 걱정스러운 눈으로 나를 지켜보고, 내가 잘 잤는지 기분은 어떤지 살피며 곁을 떠나려 하지 않고, 나의 몸부림이 언젠가 끝나기는 할지 궁금해하던 몇 달의 시간—이 지나자 아이들은 다시 한여름과 즐거움과 보살핌을 누리는 해맑은 상태로 되돌아왔다.

내가 무한에 가까운 무언가를 소유한 적이 있다면 그건 아이들에 대한 내 앎의 깊이일 테고, 그중 언어로 포착할 수 있는 것은 극히 일부에 지나지 않는다. 그런데 어떤 면에서 우리가 해야 할 일은 그게 아닐까? 목격자가 되는 것, 우리 아이들의 이야기를 시초부터 이야기할 수 있는 것? 아이들이 잉태된 정확한 날짜와 장소, 자궁 속에서 오른쪽을 더 좋아하고 왼쪽에는 별 관심이 없었으며 안에서 무릎이나 주먹으로 내 뱃가죽을 두드려대던 큰아이, 찌푸린 얼굴에 철학자 같은 표정으로 세상에 나온 작은아이, 다소 회의적이면서도 납득할 수만 있다면 기꺼이 해보려는 듯하던 그 표정, 그리고 어깨에 보송보송 나 있다가 나중에 빠진 솜털. 나는 아이들에게 출생에 관한 이야기를 여러 번 해주었는데, 언젠가부터 뭔가가 바뀌었는지 아이들은 자신이 아니라 내가 그 이야기의 주인공이 되어야 한다고 고집하기 시작했다. 이제 아이들이 듣고 싶어하는 것은 내가 자기들을 밖으로 내보내기 위해 애를 쓴 이야기, 산도를 통과하는 자기들을 최대한 돕기 위해 일어서거나 걷거나 온몸을 뒤틀 수 있도록 어떤 진통제도 마다한 이야기다. 아이들은 내가 이겨낸 고통이 얼마나 대단했는지 다시 듣고 싶어한다—그 고통을 묘사할 수 있는지, 무엇에 비교할 수 있는지. 내가 보기에 아이들은 자기를 세상으로 내보내는 게 어마어마한 힘이 필요한 행위였고 어머니인 내가 그걸 해낼 수 있었다는 이야기를 듣고 싶어하는 것 같다. 아니, 어쩌면 아이들은 스스로 무언가를 보호할 의무는 없이 자신들이 보살핌과 보호의 대상이었던, 이제는 멀어져가는 예전의 질서를 다시 찬양하고 싶은 건지도 모른다.

두 아이 모두 태어날 때는 거대했지만 지금은 너무 날씬해서 셔츠를 머리 위로 벗을 때 피부 아래로 흉곽이 다 드러날 지경이다. 나는 피부 아래로 드러나는 그 골격에 대해, 그 피부 자체에 대해, 점 하나하나와 그것들이 생긴 시기, 상처들과 그 상처가 생긴 상황까지 모두 안다. 머리털이 어느 방향으로 기울어 자라는지, 아이들에게서 밤과 아침에 어떤 냄새가 나는지, 지금의 얼굴 이전에 얼마나 많은 다른 얼굴을 거쳐왔는지 안다. 당연히 나는 안다. 큰아이가 자기는 너무 깡마르고 힘이 약하다고 걱정할 때, 나는 내 오빠도 어릴 때 체격이 딱 그랬는데 어느 날 갑자기—예고도 없이, 누군가가 어디에선가 이런 폭풍을 보내달라고 기도한 게 틀림없다 싶을 만큼 갑작스럽게—변화가 찾아왔다고 말해준다. 깡마른 체

276

형은 유전이라고, 막대기 같은 팔과 가느다란 허리와 툭 불거진 갈비뼈, 그 모든 것이 태곳적 이야기처럼 그들의 몸에 쓰여 있지만 머지않아 때가 오면 그 작음, 깡마름 위에 다른 이야기가 덧씌워져 덩치가 불어나면서 지금의 소년은 앞으로 나타날 남자 아래에 묻혀 사라지게 될 거라고.

외삼촌이? 큰아이가 상상이 안 된다는 듯이 묻는다. 그애는 언젠가, 딱 한 번, 내 오빠가 분노를 억제하지 못하고 나를 방 저편으로 밀치고 주먹으로 위협하는 모습을 본 적이 있다.

작은아이는 아직 어려서 사랑에 빠지기를 갈망하지 않는다. 아이는 사랑에 둘러싸여 있고 아직은 그걸로 충분하다. 큰아이에게는 그런 갈망이 이미 시작되었지만, 몸이 그 마음을 따라잡지 못한다. 아이는 아직 내게 이 문제를 농담처럼 말할 수 있다. 지금은 욕망과 몸의 작용이 여전히 농담거리로 남아 있지만 최근 몇 달에 걸쳐 무언가가 뒤에서 점점 크게 솟아오르기 시작했다. 아이는 친구들에게 엄습한 변화를 보면서 자기에게도 그런 일이 일어나기를 기다리고, 행여나 자기에게는 그런 변화가 오지 않을까봐, 다른 아이들과 같은 욕망을 결코 느끼지 못할까봐 걱정한다.

그건 마치 스위치 같다고, 아들을 키우는 친구들은 말한다. 어느 날까지는 똑같다가 갑자기 모든 게 달라지며, 한쪽 문이 닫히고 다른 쪽 문이 열리면 그걸로 끝이다. 남자인 다른 친구는 자신이 유년기 내내 책을 좋아하는 조용한 아이였는데 불과 한 달 사이에 갑자기 의자를 집어던지기 시작했다고 말한다. 큰아이도 이 점을 걱정한다. 자신이 지금까지와 완전히 달라져 그를 사랑하는 모든 이들이 아끼는 감수성을 잃고 난폭한 행동을 할 수 있는 사람이 될 가능성을. 밤에 방으로 들어가 잘 자라고 입맞춤을 해주면 아이는 웅크린 몸을 내게 바짝 붙이며 불안한 목소리로 말한다. 계속 아이로 살고 싶다고, 변하기 싫다고. 하지만 이미 그는 아이가 아니다. 그는 해안과 끝없이 펼쳐진 바다 사이에 놓인 제방 위에 서 있고, 흔한 표현처럼, 물은 점점 불어나고 있다.

남자와 여자와 유대인과 그 밖의 모든 사람

표제작을 포함해 열 편의 단편이 실린 니콜 크라우스의 단편집 『남자가 된다는 것』의 원제는 'To Be a Man'이다. 영어의 'be'는 의미의 범위가 넓은 말로서 우리말로는 '되다'와 '살다'와 '존재하다'를 아우른다고 볼 수 있다. 그래서 이 제목은 글의 내용이나 맥락에 따라서 '남자로 산다는 것' 혹은 '남자라는 존재'라고도 바꿀 수 있고, 더 좁게 밀고 나간다면 심지어 '남자답게 행동하기'라고 풀이할 여지도 없지는 않아서 제목을 '남자가 된다는 것'으로 한정하기가 어쩐지 아쉽기도 하다. 하지만 불변하는 존재란 있을 수 없으며, 누군가는 아이였다가 남자가 '되고' 이런 남자였다가 저런 남자가 '되고' 때로는 남자로서의 정체성을 거부하면서도 '살아'가므로 번역된 제목에도 의미가 충분히 담기리라 기대해본다.

이런 모호하고 광범위하고 논쟁적일 수도 있는 제목으로 한데 묶인 이야기들에서 니콜 크라우스가 주로 주목하는 것은 젠더 갈

등의 문제도, 이분법적인 성별 구분의 문제도 아니다. 그는 남성성을 정의하는 문화와 남성 개인의 삶 곳곳에 작용하는 폭력성에 주목하며 그것이 본인과 다른 사람들의 삶을 어떻게 비트는지를 여러 각도에서 묘사한다. 그리하여 이 단편들은 결국 남자의, 여자의, 유대인의, 그 외 모든 사람의 이야기가 된다.

표제작 「남자가 된다는 것」에서는 젊은 시절 군대에서 겪은 극단적 경험을 회고하는 이스라엘인 중년 남자를 통해 남자다움이라는 가치에 동반하는 폭력성을 성찰한다. 특수부대 장교로서 헤즈볼라 지도자 암살 작전에 참여했던 그의 경험은 과거에 홀로코스트 역사의 희생자였던 유대인이 현대의 이스라엘에서 다른 중동 국가에 자행하는 폭력의 아이러니를 드러낸다. 젊은 군인으로서 가해자가 될 뻔했던 극단적 폭력의 현장에서 아슬아슬하게 벗어남으로써 자기 삶에서 폭력의 의미를 성찰하게 된 그가 다시 한번 굳건한 남성성의 환상에서 벗어나게 되는 계기는 중년에 시도한 폴리아모리의 실험이다. 아내와 동의하여 시작한 그 실험에서 일부일처제의 충실하고 유능한 구성원이었던 그의 정체성은 와르르 무너진다. 아울러 소설의 서두와 막바지에 나오는 다른 두 남자—극단적인 강함과 약함을 동시에 지닌 '독일 권투선수'와 사춘기의 문턱에서 폭력적인 남자의 세계로 들어가기를 두려워하는 화자의 아들—의 목소리를 통해 남성성이라는 개념에 일어날 변화의 조짐도 드러난다.

'남자가 된다는 것'은 표제작의 제목이지만 수록작 전편을 아우르는 제목으로서도 손색이 없다. 남성성의 폭력적 측면에 초점을 둔 이 문제의식은 그런 폭력성에 맞서고 그 과정에서 자신을 잃지 않은 채로 새로운 가치와 자리를 찾아내야 하는 여성성의 과제와도 맞닿아 있기 때문이다. 「스위스」에서 폭력적 관계에 자신을 내맡기고 벼랑 끝까지 갔다 돌아오는 소라야, 「최후의 나날」에서 부모의 결별을 계기로 유대인의 전통과 가족 제도에서 벗어나 자신만의 길을 찾으려 하는 노아, 「미래의 응급 사태」에서 불안한 세상을 경험하며 확신과 안전을 보장하는 것 같았던 남자와의 관계에서 자신을 잃어버리는 듯한 숨막힘을 느끼는 주인공을 비롯해 많은 여성 등장인물이 폭력성을 중심으로 여자가 된다는 것, 나아가 인간으로 살아간다는 것이 무엇인지 탐구한다.

작가가 주목하는 폭력성은 유대인의 역사와 전통이 개개인의 삶과 정체성에 미치는 영향과도 관련이 있다. 『어두운 숲』에서 대대손손 이어지는 '결박'이라고 묘사된 유대인의 문화와 전통은 「옥상의 주샤」에서도 주인공을 옥죄고 길을 잃게 만드는 힘으로 작용했다. 그리하여 주인공 브로드먼은 유대인으로서 살아가느라 진정한 자기 자신이 될 여유조차 없었다고 한탄하기에 이른다.

이처럼 단편집 전체를 관통하는 주제로서 폭력성은 남성성, 전통과 제도, 유대인의 정체성 등 다양한 모습으로 삶에 작용하지만, 「최후의 나날」에서 이야기한 "옛 질서를 쓸어내고 새 질서를 위해 길을 내주는 모든 불길"처럼 새로운 삶의 방식을 찾아내려는 의지도 발견할 수 있다. 「옥상의 주샤」에서 죽음의 문턱에서 되살아난 브로드먼은 손자도 자신처럼 유대인의 전통에 짓눌린 삶을 살게 하지는 않을 것이다. 「남편」에서 난데없이 이산가족이라고 주장하며 나타난 노인은 화자의 어머니 옆에서 생전에 늘 호통치고 가족들을 지배했던 아버지의 자리를 차지해 자신을 의탁하고, 그 자리를 타인을 위로하고 돌보는 역할로 채운다. 「정원에서」에 나오는 조경사의 조수도 미적인 이상을 위해 군사독재자의 폭력을 묵인하는 조경사를 옆에서 보고 그 불의에서 자신의 역할을 돌아보고 난 뒤 남은 인생에서 폭력을 대하는 태도는 달라질 것 같다.

『사랑의 역사』를 비롯해 크라우스의 초기 장편들이 작가가 자라면서 듣고 공부하고 상상한 유대인의 역사와 삶을 정교한 구조의 이야기 속에 담아냈다면, 몇 년 전에 발표한 장편『어두운 숲』에서는 그 흐름을 이어간 유대인 남자의 이야기와 작가의 분신처럼 느껴지는 인물의 현재 이야기를 나란히 배치했다. 이와 같은 현재로의 시선 이동은 이 단편집에서 더욱 두드러지게 나타나 많은 이야기 속에서 화자와 작가 개인의 경험과 목소리가 겹쳐지는 경향이 더 강해졌다. 예컨대「스위스」의 십대 화자가 아버지의 의사 수련을 위해 가족과 함께 스위스로 이주하는 설정은 작가 자신의 경험과 일치한다. 그리고「남자가 된다는 것」에 나오는 '나'와 '그녀'는 왠지『어두운 숲』의 소설가 니콜이 더 나이들고 안정을 찾은 모습 같기도 하고, 여러 매체에 등장하는 작가 자신의 이미지와 닮은 듯도 하다. 그래서인지 니콜 크라우스의 다른 작품들에서 일관되게 등장해온 총명하고 뜨겁고 진지한 여성 화자가 나이들어가며 달라지는 시선으로 경험하고 관찰하고 사유한 삶의 이야기들을 앞으로 어떻게 들려줄지, 무척 설레는 마음으로 기다리게 된다.

민은영

수록 작품 발표 지면

이 단편들은 다음의 지면에 먼저 발표되었음을 감사의 마음을 담아 밝혀
둔다.

「미래의 응급 사태」······ 〈에스콰이어〉, 2002년 11월 1일 / 『미국 최고 단편선*Best American Short Stories*』, 카트리나 케니슨, 월터 모즐리 엮음(New York: Houghton Mifflin, 2003)

「정원에서」······ 바이라이너, 2012년 8월('빛의 배열'이라는 제목으로 출간)

「나는 잠들었지만 내 심장은 깨어 있다」······ 〈뉴 리퍼블릭〉, 2013년 12월 30일

「옥상의 주샤」······ 〈뉴요커〉, 2013년 2월 4일

「에르샤디를 보다」······ 〈뉴요커〉, 2018년 3월 5일 / 『미국 최고 단편선*Best American Short Stories*』, 앤서니 도어, 하이디 피틀러 엮음(New York: Houghton Mifflin Harcourt, 2019)

「스위스」······ 〈뉴요커〉, 2020년 9월

「남자가 된다는 것」······ 〈애틀랜틱〉, 2020년 10월 1일

옮긴이 **민은영**
고려대학교 영어교육과를 졸업하고 이화여자대학교 통역번역대학원에서 석사학위를
받았다. 현재 전문 번역가로 활동중이며 『사랑의 역사』 『어두운 숲』 『여우 8』 『미국식
결혼』 『거지 소녀』 『곰』 『프라이데이 블랙』 『아일린』 『내 휴식과 이완의 해』 『너의 겨울,
우리의 여름』 『에논』 『친구 사이』 『존 치버의 편지』 『그의 옛 연인』 『여름의 끝』 『칠드런
액트』 등을 우리말로 옮겼다.

문학동네 세계문학

남자가 된다는 것

초판 인쇄 2022년 6월 20일 | 초판 발행 2022년 6월 30일

지은이 니콜 크라우스 | 옮긴이 민은영
기획 이현자 | 책임편집 이봄이랑 | 편집 이희연 이현자
디자인 최윤미 이원경 | 저작권 박지영 형소진 이영은 김하림
마케팅 정민호 이숙재 박치우 한민아 김혜연 박지영 안남영 김수현 정경주
브랜딩 함유지 함근아 김희숙 안나연 박민재 박진희 정승민
제작 강신은 김동욱 임현식 | 제작처 영신사

펴낸곳 (주)문학동네 | 펴낸이 김소영
출판등록 1993년 10월 22일 제2003-000045호
주소 10881 경기도 파주시 회동길 210
전자우편 editor@munhak.com | 대표전화 031) 955-8888 | 팩스 031) 955-8855
문의전화 031) 955-3578(마케팅) 031) 955-1929(편집)
문학동네카페 http://cafe.naver.com/mhdn
인스타그램 @munhakdongne | 트위터 @munhakdongne
북클럽문학동네 http://bookclubmunhak.com

ISBN 978-89-546-8732-4 03840

잘못된 책은 구입하신 서점에서 교환해드립니다.
기타 교환 문의 031) 955-2661, 3580

www.munhak.com